지존 석산 평전

至尊石山 評傳

김대산 新무협 판타지 소설

FANTASTIC ORIENTAL HEROES

지존석산평전 2

김대산 新무협 판타지 소설

초판 1쇄 찍은 날 § 2007년 12월 14일
초판 1쇄 펴낸 날 § 2007년 12월 22일

지은이 § 김대산
펴낸이 § 서경석

편집장 § 문혜영
편집책임 § 심재영
편집 § 유경화

펴낸곳 § 도서출판 청어람
등록번호 § 제1081-1-89호
등록일자 § 1999. 5. 31
어람번호 § 제2-1369호

주소 § 경기도 부천시 원미구 심곡1동 350-1 남성B/D 3F (우) 420-011
전화 § 032-656-4452 팩스 § 032-656-4453
http://www.chungeoram.com
E-mail § eoram99@chollian.net

ISBN 978-89-251-1078-3 04810
ISBN 978-89-251-1076-9 (세트)

지존석산평전

至尊石山評傳

김대산 新무협 판타지 소설

FANTASTIC ORIENTAL HEROES

소씨(小氏) 일족(一族)

도서출판 청어람

第一章 당고의 공포 7

第二章 무상검결 제일초 뇌전결(雷電訣) 25

第三章 은원중중(恩怨重重) 51

第四章 절지(絶地)에 들다 69

第五章 소씨(小氏) 일족(一族) 85

第六章 소소(小逍)가 잘하는 것들 113

第七章 먹여만 주시오! 147

第八章 또 한 사람의 소씨(小氏) 193

第九章 저는 검후(劍后)가 되기를 원합니다! 237

第十章 혈전(血戰) 269

第一章
당고의 공포

존

석산평전

예령은 소산과 당고가 자신이 말한 대로 계곡 중턱으로 몸을 피했을 것이라고 생각했지만, 사실 소산은 당고와 함께 계곡의 초입에 숨어 있었다.

그러다 방숙이 예령과 모룡의 대결에 개입하려 하자, 앞뒤 가릴 것 없이 손에 잡히는 대로 발밑에 있던 돌덩이 하나를 주워서 던지고는, 바로 이어 육탄으로 방숙을 향해 돌진을 감행했던 것이다.

순간적으로 소산이 뛰쳐나갈 때만 하더라도 당고는 그저 그녀 본연의 모습 그대로 무심하게만 있었다.

그러나 소산이 방숙의 일장을 맞고 입과 코로 한 줌의 피를 뿌리며 뒤로 훌훌 날아가 수풀 속으로 처박히는 순간, 당고의 모습은 일변하였던 것이다.

*　　　*　　　*

"치이이잇!"

당고에게서 그 기이한 소리가 두 번째로 나오고, 사람들의 시선이 일제히 그녀에게로 쏠렸을 때, 그때 당고는 다시 한 번 완전히 다른 모습으로 화해 있었다.

어떻게 된 노릇인지 그녀는 몸에 실오라기 하나 걸치지 않은 완전한 나신(裸身)이 되어 있었다.

동시에 그녀의 전신은 기이하게 번들거리는 검은색으로 변해 있었다.

그런 탓에 아마도 눈부셨을 그녀의 동체는 다만 들어갈 데가 들어가고 나올 데가 나온 검은 윤곽으로만 보였다.

그리고 이제 당고의 두 눈에서 이글거리고 있는 녹광은 닿는 것은 무엇이든 녹여 버리고 말 듯한 치열한 위협과 공포를 발산하고 있었다.

"공자를 안전 지역으로 모셔라!"

방숙이 외치는 그 소리에는 은은한 경계와 함께 숨길 수 없는 경악이 녹아 있었다.

이어 바위 아래쪽에서 혼절하여 쓰러져 있는 모룡의 응급처치 및 그 주변 호위를 서고 있던 여덟 명의 무사들이 황급하게 움직였다.

바로 그때였다.

"칫!"

짧은 투정과도 같고, 혹은 차가운 기합 소리와도 같은, 예의 그 기이한 소리와 함께 당고의 몸이 바위를 향해 쇄도하기 시작했다.

동시에 그녀의 몸으로부터는 한 무더기의 검은 기류가 확 번져 나오더니 금세 사방 일 장여의 범위를 뒤덮었다.

그런 당고의 모습은 마치 한낮에 움직이는 괴이한 한 덩어리의 짙은 어둠처럼 보였다.

그리고 공포가 시작되었다.

칙!

치이익!

당고를 둘러싼 검은 기류에 직접 닿는 것은 그것이 풀이든지 나무든지, 혹은 바위이든지, 혹은 그 무엇이라도 타고 녹아버렸다.

치익!

치이익!

당고의 움직임을 중심으로 한 사방 일 장여 방원은 순식간에 온통 매캐한 연기로 뒤덮였다.

당고의 미끄러지는 듯한 특유의 움직임은 그다지 빨라 보이지 않았다.

그러나 실은 놀랍도록 빠른 속도여서 그녀가 마치 공간을 압축하며 이동하는 듯이 여겨질 정도였다.

도막 무사 중 하나의 등에 축 늘어진 모룡의 몸이 업혔을 때, 당고는 이미 그들의 이 장여 가까이로 다가서고 있는 중이었다.

창!

차앙!

무사 중 네 명이 도를 뽑아 들며 당고를 맞아 앞으로 달려나왔다.

모룡이 피할 수 있도록 저지선을 만들려는 작정인 것이다.

그러나 그들은 미처 두 걸음을 떼기도 전에 동시이다시피 목을 움켜잡으며 바닥으로 나뒹굴고 말았다.

당고의 주변을 둘러싸고 있는 검은 기류에 닿기도 전이었다.

"컥!"

"끄윽!"

바닥에 쓰러진 채 고통스럽게 몸을 비틀어대는 그들의 얼굴과 목, 그리고 손 등 의복 바깥으로 드러난 피부는 어느새 거뭇거뭇하게 변색이 되어가고 있었다.

이어 그들은 입과 코로 검붉은 피거품을 뿜어 올리더니, 이내 그대로 축 늘어져서는 더 이상 움직이지 않았다.

쓰러진 무사들이 보인 일련의 모습들은 의심할 여지 없이 극렬한 독에 중독이 된 현상이었다.

"아아! 설마 독인(毒人)이란 말인가?"

바위 위의 방숙이 경악하며 탄식을 흘렸다.

그리고 그 말에 화들짝 놀라기라도 한 듯이, 모룡을 업은 무사를 포함한 나머지 무사들이 공포에 짓눌린 기색으로 정신없이, 그리고 필사적으로 뒷걸음질을 치기 시작했다.

그러나 바로 다음 순간, 그들 중에서 다시 몇 마디의 고통스러운 신음이 터져 나왔다.

"커억!"

"끄으윽!"

그러더니 무사들은 일제히 목을 움켜잡으며 바닥으로 쓰러졌다.

그 탓에 그중 한 무사의 등에 업혀 있던 모룡의 몸 또한 그대로 바닥으로 내동댕이쳐지고 말았다.

쓰러진 무사들은 좀 전과 같이 일시 몸을 뒤틀며 극도의 고통을 호소하다가는 이내 피거품을 물며 곧 움직임을 멈추고 말았다.

녹광으로 타오르는 당고의 눈은 곧장 방숙을 향해 고정되어 있었다.

그 공포스러운 눈빛에서 자신을 향한 가공할 분노의 기운을 느끼고 방숙은 황급한 중에도 순간적으로 혼란에 휩싸이지 않을 수 없었다.

그는 당고가 바로 그들이 쫓고 있던 목표 중의 한 명이라는 사실을 조금도 짐작하지 못하고 있었다.

그들이 좇고 있던 목표 중 무공을 지닌 자는 지금 바위 위에서 그와 대치해 있는 검을 쓰는 여인 하나밖에 없는 것으로 파악하고 있었고, 지금까지 그녀에 대해서만 주의를 기울이고 있었던 것이다.

그런 상황에서 그의 노련한 강호 경험으로도 지금껏 말로만 들었지 단 한 번도 실제로 본 적이 없는 독인의 느닷없는 출현이라니?

더욱이 그 독인이 왜 하필이면 그를 지목하여 저처럼 노골적인 적의(敵意)를 보이고 있단 말인가?

그러나 방숙은 촌각이라도 더 심중의 혼란에 빠져 있을 수가 없었다.

당고의 검은 신형이 곧바로 허공을 떠올라 그를 향해 쏘아지고 있었기 때문이다.

그리고 지금 방숙으로서는 그 검은 공포를 상대할 아무런 방법이 없었다.

그야말로 불가항력의 상황이었다.

순간 방숙은 혼란 대신에 짧은 갈등 하나를 떠올렸다.

어느 쪽을 선택할 것인가?

모룡인가, 아니면 스스로의 목숨인가?

그러나 비록 그 하나의 갈등이 지독히도 치열했음에도 불구하고, 그는 거의 즉시이다시피 결정을 내릴 수 있었다.

빠르게 일변한 모룡의 상태 덕분이었다.

모룡의 얼굴색은 이미 거뭇거뭇하게 변색되어 있었다.

의심할 여지없는 중독의 증거였다.

더욱이 호흡의 기색조차 없는 그에게서는 이미 산 사람으로서의 생기가 전혀 없었다.

이미 죽은 무사들의 전례에 굳이 비추어보지 않아도 모룡은 이미 죽은 것이다.

모룡은 이미 그가 목숨까지 걸고서 선택해야 할 의미가 없는 존재였다.

'지금 함께 죽음으로써 의리를 지키는 것보다 살아 도망쳐서 본가에 이 사실을 알리고 방법을 강구하도록 하는 것이 지금 내가 할 일이다.'

다음 순간 방숙은 곧바로 바위를 박차고서 일 장여를 솟아올랐고, 허공에서 한차례 몸을 뒤집은 그의 신형은 그대로 시위를 떠난 화살이 되어 앞으로 쏘아나갔다.

방금 전 방숙이 서 있던 자리로 가볍게 내려서는 당고를 예령은 멍한 눈빛으로 보고 있었다.

예령은 지금 두려움과 친근함, 불안과 안도 따위의 상반된 감정들이 뒤죽박죽으로 마구 뒤섞여 갈피를 잡을 수 없는 묘한 기분에 사로잡혀 잠시 넋을 잃고 있는 중이었다.

독(毒), 또는 독공(毒功) 분야에 대해 예령이 알고 있는 바는 결코 해박하다고 할 만하지는 못했다.

그러나 그녀가 한 사람의 무인으로서 온갖 위험이 난무하는 험난한 강호에 나온 이상, 비록 기초적인 것에 불과할지라도 그런 분야에 대한 지식이 아주 없지는 않았다.

하지만 방금 당고가 선보인 것과 같은 정도의 가공스러운 종류의 독공이 존재하리라고는 미처 생각해 보지도 못했다.

더구나 백치로만 알았던, 그래서 비록 그 요염절륜한 미태에도 불구하고 순진무구한 모습으로만 보아왔던 당고에게 그토록 지독한 분노와 잔인한 손속이 있어 지금의 이런 목불인견의 참상을 만들어놓을 줄은 감히 상상도 하지 못하였다.

멍하니 당고를 바라보고 있던 예령은 어느 한순간 문득 경악하며 급하게 호흡을 멈추었다.

그녀 자신이 지금 당고의 주변으로 아직도 맴돌고 있는 그 공포의 검은 기류의 범위 내에 들어 있다는 사실을 뒤늦게 깨달았기 때문이다.

'아차!'

일시 섬뜩한 공포와 동시에 이런 절박한 상황에서 넋을 잃고 있었던 스스로의 어이없는 경솔함에 대한 후회가 밀려드는 예령이었다.

그러나 가만히 한가닥의 진기를 내부로 돌려본 예령의 눈빛에는 이내 희미한 안도의 기색이 돌았다.

중독의 기미는 없었던 것이다.

그때 당고의 주변을 둘러싸고 있던 검은 기류가 서서히 사라지고 있었다.

그러나 이미 한 번 크게 조심하는 마음이 일었던 예령인지라 감히 호흡의 멈춤을 풀지는 못했다.

더욱이 비록 이제 검은 기류는 사라졌다고 해도, 당고의 전신은 여전히 짙은 흑색으로 물들어 있었던 것이다.

언뜻 당고의 검은 나신에 어떤 머뭇거림이 보였다.

예령은 당고의 그런 머뭇거림에 대해 문득 그녀가 지금 도주한 방숙을 쫓아갈 것인지, 아니면 수풀 속 어디쯤에 쓰러져 있을 소산에게로 갈 것인지를 두고 혼란스러워하는 것이 아닐까 하는 추측을 해보았다.

그리고 만약 그녀의 추측이 맞는 것이라면, 그처럼 가공할 독공의 위력에도 불구하고 당고는 여전히 혼자서는 어떤 결정도 내릴 수 없는 백치에 불과하니 어쩌면 지금 선 자리에서 움직이지조차 못할지도 몰랐다.

더욱이 소산에게 정말로 어떤 돌이킬 수 없는 일이 일어났다면, 당고 또한 결국은 죽고 말지도 모른다는 추측까지를 이어 내보며 예령은 가만히 미간을 좁히고 말았다.

그런데 그때 과연 당고는 그 검은 몸뚱이를 미미하게 흔들고만 있을 뿐, 여전히 어느 쪽으로도 움직이지는 못하고 있었다.

멈추고 있던 호흡이 이윽고 한계에 이르고 있었으므로, 예령은 일단 당고로부터 일정 거리를 떨어져야겠다고 생각했다.

그리고 그녀가 막 뒤로 신형을 날리려 할 때였다.

"당고!"

그 한마디의 단호하면서도 강한 고집의 느낌이 담겨 있는 부름에 당고는 즉각적으로 반응하였다.

먼저 그녀의 전신이 크게 움찔하며 소리가 들리는 곳으로 홱하니 몸을 틀었다.

이어 그녀의 눈에서 녹광이 사라지고, 그 다음으로 그녀의 전신을 물들이고 있던 검은색이 거짓말처럼 사라졌다.

"아아!"

그 한마디의 나직한 탄식은 바로 예령으로부터 나온 것이었다.

비록 당고에게서 독을 상징하는 녹광과 피부의 검은색이 사라졌다고는 하나, 아직도 주변에 남아 있을 독기의 위험에 대해 결코 안심할 수 없는 상황임에도 예령은 지금 자신도 모르게 탄식과 함께 긴 숨을 들이쉬고 있었다.

지금 그녀의 눈앞에는 좀 전의 검은색 윤곽과는 극명하게 대비되는 눈부신 옥색 광택으로 빛나는 당고의 늘씬한 나신이 하늘거리며 서 있었다.

한껏 부풀은 양 가슴, 그 아래로 급격히 좁아지며 잘록한 곡선을 이루어내고 있는 허리, 기름진 배와 허벅지, 그리고 다시 그 아래로 곧게 뻗어 내린 무릎과 종아리까지.

보는 사람의 눈을 차마 떼지 못하게 하여 끝내는 멀게 만들고 말 듯한, 눈부시게 농염한 나신이었다.

더욱이 보는 사람이 사내라면 아예 뇌쇄시키고야 말 지독히도 색정적인 자태였다.

다만 그런 중에도 무심히 맑고 천진하기만 한 빛으로 돌아가 있는 당고의 눈빛은, 그나마 보는 사람으로 하여금 한가닥의 청량감을 가지도록 만들어주는 데가 있었다.

예령은 슬쩍 몸을 옆으로 틀어 슬며시 당고를 외면하였다.

나신의 당고보다는 오히려 그녀가 부끄러움을 감당하기 어려웠기 때문이다.

당고가 그처럼 즉각적인 반응과 변화를 보인 원인은 당고의 시선을 따라가는 것으로 금방 밝혀졌다.

바로 소산이었다.

그의 모습은 어디 거친 바닥을 마구 뒹굴고 여기저기 나뭇가지에라도 걸리고 긁힌 듯 의복의 여기저기가 찢어지고 얼굴에는 온통 자잘한 생채기가 나 있어서 보기에 흉할 정도였다.

그런 데다 입과 코 주위에는 까맣게 말라붙은 핏자국이 그대로 남아 있어 그가 제법 험한 지경을 겪었다는 것을 그대로 말해주었다.

당고를 바라보는 소산의 시선에 사뭇 날카로운 질책이 담겨 있다는 것을 느끼고, 예령은 자신도 모르게 일시 외면해 두었던 당고 쪽으로 다시금 슬쩍 시선을 돌리고 말았다.

그런데 그때 당고는 이미 그녀 특유의 멍하면서도 무심한 눈빛으로 완벽히 돌아가서 하염없이 소산의 눈길을 받고만 있었다.

그렇듯이 본연의 모습으로 돌아가 태연하게만 보이는 당고에게서 예령은 문득 당고가 마치 자신은 아무 일도 벌이지 않았다는 듯이 의도적으로 시치미를 떼고 있는 것이 아닌가 하는, 스스로 생각하기에도 엉뚱하기 짝이 없는 생각을 떠올려야만 했다.

그러나 주변에 그대로 남아 있는 참경과 그녀의 벌거벗은 나신이 모든 것을 확연히 말해주고 있는데도 불구하고, 그런 모든 것들에 대해 자신은 조금도 알지 못한다는 듯이 태연히 의뭉을 떨고 있는 당고의 지금 모습은 분명 대책없는 시치미에 버금가는 것이었다.

한편으로 예령은 또 하나의 엉뚱한 생각을 떠올리고 있었다.

지금 당고가 보이고 있는 절대적인 관능미의 유혹에 대해 역시 한 사람의 남자임에 분명한 소산이 능히 감당하는 것은 결코 가능하지 않으리라는 생각이었다.

그러나 예령의 생각이 어떤 엉뚱한 쪽으로 달려가든 소산은 또한 그녀의 상식과 엉뚱함을 다 동원하여도 다는 이해하기 어려운 특별한 종류의 사고(思考)를 지닌 인물임에 분명했다.

왜냐하면, 그런 와중에도 소산은 여전히 당고의 뇌쇄적인 나신을 바로 정면에다 두고서 한 점 흐트러짐 없이 단호하기만 한 질책의 기색을 내내 유지하고 있었기 때문이다.

소산의 행장에는 마침 당고를 위한 여벌의 의복 한 벌이 준비되어 있었다.

당의(唐衣)는 물론 속곳과 같은, 사내로서는 함부로 손을 대지도 못할 은밀스러운 종류의 것까지 말이다.

소산이 그처럼 완벽하게 당고를 위한 일체의 옷가지를 준비해서 가지고 다닌 것에서 예령은 그가 필시 당고의 그런 무서운 변신에 대해 미리 알고 있었을 것이라는 그때까지의 짐작을 확신으로 바꿀 수 있었다.

좀 더 거슬러 올라가 보면, 소산이 그때 파중(巴中)의 객잔에서 당고를 희롱하는 장한에 대해 지나치다 못해 주제넘다 싶을 정도의 무모한 대응을 보인 것도 사실은 당고의 숨겨진 모습과 그로 인한 불상사가 있을 것을 우려했기 때문일 것이다.

아마도 그는 평상시의 경우에는 당고를 용이하게 통제할 수 있으나, 방금과 같이 돌발적으로 어떤 특정한 상황에 처했을 때는 그가 어떻게 통제를 해볼 여지도 없이 당고가 본능적으로 독을 쓰게 되는 것 같았다.

각자의 행장을 다시 꾸리는 등 대충의 정리를 끝낸 다음, 세 사람은 다시 길을 재촉했다.

그리고 두 사람에 앞서 걸으면서 예령은 그제야 당고가 독인이라는 사실에 대해 다시금 차분하게 생각을 정리할 여유를 가지게 되었다.

예령이 알고 있는 바로, 예로부터 강호무림에 독을 다루는 인물이나 문파가 크고 작게 명맥을 이어오고는 있었으나, 그들 중에도 용독(用毒)이 아니라 당고처럼 스스로를 매개체로 하여 직접 독인의 길을 걷는 경우는 참으로 드물었다.

더불어 예령은 몇 가지의 의문을 가져보지 않을 수 없었다.

'늦지 않게 호흡을 멈춘 덕분일까?'

그녀는 좀 전에 당고의 몸으로부터 뿜어져 나온 독 기류에 잠깐이나마 직접 접촉하기까지 하였다.

그런데 당고의 그 독 기류에 직접 닿은 모든 것들이 그대로 녹거나 타버리는 것을 그녀는 보았다.

또한 도막의 무사들 또한 독에 대한 기본적인 상식이 없지는 않았을 터이니 그들 중에도 그녀처럼 호흡을 멈춘 경우가 있었을 것인데, 그들은 예외없이 모두 다 독사(毒死)당하고 말았지 않는가.

그런데 어떻게 그녀만 멀쩡할 수 있는 것일까?

꼭 좀 전의 사건이 아니더라도 독인이란 원래 자신의 몸에다 극렬한 독을 축적하는 법이니만큼, 독인의 온몸은 물론 그 숨결 하나에까지 치명적인 독이 내포되어 있다고 보아야만 했다.

그런데 예령 자신은 이미 며칠간이나 당고와 이리저리 부대끼기까지 해가며 근접하여 지내왔다.

그렇다면 어떤 경로로든 중독이 되었어야 하는 것이 당연한데, 어쨌든 그녀에게는 지금 어떤 경미한 중독의 기미도 없었다.

따지고 보면 그런 것은 소산의 경우도 마찬가지였다.

소산이야말로 당고와는 거의 한 몸처럼 가까이 지내는 처지이니, 중독의 위험을 따지자면 그녀보다 최소한 몇 배는 더 위험에 노출되어 왔다고 해야 하지 않겠는가.

그런데 소산 역시도 지극히 멀쩡했다.

그렇다고 그에게 무슨 특별한 피독(避毒)의 대책이나 수단이 있는 것 같지도 않은데 말이다.

이런저런 의문을 떠올려 보고, 또 스스로 그에 대한 해명을 해보고 하는 중에 예령은 사실은 가장 현실적이라고 해야 할 한 가지의 의문에 대해서는 막상 놓치고 있었다.

바로 좀 전 방숙의 강력한 일장을 고스란히 맨몸으로 맞고 튕겨져 나가 수풀 속으로 처박혔던 소산이, 그래서 그녀 또한 그의 생사를 장담할 수 없다는 생각까지 하였던 그가 지금 어떻게 저처럼 멀쩡하다 못해 이전보다 더욱 싱싱하고도 활기찬 모습이 되어 있는 것인지에 대한 의문 말이다.

第二章
무상검결 제일초 뇌전결(雷電訣)

존
석산평전

예령은 이제 상황이 심각하다 못해 도저히 걷잡을 수 없는 지경으로 돌입했다고 생각했다.

그렇지 않은가.

도산검림(刀山劍林)이라!

강호는 칼의 산, 검의 숲과도 같아서 그 속에 몸담은 자, 늘 죽음과 가까이 있을 것을 각오해야만 한다지만, 아무리 그렇다고 하더라도 그 각각의 죽음에 은원(恩怨)이라는 질긴 그물이 씌워지는 순간 그 어떤 죽음도 그저 단순하거나 무의미하거나, 혹은 초연할 수는 없는 것이다.

오늘 모룡의 죽음 또한 결코 단순할 수는 없었다.

모룡이 누구인가.

그는 바로 도막의 직계 후손으로 언젠가는 도막의 주인이 되어야 할 인물이다.

그런 모룡을 죽음에 이르게 하였으니, 그것은 곧 도막의 대를 끊어놓은 셈인 것이다.

하면, 이제 이 일장의 은원은 그녀 개인의 문제로 그칠 수가 없게 되었다.

도막은 모든 수단과 방법을 다하여서 검가 전체를 상대로 피의 복수를 하려 할 것이니 말이다.

하긴 검가 전체라고 해봐야 예령 자신과 그녀의 조부, 그렇게 둘뿐이었다.

어쨌거나 바야흐로 검가의 명맥은 풍전등화의 위급에 처하게 된 것이다.

사실 이번 일은, 비록 이번 일을 미리 예정하여 벌인 것은 아니었지만 언젠가 그녀에게 힘이 생겼을 때는 반드시 갚아주겠다고 수없이 결심한 바 있던 그녀의 혈채(血債)와 관련된 것이기도 했다.

바로 그녀의 부친 예활(芮闊)의 죽음으로 인해 생긴 혈채였다.

이십 년 전, 그녀의 부친 예활은 바로 오늘 죽은 모룡의 아비 모중(牟仲)에 의해 죽임을 당하였다.

비록 두 사람 간의 정당한 비무였다고는 하지만, 그녀가 바로 예활의 딸이기에 그녀에게는 혈채가 될 수밖에 없었다.

그리고 이제 모룡의 죽음으로 그녀와 모중 간에는 다시 하나의 질기디질긴 은원의 그물이 덧씌워져 버린 것이다.

누구도 섣불리 끼어들 수 없고, 또한 함부로 도움의 손길을 내밀 수도 없는 당사자들 간의 혈채였다.

그것이 바로 살부(殺父), 살자(殺子)의 원한이기 때문이다.

'오로지 강한 쪽만이 복수의 명분을 취할 수 있을 것이다. 나는 반드시… 반드시 증조부이신 검왕을 능가하는 검후(劍后)가 되고야 말리라!'

예령은 한순간 가슴속으로부터 처절하리만치 강렬하게 일어나는 한가닥 갈구로 인해 전율하듯이 온몸을 부르르 떨고 말았다.

예령이 도막의 보다 강력한 추격을 예상하고 있는 터라 더없이 다급한 심정인 중에도 갑자기 소산에게 검본이십사세 중의 몇 가지를 가르쳐 보려는 생각을 한 것은, 역설적이게도 바로 그러한 다급함과 불안감 때문이라고 할 수 있었다.

이제 도막은 그들이 취할 수 있는 모든 방법과 최대한의 전력을 동원하여 추격에 나설 것이니, 예령 등이 곧 도막과 다시 마주치게 될 것이라는 데는 달리 요행을 바랄 여지가 없다고 해야 했다.

그리고 그들과 다시 마주치는 그 순간이 곧 그들에게는 마지막이 될 것이란 사실 또한 인정하기 싫어도 인정할 수밖에 없는 절박한 현실이었다.

그런데 예령이야 이미 처음부터 죽음에 대한 각오까지 되어 있다고 할 것이나, 소산과 당고를 생각하면 그들은 그야말로 억울하기 짝이 없는 횡액을 당하는 격이 아닌가.

생각이 그런 데까지 미치다 보니 예령은 은근히 마음의 부담을 느끼지 않을 수 없게 되었다.

그 안의 사정이야 어찌 되었던 그녀가 일단은 소산에게 무공을 가르친다고 하였는데, 어제의 삼재심법 전수 건은 사실 그녀 스스로도 별 기대 없이 다만 소산의 고집을 달래는 임시 방편으로 한 것이었다.

그나마 소산의 지닌바 자질이 평범하였기에 그저 잠깐 한 때의 소동이 되고 말았다.

그래서 그녀는 좋은 말로 소산의 형편과 자질로는 아무래도 내공을 익히기가 무리임을 설명하고, 대신 틈틈이 적당한 권장법 몇 가지를 가르쳐 주겠다고 했었다.

예령이 지금 갑자기 마음에 걸려 하고 있는 것은 바로 자신이 소산에게 했던 그 말 때문이었다.

물론 반드시 그렇게 하겠다는 정도의 약속을 한 것은 아니었고, 또한 딱히 언제까지라고 언질을 준 것도 아니었다.

그러나 어쨌든 가르치는 시늉이라도 해놓아야만 마음이 편할 것 같다는 생각이 드는 것이었다.

그래야 저승에 가서라도 무공을 가르쳐 주겠다는 자신의 말이 그저 빈말로만 한 것은 아니었다는, 혹은 어떤 다른 목적을 이루기 위해 임시로 그를 달래기 위해 한 것만은 아니었다는 생색 내지는 변명이라도 할 수 있을 것 같았다.

그리고 지금이 아니라면 다시는 그런 생색거리를 만들어 놓을 기회가 없을 것이다.

사실은 비록 그녀가 그런 정도까지를 원한 것은 아니었지만, 그리고 소산이 그녀에 대해 왜 그렇게까지 진정을 표하고 있는지에 대해서는 아직까지도 잘 모르겠지만, 어쨌든 그가 그녀에게 내내 베풀고 있는 대가를 바라지 않는 진정과 성의에 대해 그녀 또한 뭔가를 해주어야만 하겠다는 생각을 예령은 하는 것이었다.

그나마 아직 조금의 여유를 부릴 수 있는 지금 이 순간 그녀가 할 수 있는 뭔가를.

검가의 독문검법인 검본이십사세는 이름 그대로 스물네 가지의 검세(劍勢)로 이루어지는데, 그 각각의 검세는 다시 기본결과 응용결로 나뉘어졌다.

그중 기본결은 진정한 의미의 검본이십사세라고 할 수 있는 응용결을 익히기 위한 범용적인 수련 요결과 기초 자세인데, 그렇다 보니 굳이 검법이라기보다는 권장법이라고 해도 무방할 정도였다.

실제로 검가에서는 검법에 입문하는 제자들에게 스물네 가지의 기본결을 먼저 권장법으로 숙련시켜서 어느 정도의 성취에 이르고 난 이후에 비로소 검을 잡게 하였다.

그리고 다시 검법으로서의 기본결을 익히도록 하고, 그런 연후에야 비로소 응용결을 익히도록 하였다.

예령이 지금 소산에게 가르치려는 그 몇 가지의 권장법이란, 바로 이십사세의 기본결에 속하는 것들이었다.

그 안의 사정이 그러하니, 비록 소산이 검가의 제자가 아닌 외인(外人)의 입장이었지만 예령이 가문의 존장(尊長)에게 따로 허락을 구하지 않고 임의로 소산에게 그 몇 가지의 권장법을 가르치는 데는 크게 문제가 될 것이 없었다.

예령은 우선 검본이십사세의 총강결(總綱訣)에 대한 강론에 들어갔다.

총강결은 실제로 적용할 수 있는 실용 비결은 아니었다.

다만 검법에 대한 기본적이면서도 전반적인 원리를 설파하고, 또한 검을 수련하는 자가 늘 새기고 있어야 하는 교훈과 각오, 그리고 마음가짐과 수련 자세 등등이 포함되는 일종의 지침이라고 할 수 있었다.

"검을 익히는 자가 궁극적으로 이르고자 목표로 해야 하는 것은 바로 신검합일(身劍合一)이에요. 따라서 검을 수련하는 모든 과정에서는 동적인 움직임과 정적인 자세, 그리고 경력(勁力) 및 내외 합일(內外合一) 등의 모든 법도가 언제나 서로 일치하도록 노력해야만 하는 것이죠. 그것을 위해 처음 검을 배우는 사람은 안법(眼法), 신법(身法), 보법(步法), 보형(步型)과 검법(劍法)에 대한 개념을 분명하게 하고, 동작은 엄격하게 규격에 따라야 하며, 모든 자세는 정확하게 취해야만 해요. 또한 강유(剛柔)를 함께 사용하고, 동(動)과 정(靜)이 분명해야 하며, 검(劍)은

몸을 따라 움직여야 하고……."

예령의 목소리는 나직한 중에도 힘이 실려 있어, 조용한 산중에 낭랑한 울림을 만들며 이어졌다.

그러나 강론이라고는 해도 그렇게 엄숙한 분위기에서 이루어지는 것은 아니었다.

또한 굳이 소산이 이해하길 기대하는 것은 또 아닐 것이기에, 예령의 어조는 그냥 산길을 걷는 중에 한담을 하듯이 가볍게 흘리는 듯이 하는 것이었다.

한동안 걷던 중에 소산은 문득 잠시 쉬어 가자고 했다.

하긴 이미 반 시진 가까이나 휴식 없이 내내 험한 산길을 걸어왔으니 소산으로서는 지칠 만도 하다는 생각을 예령은 했다.

그리고 어차피 도막의 추격에서 벗어날 수 있다는 가능성을 희박하게 판단하고 있는 터라 비록 절박하지만 그리 악착같이 도주를 해야겠다는 의욕은 사실상 그다지 없다고 해야 했다.

소산의 엉뚱함은 역시 종을 잡기가 어려웠다.

예령이 잠시만 쉬어 가려는 작정으로 앉지도 않고 근처 바위에 적당히 몸을 기대는데, 소산은 대뜸 엉뚱한 요구를 꺼낸 것이다.

그의 요구인즉슨, 비록 자신은 가르쳐 주는 대로만 배울 것이지만, 그래도 한 번쯤은 검본이십사세의 완전한 검세를 제대로 견식해 보고 싶다는 것이었다.

'제대로라……?'

어떻게 하는 것이 제대로일까?

소산의 입장에서 제대로 견식을 하자면, 우선 그에게 단순히 초식의 외양만이 아닌 그 속에 내재된, 말 그대로의 검세(劍勢)를 파악할 안목이 있어야만 했다.

그렇다고 일일이 자세한 운검(運劍)의 이치와 그것을 뒷받침하는 운기(運氣)의 세밀한 부분에 대한 설명을 덧붙일 수는 없는 노릇이 아닌가?

그러한 것을 일일이 다 설명한다고 해도 소산이 알아듣지도 못할 것이거니와, 또한 그러한 것들이야말로 검가의 비전인 것이니 함부로 외인에게 말해줄 수 있는 성격의 것이 아니었다.

만약 다른 때였다면 예령은 굳이 이런 이유들까지를 생각해 보는 번거로움을 자처할 것도 없이 그저 간단하고도 가볍게 소산의 요구를 거절했을 것이다.

그러나 지금 그녀의 심정은 소산에 대한 마음의 빚을 덜고자 하는 것이었으니, 조금의 귀찮음을 참고 적당히 소산의 청을 들어주는 모양새 정도는 취해주고 싶었다.

하여 예령은 소산을 위해 한 번 더 나름의 호의를 베풀기로 했다.

예령은 검본이십사세에 대한 시범을 보이고 있었다.

그녀는 먼저 느린 연결 동작으로 이십사검세의 전체를 한 번 보여주었고, 지금은 다시 각각의 검세를 단계별로 끊어서 최대한 천천히, 그리고 정확하게 보여주고 있었다.

"본검(本劍)!"

"강검(降劍)!"

"격검(擊劍)!"

예령이 외치는 각 검세의 명칭이 짜랑하게 숲 속을 울리고 있었다.

"공검(空劍)!"

"낙검(落劍)!"

"망검(網劍)!"

소산은 예령의 움직임에서 단 한 순간도 눈을 떼지 못하고 있었다.

그는 완전히 몰입해 있었다.

그러나 그가 몰입해 있는 대상이 사방을 찌르고, 베고, 치는 예령의 검세인지, 혹은 앞으로 나아가고, 뒤로 물러서고, 회전하고, 도약하며 마치 선계의 선자인 듯 하늘거리며 춤추는 예령의 환상적인 자태인지는 알 수 없는 일이었다.

"밀검(密劍)!"

"분검(粉劍)!"

"산검(散劍)!"

예기충천(銳氣衝天)!

숲 속 작은 공간은 온통 날카로운 검의 그림자로 뒤덮였다.

금방이라도 온몸을 찔러들 듯 중첩되어 일어나고 또 스러지는 수십, 수백 가닥의 검 그림자에 소산에 관한 일 외에는 언제나 절대 무심만을 유지하던 당고의 눈빛마저도 가끔씩은 흔들림을 보이고 있었다.

그러나 막상 소산만큼은 시종 절대 무심. 아니, 당장에 목을 관통당한다 해도 움찔거리지 않고 버티고 서 있을 몰아지경의 모습을 보이고 있었다.

"영검(影劍)!"

"파검(破劍)!"

"허검(虛劍)!"

"황검(荒劍)!"

예령은 이마에 촉촉이 배인 땀을 훔쳤다.

기분 좋을 정도의 열기였다.

이처럼 격식을 갖춰 검본이십사세를 펼쳐 보기는 그녀로서도 꽤 오랜만이었다.

검본이십사세에 대한 그녀의 수련 경지가 이미 초식의 얽매임에서 벗어나 나름의 자유로움을 추구하는 단계에 올라 있기 때문이었다.

검본이십사세가 추구하는 검도는 바로 그런 것이었다.

초식의 틀이 분명히 있긴 하지만, 일정 경지 이상에 올라서면 그 틀은 곧 희미해지고 말아서 그때부터는 익히는 사람 스스로가 각기 나름의 형태로 새로운 검본이십사세를 만들어가는 것.

그래서 예령 또한 검본이십사세 본래의 틀을 버리고 지금 그녀 스스로에게 맞는 그녀만의 새로운 검본이십사세를 만들어가는 도중에 있는 것이다.

예령은 문득 약간의 홍을 느꼈다.

그녀가 새롭게 만들어가야 할 그녀만의 검본이십사세는 아직까지 제대로 그 큰 체계를 잡지 못한 상태였는데, 방금 그 본래의 검세들을 다시금 시전하는 과정에서 문득 무언가 이전과는 다른 어떤 느낌을 받은 것이었다.

그리고 언뜻 보니 소산은 이미 검세의 시범이 끝났음에도 불구하고 여전히 그녀에 대한 몰입을 풀지 않고 있는 중이었다.

예령은 소산의 그런 모습에 대해 그 또한 지금 어떤 홍을 느끼고 있는 중이라고 여겼다.

비록 그 홍이 그녀의 홍과는 전혀 다른 종류의 홍일지라도 말이다.

어쨌든 예령은 스스로의 홍은 물론 소산의 홍 또한 갑자기 깨어버리기는 아쉽다는 생각을 하게 되었다.

예령의 몸은 다시 검세를 펼쳐 가고 있었다.

스물네 가지의 검세가 천천히 마치 물 흐르듯이 끊긴 데 없이 풀려 나왔다.

고요히 가라앉은 표정에서 예령은 지금 자신이 펼쳐 내는 검세를 스스로 음미하고 있는 듯했다.

한 번의 연결 동작이 마무리 되는 순간, 예령의 기세는 돌연 삼엄함을 띠었다.

팟!

파앗!

그리 강한 정도는 아니지만 검의 움직임에서는 검풍(劍風)이 일고 있었다.

예령이 운검(運劍)에 약간의 내력을 싣고 있는 것이었다.

그리고 마침내 검이 울었다.

우웅!

그때 예령의 시선은 검극(劍極)을 향하고 있지 않았다.

검세가 펼쳐진 허공 전체를 한눈에 담고 있는 듯도 보였고, 혹은 지향점 없이 그냥 허공에다 놓아둔 듯도 보였다.

그것은 방만한 분산이었고, 또한 그 분산을 초월한 집중이자 몰입이었다.

우우우웅!

검의 울음소리가 좀 더 깊어졌다.

아마도 검에 실리는 내력이 더욱 강해졌기 때문이리라.

파츳!

파츠츠츳!

예령을 중심으로 사방의 허공에 삼엄한 검기가 난무했고, 그 탓에 속절없이 잘려 나간 주변의 나뭇잎과 잔 나뭇가지들이 분분이 허공에 날리고 있었다.

"치잇!"

문득 몰아지경을 깨고 들어오는 기이한 단음(短音)에 예령은 흠칫하고 자아의 세계로 돌아왔다.

'아차!'

그 소리에 담긴 본능적 분노와 스멀거리며 피어나는 정체 모를 공포를 헤아리지 않고도 다만 어린아이의 투정 같은 그 느낌의 익숙함만으로도 예령은 그것이 곧 당고가 흘려낸 일종의 경고라는 것을 알 수 있었다.

동시에 그 경고의 원인이 바로 그녀가 지금 자신도 모르게 상당한 내력을 검에 싣고 있기 때문이라는 것을 퍼뜩 깨달았다.

가만히 검을 거두어들이며 당고에게로 시선을 돌린 예령은 과연 은은한 녹광을 띠고서 막 이글거리기 시작하고 있는 당고의 눈빛을 볼 수 있었다.

당고에게 조금은 멋쩍게 웃어 보이며 다시 소산에게로 시선을 돌린 예령은 그만 당황스러운 고소(苦笑)를 짓지 않을 수 없었다.

소산의 머리는 가히 산발이었다.

방금 그녀가 일시의 흥에 빠져 펼친 검세에 그의 머리를 묶었던 끈이 풀렸던 것이다.

소산이 또 다른 봉변이라도 당하지 않았는지 살피던 예령은 문득 의아한 기색이 되었다.

소산의 시선이 깜빡이지도 않고 한곳에 고정되어 있는 것을 보았기 때문이다.

소산의 시선은 좀 전 그녀가 검을 펼치던 그 공간 속에 그대로 머물러 있었다.

마치 그 가상의 공간 속에서, 혹은 그 자신의 상상 속에서 아직도 예령의 잔영(殘影)이 검무(劍舞)를 펼치고 있기라도 한 듯이.

예령은 조용히 뒤로 물러났다.

지금 소산이 상상하고 있는 것이 어떤 종류의 것이든, 그리고 그것이 그에게 어떤 의미이건 간에 그의 집중을 깨고 싶지는 않았던 것이다.

그것이 다른 사람의 관점으로는 다만 가치 없고 의미 없는 상상일지라도 어쨌든 소산 본인에게는 나름의 의미가 있을 것이니까.

그때 예령이 언뜻 다시 본 당고의 눈빛은 이미 본래의 무심한 것으로 돌아와 있었다.

소산이 스스로의 몰입에서 깨어난 것은, 시간으로 따지자면 채 반 각(半刻)도 지나지 않아서였다.

그러나 아무리 각오를 하였다고는 하나 그래도 쫓기는 처지의 조급함을 완전히는 버릴 수 없는 예령에게는 상당한 인내심이 요구되는 시간이었다.

그러나 그녀를 향한 소산의 첫마디는 그녀의 그 같은 입장을 조금도 헤아려 주지 않는 것이었다.

"잠시만… 제게 검을 빌려주십시오!"

소산의 말인즉슨, 자신도 직접 한번 검본이십사세를 펼쳐 보고 싶다는 것이었다.

예령이 그 말을 듣는 즉시에는 당연히 허황되기 짝이 없다는 생각이었다.

그러나 곧이어지는 소산의 말을 듣고는 약간의 호기심과 기대가 생기기도 했다.

소산은 예령의 시범을 보는 중에 각각의 검세가 펼쳐지는 형태와 순서를 외웠음은 물론, 각각의 검세가 이루어지는 대강의 이치 또한 이해할 듯하다고 했다.

만약 그 말이 소산이 아닌 다른 사람에게서 나왔다면 예령은 일고의 가치도 없이 간단히 콧방귀를 뀌고 말았을 것이다.

검본이십사세의 기본결만 하더라도 빨라도 이 년, 보통은 삼 년에서 사 년여에 걸쳐 수없이 반복하여 익히는 고련의 과정을 통하고 나서야 비로소 완숙하게 몸에 붙일 수 있는 초식들이었다.

응용결은 더 말할 것도 없었다.

기본결을 익히는 데 걸린 시간과 노력의 몇 배를 들이고도 그 첫 단계의 오의(奧義)에 접근조차 못하는 경우가 드물지 않은 것이다.

그러나 소산이었기에 다른 건 몰라도 해독이 되지 않아 뜻조차 통하지 않는 무상검결 중의 난해한 검결 이백여 자를 잠시 보는 것만으로도 그대로 다 외워 버리는 그 놀라운 암기력에 대해서만큼은 예령이 이미 인정하고 있는 바가 있었기에, 단순히 글자를 외우는 머리만의 암기력과 일련의 검세를 외워 직접 시연을 하는 것이 얼마나 다른지에 대해 모르지 않으면서도, 예령은 그래도 일말의 호기심과 기대감을 가져보게 되는 것이었다.

아무리 검에 대해 천부적인 자질을 지닌 절세의 기재라 해도 처음부터 진검을 다룰 수는 없는 일이다.

예령이 주변을 둘러보니 마침 가까운 곳에 참나무가 한 그루 서 있기에 적당한 굵기의 가지 하나를 잘라냈다.

이어 잔가지와 옹이를 대충 다듬으니 그런 대로의 목검 한 자루가 만들어졌다.

사실은 굵기와 길이만 검의 형상에 맞추었을 뿐, 실제의 형상은 오히려 봉이나 곤에 가깝다고 해야 할 정도였다.

그러나 예령에게서 그 엉성하기 짝이 없는 목검을 받아 든 소산의 얼굴에는 대번에 만족스러워하는 미소가 걸렸다.

처음으로 자신의 검을 잡아보는 데서 오는 설렘과 뿌듯한 만족감일 것이다.

소산은 가슴 앞에서 중단세로 허공을 향해 목검을 겨누었다.

그것을 보며 예령의 얼굴에는 다시금 일말의 기대감이 떠올랐다.

그러나 그녀의 기대 섞인 표정은 소산이 검을 움직이기 시작하자마자 이내 실망과 체념의 표정으로 바뀌고 말았다.

역시 타고난 체질이 결코 무골 근처에도 가지 못하는 것이 분명했다.

소산 말이다.

제 딴에는 열심히 검을 펼쳐 낸다고 하는데, 취하는 자세마다 이것도 아니고 저것도 아니어서 애매하고도 모호하였다.

물론 몇 차례 시범만 보고 흉내를 내겠다는 사람에게 제대로 된 자세와 동작을 기대한다는 자체가 어불성설이지만, 그래도 소산이 지금 하고 있는 정도면 흉내라고 하기에도 어려운 지경이었다.

그러나 그런 중에도 예령이 다시 한 번 인정할 수밖에 없는 것은 역시 그의 암기력이었다.

비록 자세와 동작 자체는 도대체가 명확한 데가 한군데도 없었지만, 설렁설렁 모호하게 넘어가는 동작들을 가만히 보고 있자니, 그래도 검본이십사세의 연결 흐름을 따라가고 있는 것만은 분명하였던 것이다.

즉, 소산이 비록 몸으로는 시연을 제대로 하지 못하고 있지만, 머리로는 어느 정도 검세를 외우고 있다는 것을 말해주는 것이 아니겠는가.

그 스스로가 말한 바 중에서, 검세가 이루어지는 대강의 이치를 이해하기까지야 할까 만은, 그래도 검세가 펼쳐지는 대충의 형태와 순서를 외웠다는 말만큼은 인정해 줄 만하였다.

그리고 사실 검에 대해 전혀 문외한인 소산이 겨우 몇 차례의 시범만을 보고서 스물네 가지나 되는 검세에 대해 그런 정도나마 외웠다는 것만으로도 과연 대단한 재주라고 할 수 있었다.

역시 소산에게는 무재(武才)는 몰라도 문재(文才)는 있는 것이 분명한 것이다.

두 번을 끝내고 소산은 또다시 세 번째에 접어들려 하고 있었다.

어설프기 짝이 없이 검본이십사세를 흉내 내는 것 말이다.

그런데 그가 집중하고 있는 모습은 차라리 집착이라고까지 할 수 있어서, 예령은 차마 말리지는 못하고 그저 약간의 질린 표정이 되어 바라보고 있는 중이었다.

아무리 좋게 봐주려 해도 무공은 역시 소산에게는 도무지 어울리지 않는 옷이었다.

그런데도 소산은 꾸역꾸역 고집을 피우고 있는 것이었다.

"그건 그렇게 하는 게 아니에요."

더는 참지 못한 예령이 이윽고는 불쑥 나서고 말았다.

소산의 그 엉뚱한 고집으로 보았을 때, 이대로 두었다가는 끝이 없을 듯해서였다.

한편으로는 소산이 하고 있는 모양이 어쩌면 검본이십사세를 익히고자 하는 것이 아니라, 혹시 다른 이유로 탐구를 하려는 것이 아닌가 하는 생각을 언뜻 하게 되었기 때문이기도 했다.

예령이 보기에 소산은 천성적으로 어떤 규칙에 얽매이거나, 혹은 속박을 당하는 것을 못 견뎌 하는 성정을 타고난 것 같았다.

그렇다면 무공 중에서도 가장 철저하게 냉철한 자기 절제가 요구되는 검법과는 더욱이 맞을 수가 없는 것이 아니겠는가.

그럼에도 불구하고 소산이 지금 억지로 고집을 피우고 있는 이유가 무엇이겠는가.

예령은 그것이 또한 그가 그녀에게 보이는 성의의 차원일지도 모른다는 생각을 언뜻 하게 된 것이다.

바로 그녀를 위해 무상검결의 해석 내용을 보완하려는 것 말이다.

생각이 그런 데까지 미치자 예령은 비록 소산의 그 무모함에 어이없어하면서도 한편으로는 은근히 감동하는 마음이 되기도 했다.

예령은 소산의 어정쩡하기만 한 자세를 하나하나 바로잡아 주고, 또 그의 목검을 직접 이끌어 천천히 행검(行劍)하도록 해주었다.

그러던 중에 몇 차례 가볍게 두 사람의 몸이 스쳤는데, 그럴 때마다 소산의 몸이 미미하게 움찔거리며 놀란 티를 낸다는 것을 예령은 한참이 지난 다음에야 깨닫게 되었다.

순간 예령은 괜스레 묘한 기분이 되고 말았다.

그리고 그때까지는 전혀 느끼지도 못했던 소산의 체취가 진하게 코를 자극하고 있다는 것도 알게 되었다.

시금털털한 냄새.

바로 땀 냄새였다.

그리고 건강한 사내의 냄새였다.

그 냄새에서 예령은 문득 소산 역시 한 사람의 사내라는 생각을 거의 처음이다시피 하게 되었다.

처음 만났을 때 예령은 소산에 대해 사내라는 생각보다는 그녀와는 많이 다른 세상에 사는 천생 먹물이라는 생각을 첫인상으로 가졌었다.

그 다음에는 소산의 놀라운 문재(文才)가 어쩌면 그녀의 숙원을 풀어줄지도 모른다는 필요성의 측면에서 그를 생각했다.

그리고 동행이 되어 보다 친숙해지면서 그가 자신보다 세 살이나 어리고 더욱이 몇 가지 측면에서는 놀랍고도 특별한 능력을 보이기도 하지만, 전체적으로 볼 때는 뭔가 부족하고 불안정해 보이는 그의 특이한 개성과 성정에서는 사내라기보다는 아직은 미성숙한 데가 다분히 있어 때때로 보살핌의 손길을 필요로 할 때가 있는 손아래 동생이라는 생각을 은연중에 가지게 되었다.

그런데 지금 소산이 자신과의 가벼운 신체 접촉에서 움찔거리며 놀란다는 사실을 깨닫게 된 순간, 문득 소산이 약관의 나이에 이른 당당한 청년이며, 당연히 여자를 느끼는 한 사람의 사내라는 사실을 새삼 되새기게 된 것이다.

그러나 잠시의 어색함은 접어두고, 예령은 다시금 차분하고도 단호한 손길로 소산의 자세를 바로잡아 주기를 계속했다.

그런데 아니었다.

아니어도 이렇게 아닐 수가 없을 정도로 소산의 검에 대한 자질은 아주 영 아니었다.

그래도 스물네 가지의 검세를 끝까지 일순하고 나서 예령은 짐짓 밝게 웃으며 말했다.

"호호호! 무공이란 결코 한순간에 이루어질 수 없는 거예요. 평생을 두고 꾸준히 익혀야 하는 것이지, 만약 지나친 욕심이나 조급함을 부린다면 오히려 장애를 만나기 십상이죠. 그러니 오늘은 이만 하고 다음 기회에 또 조금씩 익혀가도록 하는 게 좋겠어요."

이후로 소산은 무공에 대해서는 한마디도 더 하지 않았다.

예령으로서도 당연히 먼저 무공에 대한 말을 꺼내고 싶을 리 없었다.

다만 소산은 이제 완연히 그 혼자만의 세계에 빠져들어 가 있는 듯 보였다.

그것은 완전한 몰두였다.

앉거나 서거나, 길을 걷는 중에도 그는 무엇에 골몰히 몰두하고 있었다.

어떨 때는 길을 걷다가 갑자기 멈춰 서서 급히 행장에서 지필(紙筆)을 꺼내서는 뭔가를 마구 휘갈겨 쓰기도 했다.

때때로 보이는 소산의 특이함에 대해서라면 이제 어느 정도는 익숙해질 만도 하였지만, 그럼에도 예령은 소산에 대해 어떻게 그리 쉽게도 완전한 몰아의 상태로 빠져드는지, 어떻게 몸을 움직이는 중에도 몰아의 상태를 깨지 않을 수 있는지, 그리고 그 몰아의 경지가 어떻게 저리 오래도록 지속될 수 있는

지 등등에 대해서는 여전히 도무지 이해를 할 수 없다는 심정으로 되는 것을 어쩔 수가 없었다.

만약에 소산의 그런 집중의 재주가 온전히 무공을 익히는 쪽으로 발휘될 수만 있다면, 참으로 놀라운 성취를 이룰 수도 있겠다 싶은 생각도 해보게 되었다.

그러나 어찌하랴?

소산의 그 놀라운 재주는 안타깝게도 그런 쪽이 아닌 것을.

소산이 불쑥 내민 것은 예령이 전혀 생각지도 못한 것이었다.

세필(細筆)로 깨끗이 정서된 그 한 장의 종이를 내민 소산의 얼굴에는 은근한 득의의 표정이 가득했다.

그 표정이란 것은 마치 잔뜩 칭찬을 기대하는 소동의 표정과도 같은 데가 있었다.

예령이 얼떨떨해하며 종이를 받아서 나지막이 소리 내어 읽었다.

"검심상수(劍心相隨) 심도검도(心到劍到)! 심무신(心無神) 검무혼(劍無魂)!"

그렇게 시작되는 내용은 사실은 그녀가 설핏 예상해 보았던 대로 무상검결 일초에 대한 해석 구결이었다.

그런데 이어서 몇 구절을 더 눈으로 읽어 내리던 예령의 안색이 점차로 굳어졌다.

달라도 너무나 달랐다.

이전의 해석과는 전체적으로 비슷하면서도 사실은 완전히

달라진 것이었다.

이전의 해석이 지나치게 추상적이어서 한마디로 뜬구름 잡는 것이었다면, 그래서 실용적인 알갱이는 하나도 없이 다만 원론적인 언급에 불과한 것이어서 죽어 있는 해석이었다면, 지금의 해석은 글자 하나하나의 의미가 생생히 살아 있고, 또한 구절 간의 의미가 상통되어서 그야말로 통렬한 이치를 관통하고 있는 듯하였다.

딱딱하게 굳어 있던 예령의 표정은 느끼지 못하는 사이에 발갛게 상기되어 갔다.

그녀는 종이에 적힌 구결에 대해 아직 제대로 음미해 보기는커녕 미처 끝까지 다 읽어보지도 못했건만 벌써부터 마치 한가닥 강렬한 전류가 전신을 꿰뚫고 지나가듯 통렬한 느낌에 젖어들고 있었다.

그것은 바로 구결이 말하고 있는 이치의 흐름이 검본이십사세의 요결과 곧바로 상통하고 있다는 느낌이 확연하였기 때문이다.

'아아!'

마침내 그녀의 내심으로 한가닥 벅찬 희열의 탄성이 흘렀다.

지금 그녀의 손에 들린 것이야말로 그녀의 가문 검가의 수백 년 역사상 지금까지 시도되었던 그 어떤 해석보다도 가장 완전하게 해석이 된 바로 무상검결 오초 중의 제일초인 뇌전결(雷電訣)의 구결인 것이다.

물론 구결의 완전성에 대해서는 앞으로 다시 여러 측면에서 조심스럽고도 세밀한 검증을 거쳐야만 할 것이다.

또한 그렇게 완전한 검증을 거쳐서 마침내 검결의 완전성이 입증이 된다고 하더라도, 이후 그녀가 실제로 이 무상검결 일초의 요결을 체득하기 위해서는 또 얼마나 많은 노력과 인고의 수련 과정을 거쳐야 할지 지금으로서는 감히 장담조차 하기 어려운 일이었다.

그러나 지금 이 순간 그녀는 자신이 그야말로 일생일대의 절대 기회를 얻게 된 데 대해, 그것도 너무도 절박한 순간에 그 기회를 얻게 된 데 대해 감격해하고 있었다.

소산을 바라보는 예령의 눈동자에 은은한 습기가 비치는 듯했다.

"고마워요, 공자!"

그리고 그녀는 와락 소산의 손을 잡았다.

처음으로 보는 예령의 그 같은 격정에 소산은 일시 당황하고 마는 기색이었다.

그러나 그의 입가에는 곧 빙그레한 미소가 떠올랐다.

참으로 순수한 기꺼움으로 가득 찬 미소였다.

그러나 그때 예령의 격정 어린 눈은 다시금 무상검결 제 일초의 해석이 기록된 종이 위에 머물고 있었으므로, 그녀는 소산의 그 미소를 보지는 못하였다.

第三章
은원중중(恩怨重重)

존
석산평전

사천성 성도에 위치한 도막 본가의 의사청에는 사람을 짓누르는 듯한 침울한 분위기가 가득했다.

"며칠 전에 청천지부의 제자들을 살해한 흉수가 검가의 인물이라는 보고는 받은 바 있다. 그런데 난데없이 독인이라니, 그들 중에 독인이 포함되어 있었다는 말은 없었지 않은가?"

허옇게 센 백발에도 불구하고 사각으로 각진 붉은 얼굴에 노익장의 용맹이 그대로 드러나고 있는 노인 하나가 무거운 목소리로 말하고 있었다.

그런데 노인의 목소리에는 애써 억눌러 놓은 듯한 경악과 분노의 기운이 가득 담겨 있었다.

그가 바로 당대 도막의 막주이며 도왕의 아들로서 그 도의 성취가 이미 왕년의 도왕에 필적할 만하여 이대도왕이라고 불리는 모익(牟益)이었다.

모익은 청천지부장인 방숙으로부터 손자인 모룡의 비보를 보고받고 크나큰 충격과 비탄에 빠졌으나, 그런 중에도 한 문파를 이끄는 수장답게 냉정을 유지하며 우선적으로 상황을 파악하고 있는 중이었다.

"원래 그들은 두 명의 여인과 한 명의 서생인데, 속하 등이 그들을 추적하면서 확인한 사실 중 어느 것에서도 그들 중에 독인이 있다고 추측할 만한 정황은 없었습니다."

"그렇다면 강호 전체를 통틀어서도 희귀하다고 해야 할 독인이 왜 갑자기 깊고 험한 대파산중에 출현한 것이며, 또한 본막과는 무슨 원한이 있기에 함부로 독수를 펼쳤다는 말인가?"

"전후의 모든 정황들을 두고 아무리 생각해 봐도 속하 또한 그 영문과 이유를 알지 못하겠습니다. 속하 등은 그 세 명의 흉수를 추격하던 중에 대파산중에서 세 명 중 유일하게 무공을 지닌 검가의 여인을 따라잡았습니다. 그런데 모룡 소공자가 직접 여인을 제압하려 하다가 그만 불의의 일검을 당해 중상을 입고 말았습니다."

"음!"

"그에 속하가 지부의 수하들로 하여금 급히 소공자를 돌보라 하고 여인을 제압하려는 찰나에 바로 그 독인이 출현하였습니다. 독인은 다짜고짜 소공자와 수하들을 향해 독수를 펼쳐 냈는데, 그 독의 위력이 너무도 가공한지라 소공자 등은 순식간에 쓰러져서 그대로 절명하고 말았습니다. 아아! 속하 또한 당연히 그 자리에서 함께 죽었어야 마땅할 것이나 이렇듯이 목숨을 부지하여 달려온 것은……"

"되었네. 그것이 진정 독인이었다면 방 지부장으로서는 어떻게 해볼 도리가 없는 항거 불능의 상황이었을 것이야. 그런 상황에서 무의미하게 목숨을 버리는 것이야말로 오히려 무책임하다고 해야겠지."

방숙은 감히 고개를 들지 못한 채 바닥으로 시선을 떨어뜨리고 있었다.

그러나 그런 와중에도 그는 당시에 독인이 그에게 보인 그 이유를 알 수 없는 노골적이면서도 폭발적인 분노에 대해서는 말하지 않았다.

또한 그 이전에 그들이 쫓고 있던 세 명 중 한 사람인 서생에 대해 그가 일장을 가하게 된 전후 사정에 대해서도 말하지 않았다.

기왕에 일이 이렇게 된 이상, 가능한 한 상황을 단순 명료하게 만드는 것이 그의 입장에서는 가장 바람직하였기 때문이다.

필요 이상의 사실을 말한다면 상황은 점점 더 복잡하게 얽힐 것이고, 그는 보다 많은 사유 내지는 변명을 해야만 할 것이다.

그리고 그런 과정에서 그가 얻을 유리함은 조금도 없을 것이고, 다만 과실과 그에 따른 책임만이 추가될 것이 자명했다.

하니 그것이 스스로의 과실 내지는 책임과 직접 연관이 되지 않는 한에는 묻힐 수 있는 것들은 그대로 묻히도록 두는 것이 지금의 그로서는 가장 현명한 처신이 될 것이다.

그리고 어차피 당시의 상황을 직접 보고 겪은 생존자는 오로지 그 혼자뿐이었으니 그가 말하는 것 이상의 상황이 추론되어 나오기는 사실상 어려운 일이었다.

도막주 모익은 방숙을 통해 대강의 정황을 파악한 뒤 감찰당(監察堂)과 약당(藥堂)으로 하여금 즉시 대파산의 현장으로 달려가 모룡의 시신을 수습해 오는 한편, 현장 상황에 대해 조그마한 것도 놓치지 말고 조사하여 보고하도록 명을 내렸다.

감찰당주 사군(史曄)과 약당주 현당(炫同)은 모두 모익 자신과 같은 세대로 도왕 이후의 도막을 함께 이끌어온 주역들이었으므로, 지금처럼 황망한 상황에서 모익 자신이 직접 나가 일을 처리하는 것보다 오히려 더 꼼꼼하고도 분명하게 일을 처리할 것이라고 판단한 것이다.

그런데 그때 소막주인 모중(牟仲)이 나서며 자신이 직접 인원들을 지휘하여 대파산으로 가겠다고 청했다.

현장에서 시급을 다투어 어떤 판단과 조치가 필요할지 모르는데, 본가로 상황을 보고하고 나서 다시 지시를 받는다면 혹시 시기를 놓칠 우려가 있다는 이유에서였다.

모중이 바로 모룡의 아비가 되는 사람으로, 그의 비통함이야말로 누구보다도 크다는 것을 알고도 남음이 있기에 어느 누구도 그의 말에 대해 이의를 제기하지 못했다.

"그렇게 하도록 해라. 그리고 네 조부께서는 아직 모르고 계시니, 먼저 흉수들을 잡아들인 연후에 네가 직접 말씀을 드리도록 하거라!"

모익의 승낙에 따라 모중을 위시한 사군과 현동 및 감찰당과 약당의 고수급 십여 명이 급히 대파산의 사고 현장으로 달려갔다.

* * *

사건 현장은 그대로 보존되어 있었다.

깊은 산중이라 산짐승의 시신 훼손을 우려하기도 했지만, 현장 주변 곳곳에 아직도 남아 있는 극렬한 독기의 흔적은 그런 우려가 기우(杞憂)에 불과했음을 곧바로 알게 해주는 데가 있었다.

실로 처참한 광경이었다.

시신들은 그 하나의 커다란 바위를 중심으로 해서 흩어져 있었다.

모중은 한눈에 아들의 시신을 찾아냈다.

"용아!"

울부짖음과도 같은 한소리 비통한 외침을 토해내며 모중의 신형은 바위 바로 아래에 누워 있는 모룡의 시신을 향해 날아갔다.

비통으로 얼굴이 돌덩이처럼 굳어진 가운데서도 모중은 일단 침착하게 아들의 시신을 살폈다.

그런데! 독기의 영향 때문으로 근처의 다른 시신들이 이미 상당한 부패를 보이고 있는 데 비해, 모룡의 시신만큼은 다만 얼굴색이 거무스름하게 변해 있을 뿐 딱히 부패가 진행되고 있는 현상이 없었다.

모중이 언뜻 죽은 아들의 가슴을 향해 손을 뻗었다.

"소막주, 조심하시오! 아직 독기가 남아 있소!"

약당주 현동이 황급히 소리쳤으나, 모중은 그대로 손을 뻗어 모룡의 가슴 옷깃을 헤쳤다.

그리고 모중의 손이 모룡의 가슴 부위와 닿는 순간, 마치 뜨거운 것에 물을 끼얹었을 때와 같은 소리가 나며 푸른색의 연기가 엷게 피어올랐다.

피시싯!

그때 곁에서 보고 있던 방숙이 나직이 놀란 탄성을 흘려냈다.

"삼매진화(三昧眞火)!"

방숙의 놀라움은 모중이 별로 어렵지 않게 손에 삼매진화를 일으켜 독을 태워 버린 데 대한 것이었다.

그때 모중이 모룡의 가슴에서 무엇인가를 집어 올리면서 무겁게 탄식했다.

"음! 지독한 독이다. 피독주로도 겨우 호심(護心)을 하는 정도에 불과하다니……."

모중이 들고 있는 것은 하나의 작은 구슬이었는데, 그것은 다시 가는 끈으로 연결되어 모룡의 목에 걸려 있었다.

그런데 그 구슬이 닿아 있던 모룡의 가슴 부위만큼은 본래의 피부색을 그대로 유지하고 있었다.

가죽 장갑을 낀 약당주 현동이 차분하게 검시를 진행하는 동안, 모중과 감찰당주 사군 등은 내내 침통한 표정으로 지켜보고 있었다.

이윽고 검시를 끝낸 현동이 가늘게 한숨을 불어 내쉬며 말했다.

"휴! 지독한 독이오."

현동이 그렇게 서두를 떼고 나서 모룡의 가슴 상처 쪽을 다시금 흘깃 보며 말을 이었다.

"보통 일반의 독은 식음을 통해 중독이 되고, 일부 드물게는 호흡을 통해 중독이 되는 경우도 있소. 그런데 이 독은 호흡은 물론이고 피부를 통해서도 중독이 되었소."

모중이 약간 다그치는 듯한 어조로 물었다.

"하면, 어떤 종류의 독이며, 강호의 어느 곳에서 사용하는 것입니까?"

현동이 분노가 일렁이고 있는 모중의 얼굴을 착잡한 눈빛으로 바라보며 가만히 고개를 흔들었다.

"아니오. 이것은 단순히 어떤 독이라기보다는 독공이라고 해야 할 것이기에 딱히 어떤 종류의 독이라고 말하기에는 곤란한 점이 있고, 또한 그럴 의미도 없다고 할 것이오."

"음?"

현동은 좀 더 차분한 표정이 되어 말을 계속했다.

"일단 외관상으로 조사를 해본 결과, 소공자는 검상을 통해 과다하게 출혈을 한 데다, 더욱이 상처 부위를 통해 독기가 내부 장기로 곧바로 침투되었소. 음, 만약 검상만 아니고 단순히 독에만 당한 것이었다면, 피독주의 효능에 힘입어 상당한 시간 동안 버텨낼 수도 있었을 것인데……."

순간 모중의 어깨가 부르르 떨렸다.

그가 심중의 격정을 가라앉히려는 듯 지그시 이를 물며 물었다.

"그 말은 곧 용아를 죽음에 이르게 한 직접적 사인이 독이 아니라 바로 검상이라는 것입니까?"

"그렇소."

모두가 놀랐지만, 그중에서도 가장 놀란 것은 바로 방숙이었다.

모룡이 중독사한 것이 아니라면, 그가 모룡이 죽었다고 판단하고 도주할 그 당시에 어쩌면 모룡은 다만 혼절한 상태였을 뿐 사실은 목숨을 부지하고 있었다는 추측을 해볼 수도 있는 일이 아닌가.

만약 그때 그가 어떤 수단을 부려서 모룡의 상태를 다시 한 번 살펴보았거나, 혹은 곧바로 성도로 내달릴 것이 아니라 주변에서 기다렸다가 적들이 떠난 다음에라도 모룡의 상태를 한 번만 더 확인해 보았더라면 어쩌면 그를 살릴 방도가 있었을지도 모른다는 얘기가 되는 것이다.

그러나 이미 돌이킬 수 없는 일이었다.

더욱이 이제와 말해서는 결코 안 되는 일이 되고야 만 것이다.

안색을 무겁게 가라앉히며 방숙이 모중을 향해 말했다.

"소공자를 해친 그 계집의 검법은 분명 검가의 검본이십사세였소. 그것도 이제 겨우 스물 남짓의 나이로서는 제법 놀라운 성취라고 할 수 있었소. 그런 것으로 보면 그 계집이 검가의 직계라는 추측을 해볼 수 있는 것이고, 또한 이번의 참사가 어쩌면 돌발적이거나 우연한 것이 아니라 검가에서 사전에 치밀하게 계획한 것일 수도 있다는 점을 배제해서는 안 된다는 생각이오."

그 말에 대해 모중은 더욱 굳은 얼굴이 되었다.

"현 당주께서는 혹시 그 독인에 대해 짐작되는 바라도……?"

불쑥 묻는 모중의 말에 현동은 잠시 미간을 좁혔다가 조용히 대답했다.

"방 지부장의 말에 따르면 당시 독인은 완전한 흑인의 형상인 데다, 그 주변으로 근 일 장여나 되게 흑무(黑霧)를 뿜었다고 했소. 더욱이 그 흑무에 닿는 것은 풀이며 나무며, 심지어는 바위까지도 모조리 타고 녹아 버렸다고 했소. 실제로 지금 이 주변의 정황과 참상을 보아서도 그 말이 그다지 과장된 것은 아니라는 것을 알 수 있소. 음, 믿기 어렵지만 어쨌든 그러한 정황들만 놓고 판단해 본다면 아마도 섭독(攝毒)의 단계를 지나 이미 내독(內毒)의 단계에 이른 독인일 것이라고 추측해 볼 수 있을 것이오."

모중이 침중하게 반문했다.

"섭독과 내독이라면……?"

"독문(毒門)의 사람들이 독인의 완성 단계를 나누어놓은 것인데, 섭독이란 말 그대로 독을 섭취하는 단계요. 강호에서 흔히 말하는 독인이란 바로 이 섭독의 단계를 말하는 것인데, 사실은 그 과정의 험난함과 심각한 부작용들 때문에 독문에 발을 들인 자들 중에서도 독인이 되고자 하는 자는 거의 없다고 할 수 있소. 다음으로 내독이란 것은, 오랜 기간 섭독의 단계를 성공적으로 거치면서 독공을 수련한 결과, 마침내 전신이 완전한 독으로 이루어지는, 소위 만독체(萬毒體)가 되는 단계요. 만약 독인이 이 내독의 단계에 이르게 되면 그 몸에서 늘 유, 무형의 독기가 배출되는지라 그 몸에 직접 닿지 않고 다만 곁에 다가가는 것만으로도 중독이 되고 만다고 하오. 더욱이 그 독공의 성취 정도에 따라서는 독기를 수장 반경 내까지 뒤덮을 수 있어서 그 안의 모든 생명체를 일시에 초토화시킬 수도 있다고 하니, 그 공포스러운 위력을 가히 짐작할 만할 것이오."

"음!"

듣고 있던 방숙이 나직이 침음성을 흘려냈다.

현당이 그런 방숙 쪽을 힐끗 보면서 다시 말을 이었다.

"그러나 비록 독문에 종사하는 자라 할지라도, 그리고 그가 평생을 독인이 되고자 매진한다고 하더라도 내독의 단계에까지 이른다는 것은 실로 지난(至難)한 일로, 그 성공 가능성은 극히 희박하다고 할 수 있소."

현당이 다시 시선을 모중에게로 주면서 말을 계속했다.

"우선은 천하의 온갖 독물들이 두루 필요한데, 그중에는 독문에서 지보(至寶)로 치는 희귀한 독물들도 적지 않아 그것들을 다 모으는 자체가 사실은 불가능에 가깝다고 해야만 할 것이오. 만약 그러한 독물들이 다 구해졌다고 해도 그것들을 독문비전(毒門秘傳)의 비법에 따라 섭독하는 과정을 거치는 데에는 실로 오랜 시간이 걸리며, 더욱이 보통 사람의 육신으로써는 그 과정에서의 독의 폐해와 각종의 치명적인 부작용을 견디어내는 것 또한 불가능하다고 하오. 전하는 바에 따르면 만약 누군가 독인이 되기에 최적의 체질을 타고나서 그 섭독의 과정을 육체적으로는 소화해 냈다고 하더라도, 막상 그 과정 중의 고통이란 것은 결코 사람이 견딜 수 있는 것이 아니어서 결국은 그 정신이 견디지 못하게 된다고 하오."

"정신이 견디지 못한다면……?"

묵묵히 듣고 있던 모중이 언뜻 안광을 빛내며 현당의 말을 재촉했다.

"인간으로서의 신지와 인성을 상실한다는 의미요."

"그렇다면 혹시 강시… 독강시를 말씀하는 것입니까?"

현당이 가만히 고개를 끄덕이다가 이내 다시 가로저으며 말했다.

"그러나 방 지부장이 보았던 그 독인이 독강시나 혹은 그에 상당하는 존재라고 단정하는 데는 여전히 무리가 있소."

"음?"

"강호에서 독강시에 관한 얘기가 가끔씩 언급되기는 하나, 사실은 그 존재의 진위 자체는 불확실하다고 해야 할 것이오. 여러 가지 이야기와 소문에도 불구하고 지난 수백 년간 독강시가 실제로 강호에 출현했다는 명백한 기록은 없으니까 말이오. 다만 그나마 가능성이 있다면……."

현당이 문득 말을 끊으며 사뭇 조심스러운 기색이 되어 모중을 보았다.

그런 현당에 대해 모중은 가만히 고개를 끄덕여서 자신이 충분히 심중의 격정을 추스르고 있다는 것을 보여주었다.

그에 현당이 나직이 한숨을 내쉬고는 다시 말을 계속했다.

"굳이 들자면 한 가지의 가능성을 말할 수 있소. 바로 수십 년 전부터 팔왕 중의 암왕이 주재하는 독벌(毒閥)에서 독강시를 실현시키기 위한 시도가 있다는 풍문이오. 그러나 또한 그 풍문의 사실 여부에 대해서는 누구도 자세히 아는 사람이 없소. 그리고 만약에 그들이 독강시를 완성시키는 데 성공했다고 하더라도 벌써 이십여 년 이상이나 강호도상에 자취를 하지 않고 있는 그들이, 더욱이 독강시를 대동하고서 이곳 대파산의 심심산중에 출현할 까닭은 없다고 해야 할 것이오."

잠시 미간을 좁힌 채 생각을 정리하던 모중이 이윽고 침중한 얼굴로 입을 열었다.

"감찰당에서는 용아의 시신을 수습하여 일단 본가로 돌아가십시오. 그리고 막주께 이곳의 상황에 대해 자세히 보고 드려 주십시오. 저와 현 당주님 외 나머지는 이대로 흉수의 뒤를 쫓을 것입니다. 독인에 대한 문제는 당장에 어떤 대책을 가져가기 어려운 만큼, 앞으로 새로운 상황에 부딪치는 대로 대처하기로 하겠습니다. 우선은 검가의 여아를 목표로 하여 추격할 것인데, 전력으로 쫓는다면 그 아이가 대파산을 벗어나기 전에 잡을 수 있을 것입니다. 마침 그 아이에게는 무공을 익히지 않은 다른 두 사람의 동행이 있다고 하니, 그들이 여전히 함께 움직이고 있다면 그들을 잡는 일은 더욱 용이해질 것입니다. 만약 도중에 어떤 예기치 못한 상황을 만나게 된다면 곧바로 전서구를 날려 본가에 지원을 요청할 것입니다."

모중과 현당, 그리고 방숙과 약당 소속의 다섯 명이 모두 다 고수급에 드는지라 비록 좁고 험한 산길이었지만 그들이 전력으로 신법을 펼쳐 달리는 속도는 가히 바람처럼 빨랐다.

더욱이 목표물의 흔적을 찾는 데는 굳이 걸음을 지체할 필요가 없을 정도로 어려움이 없었다.

어찌 보자면 추적에 혼선을 주기 위해 의도적으로 만들어

둔 것이 아닐까 싶을 정도로 흔적들은 뚜렷했다.

중간중간 휴식을 취한 흔적을 포함하여, 그 이동하는 속도 또한 너무 느려 오히려 추적하는 쪽에서 의아한 생각이 들 정도였던 것이다.

그러나 얼마 지나지 않아 모중은 대강의 사정을 짐작해 볼 수 있게 되었다.

'무공을 지니지 않은 두 사람의 동행 때문이다. 검가의 그 여아는 동행을 버려두고 홀로 도주하기를 포기한 것이다.'

선두에 서서 달리던 모중은 도중의 작은 공터에 이르러 잠시 멈춰 섰다.

주변의 나뭇잎과 잔 나뭇가지들이 잘게 잘려 분분이 바닥에 흩뿌려져 있었기 때문이다.

몇 개의 나뭇잎과 가지의 잘린 모양과 그 절단면을 살펴보는 것으로 모중은 그것들을 자른 사람이 도달한 검의 경지를 추측해 볼 수 있었다.

물론 그것들을 자른 사람은 바로 그가 쫓고 있는 검가의 여아일 것이다.

'이미 검기상인(劍氣傷人)의 초입에 들어섰다. 으음! 내 짐작대로 이 아이가 그 당시의 예활(芮闊)의 여식이라면 아직 스물 초반에 불과할 터인데 참으로 놀라운 성취가 아닌가? 이런 정도라면 과연 용아를 능가한다고 봐야겠구나. 빼어난 자질을 타고났거니와, 또한 검가에서 전력을 다해 키웠으리라. 아아! 한번 얽힌 은원의 굴레는 결코 벗어날 수가 없는 것이라고 하더니, 그때 예활의 일을 생각하면 참으로 안타깝기 이를 데 없으나, 아아, 그러나 이제는 나 또한 이러한 악연을 어찌할 수가 없구나. 자식을 잃은 아비의 입장으로서 나는 예활의 자식을, 그리고 나아가 검가를 용서할 수가 없다!'

모중이 심중으로 그렇게 탄식하며 부르짖음으로써 도막과 검가 간에는 바야흐로 또다시 새로운 은원의 굴레가 덧씌워지고 있었다.

그것은 누구도 어쩔 수 없는 돌고 도는 피의 율법이었다.

* * *

"혹시 독인의 흔적이 새로이 발견된 것이 있습니까?"

모중의 물음에 현당은 고개를 가로저었다.

"이곳까지 오는 동안 가능한 폭 넓게 독인의 흔적을 살폈으나 어떤 흔적도 발견할 수 없었소. 이는 곧 지금 쫓고 있는 세 명과 독인이 서로 같은 방향으로 움직이지는 않고 있다는 의미일 것이오."

"으음!"

"처음의 장소를 제외하고는 이토록이나 완벽하게 독인의 흔적이 사라진 것을 볼 때, 아마도 독인은 제 발이 아닌 다른 운반 수단으로 옮겨진 것 같소. 그리고 독인을 옮긴 자들의 흔적 역시 찾을 수 없는 것으로 보아 그 독인을 통제하는 자들은 결코 평범한 자들이 아닐 것이오. 그렇지 않고는 이토록 완벽하게 독의 흔적을 남기지 않을 수는 없을 터이니……."

모중이 무거운 안색으로 말했다.

"일단은 검가의 여아를 포함한 세 명이 이제 멀지 않은 곳에 있으니 먼저 그들을 잡고 난 뒤에 문초해 본다면, 독인에 관한 추가적인 사실을 알아낼 수 있을 것입니다."

그러다 모중의 목소리에는 문득 지긋한 힘이 실렸다.

"비록 용아의 사인이 직접적으로 독에 의한 것은 아니라고 하더라도 어쨌든 용아의 죽음에 관계가 된 이상, 그 독인이 속한 곳이 어디인지 기필코 밝혀낼 것이고, 또한 그곳이 그 어떤 곳이라고 하더라도 반드시 응분의 대가를 치르게 해줄 것입니다."

第四章
절지(絶地)에 들다

존
석산평전

예령 등이 힘겨우나마 그래도 걸을 만한 능선을 벗어나 그야말로 거칠고 험난하기 이를 데 없는 비탈의 울창한 숲 속을 헤매게 된 것은 순전히 당고 때문이었다.

바늘에 실처럼 잠시도 소산의 곁에서 떨어지려 하지 않던 당고가 한순간 마치 놀란 망아지처럼 무작정 내달리기 시작했던 것이다.

소산이 황급히 소리를 쳤으나 당고를 멈추게 하지는 못했다.

평소 같았으면 외침을 듣는 즉시 소산에게 돌아와 잔뜩 주눅 든 표정으로 그의 눈치를 살폈을 터이지만, 이때만큼은 다만 내달리던 기세를 잠시 주춤했을 뿐, 당고는 이내 더욱 빠른 속도로 산비탈을 치달려가고 마는 것이었다.

당고의 그런 돌발 행동은 엉뚱하게도 한 마리의 뱀 때문이었다.

그러나 예령은 당고가 뱀을 보고 놀라서 그런 것이라고는 결코 생각하지 않았다.

사실 지금의 예령은 차라리 뱀이 당고를 보고 놀랐으면 놀랐지, 당고가 놀랄 이유는 조금도 없다는 생각을 하고 있는 중이었다.

그런데 과연 그런 것 같았다.

뱀은 마주치는 그 순간에 본능적으로 당고의 위험성(?)을 깨달았는지 대번에 죽어라 도망을 치기 시작한 것이다.

그런데 아무리 필사적이라고 하더라도 놈(?)의 빠르기는 정말 놀라운 데가 있었다.

놈은 기껏 땅을 기어 다니는 주제에 마치 쏘아진 화살이라도 되는 양 정말로 바람을 가르는 소리를 '쉭!' '쉭!' 하고 낼 정도였다.

그뿐만이 아니었다.

보는 사람으로 하여금 더욱 입이 딱 벌어지게 만드는 것은, 풀과 나무와 바위 등등의 장애물 사이를 때로는 번개처럼 타고 넘고, 또 때로는 물살처럼 유연하게 돌아 나가는 놈의 움직임이 마치 날아다니는 것처럼 보인다는 것이었다.

그야말로 비사(飛蛇)였다.

뱀 중에 정말로 날개가 달려 공중을 날아다니는 종류가 있다고는 예령도 믿지 않았다.

그러나 그래도 비사라고 불리는 뱀이 있다면 놈이야말로 바로 비사일 것이다.

그런데 그처럼 빠른 뱀으로 하여금 죽어라 도망치기에 급급하도록 만들고 있는 당고의 빠르기였으니, 그 또한 놀랍다고 해야 하는 것은 당연하였다.

당고는 마치 자석에 끌리는 쇠붙이라도 되는 양, 이리저리 갈지자로 방향을 틀며 날다시피 도망치는 뱀에게서 일 장 간격 이상을 떨어지지 않고 있었다.

비록 이제는 당고가 어떤 새로운 모습을 보인다 하더라도 그다지 놀랄 일은 없을 것이라고 생각하고 있는 예령이었지만, 지금 당고가 선보이고 있는 유연하고도 쾌속하기 이를 데 없는 절정의 경신법에 대해서는 저절로 새어 나오는 감탄을 금하지 못하고 있었다.

일행을 생각지도 못한 소동 속으로 끌어들인 그 한 마리의 뱀은 상당히 특이한 생김새를 지니고 있었다.

길이가 삼 척(三尺:대략 일 미터) 정도인데, 그 굵기가 어린아이 팔뚝만큼이나 되어서 보통의 뱀에 비해서는 제법 우람해(?) 보였다.

또한 전체적으로 새카만 진흑색인데, 마치 옻칠이라도 한 듯 윤기가 자르르 흘러서 은은한 광택이 비쳤다.

보다 특징적인 것은 놈의 대가리였다.

놈의 대가리에는 특이하게도 뿔 같기도 하고 벼슬 같기도 한 금빛의 돌기가 도드라져 있었다.

그런데 언뜻 보자니 그것이 꼭 작은 왕관같이 생겨서, 마치 놈이 무슨 뱀의 왕이나 황제쯤이라도 되는 양 위엄을 상징하는 듯 보이기도 했다.

예령이 보기에 당고는 무작정 욕심을 부리고 있는 것 같았다.

물론 그 뱀에 대해서였다.

그런데 참으로 엉뚱하기 짝이 없다고 해야겠지만, 예령이 생각하기에 당고의 그 욕심은 바로 식욕(食慾)임에 분명했다.

지금까지 당고가 먹는 것이라곤 가끔씩 소산이 한 알씩 주는 환약뿐이었는데, 그 한 마리 뱀을 보는 순간 당고는 도저히 억제할 수 없도록 식욕이 발동하고 만 듯했다.

사실 예령이 그 이유를 아주 짐작조차 못하는 것은 아니었다.

이미 당고가 어떤 상상도 못할 모습으로 변할 수 있는지를 직접 겪어본 그녀가 아니던가?

그 가공할 독인으로의 변신 말이다.

바로 독 때문일 것이다.

그 뱀이 지닌 독이 당고를 끌어당기고 있는 것이고, 또한 그런 어떤 강력한 당김이 있었기에 당고가 풀숲과 나무, 그리고 바위 틈 사이를 번개처럼 날아다녀 육안으로는 잘 보이지도 않는 뱀을 한순간도 놓치지 않고 따라잡을 수 있는 것이 아니겠는가.

소산 또한 늘 무조건적인 복종을 하던 당고가 뜻밖의 독단과 고집을 부리고 있는데도 막상 그다지 당황해하는 모습은 아니었다.

다만 당고가 조금 멀어져 가자, 그 또한 당고를 쫓아 전력으로 내달리기 시작했다.

*　　　*　　　*

산비탈을 오르락내리락하는 중에 당고는 이미 처음에 타고 가던 산등성이가 아닌 다른 산등성이로 접어들어 있었다.

그런데 그때쯤 예령은 뱀이나 당고에 대해서가 아니라 소산에 대해 놀라워하고 있는 중이었다.

뱀을 쫓는 당고의 달음박질은 벌써 일각(一刻:15분)여째 계속되고 있었다.

그 무모한 달음박질에 대해 소산은 마치 당연히 그래야만 하는 것처럼 묵묵히 당고의 뒤를 쫓고 있었다.

당연히 그 또한 전력으로 달음박질을 치면서 말이다.

그런데 소산으로서는 사력을 다해 달려도 뱀과 당고의 빠르기를 따른다는 것은 애초부터 가능한 일이 아니었다.

그나마 그들 일사일인(一蛇一人)이 곧장 한 방향으로만 나아가지 않고 이리저리 방향을 틀어대며 가는 탓에 소산은 때로 멀찍이 떨어질 때도 있었지만 꾸준히 따라붙으면서 뒤를 놓치지 않고 있었다.

예령이 놀라워하고 있는 것은 바로 소산의 그런 꾸준함 때문이었다.

일각여 동안을 내내 전력을 다해 질주한다는 것은 보통 사람으로서는 결코 가능하지 않을 만큼 힘들고 고통스러운 일일 것이다.

더군다나 수풀과 잡목이 제멋대로 우거진 험한 산비탈을 달리는 일이다.

그런데 소산은 지금 비록 연신 턱에 받친 거친 숨소리를 내뱉고 있기는 하였지만, 조금도 속도를 늦추지 않고 꾸준히 달리고 있었다.

무공을 지니지 않은 평범한 몸으로 지금 소산이 발휘해 내고 있는 체력은 그야말로 초인적인 것이라고 해야만 했다.

예령은 문득 가만히 고개를 젓고 말았다.

당고와 소산!

알면 알수록 그들 두 사람이 하나같이 그야말로 참으로 묘하고도 특이한 면모들을 지닌 인물들이 아닌가.

그러나 예령은 지금의 이 황당하고도 기이한 상황을 임의로 멈추게 할 생각은 조금도 없었다.

그녀가 비록 지금까지 무리하거나 억지로 길을 재촉하지는 않았지만, 그렇다고 아주 포기를 하고 추격자들에게 잡히기를 기다리고 있는 것은 결코 아니었다.

다만 소산, 그리고 당고와 끝까지 함께하기로 작정을 하였던 것이고, 그런 이상 추격자들의 손에서 벗어날 가능성이 거의 희박하다는 것을 알고 있기에 마지막까지 필사적으로 악착을 떠는 모양새만큼은 취하지 않으려고 했을 뿐이다.

그러나 지금의 이 상황은 적어도 그녀가 의도적으로 만든 상황은 아니었지만, 그 안의 사정이야 어떻게 되었건 당고와 소산이 자발적으로 달리고 있는 것이 아닌가.

그렇게 함으로써, 물론 그 두 사람이야 전혀 그럴 의도가 아니었겠지만, 어쨌든 추격자들에게 잡히는 시간을 좀 더 뒤로 미뤄둘 수 있게 될 것이니 당연히 예령으로서는 말릴 일이 전혀 아닌 것이다.

예령의 생각이 그런 데까지 이르고 있는 중에도 당고와 소산은 점점 더 깊은 산중으로 달려가고 있었다.

방향을 살필 여유도 없이 마냥 산중을 마구 헤집으며 무작정 내달리던 중에 그들은 자신들도 모르는 사이에 하나의 골짜기로 접어든 것 같았다.

그리고 적당한 간격을 두고서 소산의 뒤를 따르고 있던 예령은 문득 자신들이 좀 이상한 상황에 빠져 있는 게 아닌가 하는 생각을 퍼뜩 떠올리고 있었다.

앞쪽의 당고와 소산의 거동에서 조금은 의아한 구석이 있어 보였던 것이다.

줄곧 내달리기만 하던 그들이었는데, 웬일인지 좀 전부터는 앞쪽으로 이어져 있는 골짜기의 안쪽으로는 더 이상 들어가지를 않고서 같은 지역만 벌써 몇 차례나 맴돌고 있는 중이었다.

그런데 예령이 그렇게 생각을 하고 보아서 그런지 언뜻 둘러본 주변의 풍경 또한 지금까지 보아온 산중 풍경과는 좀 다른 데가 있는 것 같았다.

지금 그들이 들어선 골짜기는 유난히도 숲이 우거져 있었다.

아름드리 나무들이 하늘을 가리듯이 빽빽이 자라 있었고, 바닥에는 오랜 세월에 걸쳐 쌓인 낙엽이 수북이 층을 이루고 있었다.

마침 내내 맑기만 하던 하늘이 잠시 변덕을 부리는 것인지 쨍쨍하던 햇살마저 모습을 감추고 있었는데, 그런 때문에 더욱 그런지는 몰라도 골짜기 전체는 온통 습한 기운과 퀴퀴한 냄새가 자욱하게 감돌고 있었다.

안 그래도 예령은 벌써부터 약간의 어지러움을 느끼고 있었는데, 문득 속까지 울렁거리는 것만 같았다.

그런데 잠시 주변의 정경을 돌아보고 다시 소산 쪽으로 시선을 돌리던 예령은 그만 흠칫 놀라고 말았다.

없었다.

그녀가 소산에게서 시선을 뗀 것은 아주 잠깐에 불과했는데, 그사이에 소산의 모습은 물론이고 그 앞쪽에서 이리저리 내달리고 있던 당고의 모습까지 그야말로 감쪽같이 사라져 버리고 만 것이다.

예령이 황급히 몸을 도약하여 전력으로 앞을 향해 쏘아 나갔다.

그런데 얼마 지나지 않아서 예령은 사뭇 당황한 기색이 되고 말았다.

당고와 소산의 모습은 여전히 보이지 않는데, 이상하게도 사방이 점점 더 넓어지고 있는 느낌이 들어서였다.

그녀는 지금 분명히 하나의 골짜기 안으로 들어서 있는 중이었는데, 골짜기가 그렇게 넓을 수는 없는 일이었고, 또한 골짜기를 벗어났다고 치더라도 깊고 험한 산중에 이처럼 넓은 분지가 있다는 것은 상상하기 어려운 일이었다.

그런데 그뿐만이 아니었다.

그녀가 이상하다고 생각하고 있는 중에도 안쪽으로 들어갈수록 사방은 점점 더 넓어지고 있었는데, 한순간 달리던 속도를 늦추며 시선을 들어 먼 곳을 살펴보던 그녀는 그만 깜짝 놀라고 말았다.

사방의 경계가 보이지 않았다.

그곳은 더 이상 골짜기 안이 아니었고, 첩첩산중 또한 아니었다.

보이느니 끝없이 광활하게 펼쳐진 수풀 지대와, 그리고 그 끝에 맞닿은 하늘뿐이었다.

예령은 일단 앞을 향해서만 달려보기로 했다.

자신이 지금 이해할 수 없는 묘한 조화 속에 빠져들었다는 것을 알았지만, 그렇다고 당장에 어찌해 볼 수 있는 뾰족한 수가 있는 것은 아니었기 때문이다.

자신에 앞서 소산과 당고 또한 비슷한 일을 겪었을 것이기에, 그리고 그들이라면 이런 상황에서도 결코 되돌아 나올 사람들이 아님을 짐작할 수 있기에 그녀 또한 이대로 앞을 향해 나아가서 어떻게든 그들을 찾아야겠다는 생각이었다.

설혹 앞쪽에 그 어떤 위험이 도사리고 있다고 해도 말이다.

한편으로 그녀는 오히려 잘되었다는 생각이기도 했다.

조만간 도막의 추격에 따라잡히고 말 것은 기정사실이나 마찬가지인데, 그런 분명한 위험보다는 차라리 앞쪽에 어떤 위험이 있다고 하더라도 그 미지의 위험 쪽을 택하는 것이 낫겠다는 생각이었다.

그런데 그때 만약 누군가 뒤쪽의 골짜기 입구 쪽에서 그녀의 모습을 보았다면, 참으로 이상하다고 여겼을 것이다.

조금 전 당고와 소산이 그랬던 것처럼, 그녀 역시 지금 계속하여 같은 지역을 맴돌고 있는 중이었기 때문이다.

예령은 한참을 계속해서 무작정 달리고 있는 중이었다.

그런데 왜 갑자기 그렇게 된 것인지를 스스로도 알 수 없는 순간에, 난데없이 하나의 거대한 절벽 앞에 서 있는 자신을 발견하였다.

그리고 동시에 그녀는 절벽의 중간에 좁게 갈라진 틈새 사이로 막 사라지고 있는 소산의 뒷모습을 보았다.

이상하다는 생각을 할 틈도 없이 그녀는 급하게 외쳤다.

"소산 공자! 잠깐 멈춰 서요!"

그러나 소산은 그녀의 외침을 듣지 못한 듯 그대로 절벽 안쪽으로 사라지고 말았다.

그에 예령 또한 절벽 안쪽의 위험 여부를 생각할 여유도 없이 그대로 소산을 뒤쫓아 절벽의 틈새 안으로 신형을 날렸다.

* * *

모중 일행이 그 골짜기 안으로 들어선 것은 예령의 모습이 사라지고 나서 얼마 지나지 않아서였다.

마침 잠시 흐렸던 하늘은 다시 맑아져서 쨍쨍한 햇살이 골짜기 안을 환히 비추고 있었다.

모중은 한곳에 멈춰 서서 잔뜩 인상을 찌푸렸다.

그가 찾고 있던 세 사람의 흔적이 얼마 전부터 이해할 수 없이 제멋대로의 궤적을 그리더니, 이윽고 골짜기 안으로 이어져서는 마치 장난이라도 치듯이 좁은 지역을 계속 맴돌고 있었던 것이다.

그런데 더욱 황당한 것은 사방에는 흔적으로 가득한데, 그리고 그 흔적들은 계속 정해진 지역 안에서만 맴돌고 있을 뿐 막상 앞으로 나아가거나 뒤로 되돌아간 흔적이 전혀 없는데도 막상 그 흔적의 주인들은 온데간데없이 사라져 버리고 만 것이다.

현당과 방숙 등은 범위를 넓혀 주변 지역을 몇 번이나 반복하여 탐색하고 나서는 이윽고 한결같이 어안이 벙벙한 기색들로 돌아왔다.

현당이 모중에게로 다가오며 허탈한 기색으로 말했다.

"아무래도 우리는 그들에게 당하고 만 것 같소. 여기까지의 흔적들은 우리의 추격을 따돌리기 위해 의도적으로 만들어진 것이고, 아마도 지금쯤 그들은 전혀 다른 방향을 택하고 있을 것이오."

모중이 또한 허탈한 표정이 되어 탄식했다.

"으음! 처음부터 너무 간단하게 흔적을 남긴다 했더니 실은 영악하기 짝이 없는 술수가 숨어 있었던 것 같습니다. 허! 한낱 어린 계집아이에게 이처럼 어이없이 농락당하고 말다니……."

그때 방숙이 날카로운 어조로 말했다.

"그 계집아이만의 짓이 아닐 수도 있소."

"음?"

"검가일 것이오. 그들은 처음부터 치밀한 계획을 세우고 있었던 것이오. 지금의 상황만 봐도 그것은 분명하오. 그들에게는 처음부터 또 다른 조력자가 있었던 것이고, 그 계집아이 등이 수월하게 도주할 수 있도록 이곳까지의 가짜 흔적을 만들어주었다는 얘기가 되지 않소? 그것도 우리 모두의 이목을 감쪽같이 속이고 유유히 조롱할 수 있는 대단한 능력의 조력자가 말이오."

현당이 고개를 저으며 이의를 제기했다.

"나는 지금의 검가에 그럴 만한 능력이 있다고는 믿지 못하겠네."

그러나 그에 답하는 방숙의 어조는 여전히 확고했다.

"사실 우리는 그동안 검가에 대해 너무 등한시해 온 것입니다. 지난 이십여 년의 세월 동안 그들은 거의 봉문하다시피 강호도상에 발길을 하지 않았는데, 가슴속에 혈원(血怨)을 지닌 그들이 그 오랜 세월 동안 어찌 아무런 방도를 강구하지 않았겠습니까? 또한 그 오랜 세월 동안 복수를 준비했다면 어찌 이런 정도의 수단을 부리지 못할 것입니까?"

두 사람의 말을 듣고 있던 모중이 무거운 침음성을 흘려냈다.

"으음!"

그러나 모중은 더 이상 지체하지 않고 결론을 냈다.

"어쨌든 그들이 사천성 쪽으로는 다시 되돌아가지 않았을 것이니 우리는 일단 이대로 대파산을 넘어 섬서 지부까지 가면서 그들의 행방을 계속 쫓을 것입니다. 현 당주께서는 본가에 전서구를 날려 감숙과 섬서 일대의 지부들과, 또한 본막과 친분이 닿는 모든 문파들로 하여금 흉수의 동향을 쫓도록 협조 조치를 해달라고 요청하십시오. 아울러 도영대(刀英隊)의 일부를 섬서 지부로 보내달라고 해주십시오."

현당이 조금 놀라는 기색으로 반문했다.

"도영대를? 음! 소막주는 어찌할 작정이오?"

모중이 굳은 얼굴로 말했다.

“섬서지부까지 가는 동안에도 흉수의 종적을 찾지 못하면 도영대와 함께 제남의 검가를 향해 곧장 갈 생각입니다.”

현당이 잠시 모중의 기색을 살피다가 사뭇 조심스럽게 입을 열었다.

“만약 방 지부장의 말대로 이번 일이 검가가 사전에 치밀하게 계획을 하고 저지른 것이라면, 그들이 여전히 그 곳에서 우리가 오기를 기다리고 있겠소?”

모중이 일순 입가로 차가운 웃음을 베어 물며 답했다.

“그들이 그래도 팔왕의 반열에 속했던 검왕의 후예가 아닙니까? 그렇다면 적어도 자신들이 저지른 일에 대해서는 당당히 책임을 져야만 할 것입니다. 만약 그들이 그곳에도 없다면… 후후, 저는 죽은 검왕을 천하의 조롱거리로 만들 것입니다.”

第五章
소씨(小氏) 일족(一族)

시존 석산평전

예령이 들어선 곳은 하나의 분지였다.

그런데 그곳의 지형이 참으로 기이하였다.

사방이 마치 병풍처럼 거대한 암벽 군으로 둘러싸였는데, 아래쪽에서 어느 정도 높이까지는 점차로 넓어지다가 그 위로부터는 다시 점차로 좁아지다가 이윽고 그 꼭대기에는 겨우 손바닥만 한 하늘이 까마득히 보일 뿐이었다.

또 한 가지 특이하다고 할 것은, 그런 폐쇄된 형상임에도 불구하고 분지 내부는 그리 어둡지 않고 전체적으로 제법 밝다는 점이었다.

분지의 바닥은 제법 넓게 평지를 이루고 있었는데, 붉은 기운이 감도는 토양에 이름 모를 키 작은 풀이 마치 푹신한 융단처럼 자라 있었다.

당고와 소산은 분지의 안쪽 암벽 가까운 곳에 있었다.

예령이 또다시 그들의 모습을 놓칠까 보아 한달음에 달려가 보니, 마침 당고는 문제의 그 뱀과 대치하고 있는 중이었다.

그런데 당고의 얼굴은 이미 완연히 거무스름하게 변해 있는 데다, 눈에서는 확연한 녹광이 발산되고 있었다.

비록 얼마 전에 보여주었던 독인의 형상으로 화한 것은 아니었지만, 지금 당고는 잔뜩 독기를 끌어올리고 있는 것임에는 분명해 보였다.

와중에도 예령이 언뜻 다행스럽다고 생각한 것은, 당고가 지난번과 같이 완전한 독인의 형상까지는 아니어서 옷을 태우고 나신으로 변해 버리는 민망한 지경까지는 가지 않고 있다는 점이었다.

당고의 앞쪽 일 장 거리에서 당고와 대치한 뱀은 이미 당고의 녹광 짙은 눈빛과 그 표독스러운 기세에 사실상 압도당해 있는 듯했다.

둥글게 똬리를 튼 채 '쉭쉭!' 거리며 독기를 뿜어내고는 있으나, 기실은 잔뜩 위축되어서 더 이상 도망칠 엄두조차 내지 못하게 된 듯 보였다.

반면에 당고의 눈빛에는 욕심이 가득하였다.

그리고 그 욕심이 바로 식탐이라는 것은 지금 더욱 확연해 보였다.

뱀이 잔뜩 움츠렸던 몸을 순간적으로 튕기며 앞으로 쏘아져 나간 것은 너무도 찰나적인 일이었다.

더욱이 뱀이 목표로 하는 방향이 상상치도 못하게 소산 쪽이라는 점에서, 더욱이 그 빠르기가 그야말로 번개와 같아서 당고는 물론이고 예령조차도 순간적으로 어떤 대응도 취하지 못하였다.

예령이 그러할진대, 정작 소산 자신은 감히 피할 생각조차도 못하는 것이 당연하였다.

다만 그는 본능적이다시피 두 팔로 얼굴과 가슴을 가리고 있었다.

예령이 경악을 추스르고 보니 뱀은 소산의 팔목에 매달려 있었다.

소산의 팔목을 문 것이 분명한데, 아마도 그 이빨이 한 번 물면 잘 빠지지 않는 구조인지, 혹은 뱀의 성질이 그만큼 독하고 사나워서 한 번 문 것은 끝장을 보려는 것인지 뱀은 소산의 팔목에 이빨을 박은 채 대롱대롱 매달려 있었다.

챙!

예령이 곧바로 검을 뽑아 들며 신형을 날려 소산의 곁으로 다가섰다.

그러나 그녀는 막상 어떻게 해야 할지를 몰라 하며 다시 한 순간 주춤거렸다.

만약 그때 소산이 무어라고 한소리 크게 일갈(一喝)하지 않았다면, 예령은 그렇게 해서는 문제를 완전히 해결할 수 없다는 것을 알면서도 일단은 뱀의 허리 부분을 잘라내는 선택을 할 수밖에 없었을 것이다.

"감히 미물 따위가!"

소산의 외침에는 뱀에게 물렸다는 공포보다는 오히려 뱀이든 무엇이든 자신을 해하려 하는 것에 대한 무조건적인 반발과 분노가 가득했다.

다음 순간 소산은 뱀이 매달려 있는 오른팔을 홱하고 거칠게 뿌리쳤다.

찍!

짧게 묘한 소리를 내며 팽개쳐진 뱀은 허공을 날아가 맞은편의 암벽에 모질게 부딪쳤다.

그리고는 스르르 바닥으로 떨어지더니 그대로 널브러져 버리는 것이었다.

그런데 그 상태에서 더 이상은 꼼짝도 하지 않는 모양새가 아마도 그대로 비명횡사를 하고 만 것 같았다.

소산의 팔에는 갈고리 모양의 독니[毒牙] 두 개가 박혀 있었다.

방금 소산의 뿌리침에 자못 굉장한 힘이 들어가 있었기에, 그처럼 독하게 소산의 팔뚝을 물고 늘어지던 뱀의 독니가 아예 송두리째 뽑혀 버리고 말았던 것이리라.

그런데 만약에 뱀에게도 어떤 이지(理智)가 있었다면, 놈의 입장에서는 참으로 황당하지 않을 수 없는 일이었다.

사실 놈의 독은 호랑이나 곰이라도 물리는 즉시 전신이 마비되며, 이어 조금의 여지도 없이 그대로 사망에 이르고 말 정도로 지독한 독이었다.

그런데 제대로 소산의 팔뚝에다 독니를 꼽고서 아주 매달리기까지 한 상태에서 소산이 그처럼 무지막지하게 팔을 뿌리칠 줄을 놈이 어떻게 상상(?)이라도 할 수 있었겠는가?

연이어 벌어진 갑작스러운 사태에 예령은 다시금 어안이 벙벙한 기색이 되어 있는데, 그녀의 옆에서 소산이 털썩 바닥으로 주저앉고 있었다.

예령이 퍼뜩 정신을 차리고 보니, 소산의 팔뚝은 새카맣게 변색되어 있었고, 얼굴 또한 급속도로 검게 물들어가고 있는 중이었다.

중독이었다.

그리고 피부의 변색 정도로만 보더라도 그 독이 얼마나 지독한지를 짐작하고도 남음이 있었다.

극심한 고통을 느끼는 듯 소산은 얼굴을 잔뜩 찌푸리고 있었다.

그러나 예령으로서는 어떻게 도와줄 수가 없는 형편이었다.

소산의 처지가 안타깝다고 해서 아무런 방도도 없이 그의 몸에 함부로 손이라도 대었다가는 같이 중독이 되고 마는 어리석은 결과밖에 더 있겠는가.

그때 소산은 문득 허리를 곧게 세워서 앉은 자세를 바르게 하였다.

그걸 보고 예령은 언뜻 한 가지 생각을 떠올렸다.

'설마 이 와중에 운공이라도 하겠다는 것인가?'

그런데 이내 호흡을 가다듬는 소산의 모습에서 예령은 자신의 추측이 틀리지 않다는 것을 확인할 수 있었다.

예령이 저도 모르게 어이없음과 안타까움이 뒤섞인 탄식을 뱉고 말았다.

"맙소사! 지금 형편에 운공이 다 무슨 소용이란 말인가? 내공이 노화순청의 경지에 이르러서 삼매진화로 독을 태울 수 있는 것도 아니고, 더욱이 가부좌도 제대로 취하지 못하였는데 어찌 운공이 가능하기라도 하겠는가?"

예령이 탄식하면서도 여전히 어찌할 바를 찾지 못하고 있는 중인데, 당고가 불쑥 소산에게로 다가갔다.

그리고 그녀는 소산의 팔뚝에 박혀 있는 뱀의 독니 두 개를 간단히 뽑아버렸다.

순간 예령은 반사적이다시피 흠칫 놀라고 말았다.

운공 중인 사람을 함부로 건드린다는 생각 때문이었다.

그러나 그녀는 금방 허탈한 기색이 되고 말았다.

소산이 운공 자체가 가능하지 않은데 주화입마를 걱정한다는 것은 그야말로 쓸데없는 걱정이 아니던가.

그보다는 차라리 독인인 당고에게 이독치독(以毒治毒)의 묘(妙)를 기대해 보는 것이 나을 것이다.

예령의 미간이 살짝 좁혀졌다.

당고가 소산의 팔뚝으로 입을 가져가 독니를 뽑아낸 자리에서 흘러나오는 검붉은 색깔의 피를 살짝 핥는 모습을 보았기 때문이다.

그러나 잠시 피 맛을 음미하는 듯하던 당고는 이내 관심을 다른 데로 돌려 버리는 것이었다.

그녀의 관심이 돌아간 곳은 바로 그녀가 내내 쫓고 있던 뱀 쪽이었다.

한달음에 암벽 아래로 미끄러져 간 당고는 널브러져 있는 뱀의 사체를 집어 올렸다.

그리고는 대가리서부터 꼬리까지를 사정없이 찢어버리는 것이었다.

당고의 그 곱고 가냘프기만 한 소수(素手) 어디에서 그런 우악스러운 힘이 나오는 것인지, 예령은 그저 두 눈을 동그랗게 뜨고 있을 뿐이었다.

찢겨진 뱀의 사체를 쭉 훑어 내린 당고의 손에 무언가 은은한 오광(烏光)이 감도는 작은 새알만 한 물체 하나가 잡혀 있었다.

그리고 당고는 지체없이 그 물체를 자신의 입 안으로 넣어 버렸다.

이어 지극히 만족한 기색이 된 당고는 다시금 천천히 소산에게로 다가와서는 원래의 무심한 모습 그대로 소산의 곁을 지켰다.

마치 이제 자신의 식탐을 해결했으니 중독된 소산의 위급 따위에는 조금도 관심이 없다는 듯한 모습이었다.

한동안 어이없는 기색이 되어 있던 예령은 한순간 나직한 한숨을 불어 내쉬었다.

예령은 여전히 어떤 다른 방법을 찾을 수 없었기에, 안타까움 속에서 조심스럽게 소산의 상태를 지켜만 보고 있는 중이었다.

그런데 어느 순간, 그녀가 들어왔던 쪽과는 반대가 되는 맞은편의 가파른 암벽의 작은 틈새에서 한 사람이 불쑥 모습을 드러내고 있었다.

언뜻 보기에 아직 앳되어 보인다 싶은 소녀였다.

그런데 예령이 미처 보지 못했을 뿐 사실은 같은 곳을 통해서 소녀에 앞서 먼저 분지 안으로 들어온 존재가 또 하나 있었다.

바로 한 마리의 뱀이었다.

그런데 그 뱀은 지금 당고의 발 앞에 찢겨진 사체로 남아 있는 뱀과 똑같이 생겼다.

다만 크기가 죽은 놈에 비해 대략 두 배 정도나 더 커서 훨씬 더 징그럽고 위험스러워 보였다.

뱀은 지금 묘한 거동을 보이고 있었다.

마치 극심한 공포에 질려서 사람으로 치자면 오금이 저려 감히 도망도 치지 못하면서 겨우겨우 뒷걸음질로 물러나고 있는 듯한 모양새를 보이고 있는 것이었다.

그리고 놈을 그렇게 만들고 있는 원인은 기이하게도 바로 소녀에게 있는 것 같았다.

찌익!

한순간 날카로운 소리가 주변을 울렸다.

바로 뱀이 낸 소리였는데, 그것에는 날카로운 중에도 왠지 모를 짙은 서글픔 같은 느낌이 스미어 있었다.

다음 순간 뱀은 마치 보이지 않는 무형의 그물에서 풀려난 것처럼 앞을 향해 쏜살처럼 튕겨 나갔다.

바로 당고가 있는 쪽이었다.

아니, 좀 더 정확히는 당고의 발치 아래에 놓인 찢겨진 뱀의 사체를 향해서였다.

당고의 두 눈에서 선명한 녹광이 번쩍하고 빛난 것은 바로 그때였다.

그리고 그 빛은 의심할 여지없이 재발동된 식탐의 빛이었다.

뱀은 곧바로 죽은 뱀에게로 접근하지 못하고, 일 장여 떨어진 곳에서 멈추어 선 채 바짝 치켜든 대가리를 앞뒤로 까딱거리고 있었다.

그런데 뱀의 그런 움직임은 적을 위협하는 행동이 아니라, 진퇴양난의 기로에서 어찌할까를 망설이고 있는 것처럼 보였다.

이를테면, 앞의 당고와 뒤의 소녀 둘 다가 뱀에게는 지극히 두려운 존재인데, 과연 어느 쪽으로 가야 할지 갈피를 못 잡고 있는 듯한 거동으로 보였다.

그러나 그 같은 뱀의 거동은 잠시였을 뿐, 놈은 이내 당고 쪽으로 슬금슬금 기어오기 시작했다.

뱀의 그런 선택이 당고 쪽이 그나마 덜 두려워서인지, 아니면 두려운 중에도 죽은 뱀에게로 가야겠다는 어떤 집념 내지는 집착 때문인지는 알 수 없는 일이었다.

뱀이 다가오자 당고의 눈에서 녹광이 한결 짙어졌다.

"칫!"

이어 당고는 특유의 소리를 흘려내며 뱀을 향해 한 발을 마주 나아갔다.

바로 그때 소산의 입에서 한마디 나직한 외침이 터져 나왔다.

"멈춰!"

소산의 그 말은 소녀를 향해서 한 것이었다.

그리고 소산의 시선은 똑바로 십여 걸음까지 가까이 다가와 있는 소녀를 향해 있었다.

단호함과 동시에 어떤 우려가 깃들어 있는 소산의 그 한 마디 외침은 당고와 소녀 두 사람을 동시에 멈추어 서게 만들었다.

당고는 그렇다 해도 소녀 또한 그 순간 놀란 듯 움찔하면서 그대로 멈추어 섰던 것이다.

당고를 멈추어 서게 한 것이 꼭 소산의 외침 때문만은 아닌 것 같았다.

사실 그러한 종류의 뱀에 대한 당고의 욕심은 소산으로서도 어떻게 통제하기가 어렵다는 것을 예령은 이미 지난번의 경우로 알게 된 바가 있지 않은가.

예령은 당고의 시선이 뱀과 소녀를 번갈아 노려보고 있는 점에 잠시 주목하고 있었다.

그러나 설마하니 소녀 또한 당고가 보이는 탐욕의 대상인 것은 아닐 것이기에, 소녀를 향한 당고의 그 눈빛이 뱀을 두고 서로 다투는 상대에 대한 경계의 빛 같은 것일 거라고 예령은 추측했다.

다만 그런 중에도 한 가지의 의혹이 있다면, 그것은 어리고 연약하게만 보이는 소녀의 무엇이 지금 뱀으로 하여금 독인인 당고에 대해서만큼이나 두려움을 가지도록 만들고 있는 것일까 하는 점이었다.

어려 보였다.

소녀는 아직 스물은 확실히 안 되었겠다 싶도록 앳되어 보이는 데가 있었다.

맑고 청아한 인상이나, 그렇다고 눈에 확 들어오는 미인은 또 아니었다.

다만 평범하고 수수한 인상이었다.

그런 중에도 굳이 소녀에게서 특별하달 것을 찾는다면, 예령이 이곳 분지까지 오면서 심상치 않은 몇 가지의 현상들을 겪었듯이 보통 사람들이라면 결코 발걸음을 할 만한 장소가 아닌 이런 절지(絶地)에서 불쑥 마주쳤으면 으레 경계심을 가져야 하는 것이 당연함에도 불구하고, 이상하게도 소녀에게서는 마치 어디선가 한 번쯤은 좋은 일로 만난 적이 있는 것만 같은 묘한 친근감과 호감이 가는 그런 첫인상을 지녔다는 점을 들 수 있을 것이다.

그러나 어쨌든 분명해 보이는 것은, 소녀가 뱀에 대해서만큼은 결코 조금이라도 당고에게 양보를 할 기색이 아닌 것 같다는 점이었다.

소녀가 지금 조금도 위축되는 기색 없이 당고의 녹광 어린 시선을 정면으로 맞받아 응시하고 있는 것만 보아도 능히 그러한 점을 짐작해 볼 수 있었다.

그것이 또한 지금 예령에게 강한 의문과 호기심을 불러일으키고 있는 중이었다.

'저 소녀는 또 어떤 이유로 저 뱀에 대해 저렇게나 강한 집착을 보이고 있는 것일까?

당고와 소녀 간의 긴장된 대치는 돌연 앉은 자리에서 벌떡 일어나서는 성큼성큼 걸어가 당고의 앞을 막아서는 소산으로 인해 그 팽팽함이 깨어지고 말았다.

잔뜩 이마를 찡그린 채 잠시 소녀를 응시하다가 소산이 불쑥 입을 열었다.

“저 뱀, 내게 양보하시오! 아니, 내게 파시오! 가격은 원하는 대로 쳐주겠소!”

소산의 돌발적이고도 거침없는 제안(?)에 소녀는 그대로 얼떨떨한 표정이 되고 말았다.

이어 소녀는 소산과 당고를 번갈아 쳐다보면서 맑은 두 눈에 그 의미를 짐작할 수 없는 기이한 빛을 떠올렸다.

두 사람의 그런 모습들을 보면서 예령은 반사적으로 빙긋 웃음기를 떠올리지 않을 수 없었다.

문득 자신과 계약을 맺자고 하던 때의 소산의 모습이 떠올랐기 때문이다.

‘과연 그다운 처리 방식이다!’

한편으로 예령은 궁금해졌다. 소녀가 과연 얼마나 가격을 부를지에 대해서.

물론 예령으로서는 그 뱀의 가치에 대해서, 다만 당고가 식탐을 부리고 있다는 것 외에는 달리 얼마나 귀중한 가치를 지니고 있는지 짐작하기가 어려웠다.

그러나 그 실제의 가치를 떠나서 소녀가 총명해 보이는 만큼 소산의 어리숙함을 한눈에 파악했을 것이기에 이런 기회에 두둑한 이득을 챙기려 할 것이라는 생각을 하였다.

예령 그녀 자신도 그랬으니까.

그런 중에 예령은 정작으로 관심을 두어야 할 다른 사실들에 대해서는 간과하고 있었다.

바로 소산이 뱀에 팔뚝을 물려 심각한 중독 현상을 보였다는 사실과, 그로 인해 거무스름하게 변색되었던 그의 얼굴이 어느 사이엔가 원래의 혈색을 되찾았다는 사실에 대해서 말이다.

"공자께서는 무얼 하시는 분인가요?"

소산의 제안에 대해서는 이렇다 할 언급을 하지 않은 채 소녀는 난데없는 질문을 던졌다.

소산이 사뭇 무뚝뚝하게 대답했다.

"나는 소산이라고 하오."

그때 예령은 소녀의 눈동자가 반짝하고 빛나는 것을 놓치지 않고 볼 수 있었다.

그리고 이어 내놓은 소녀의 말을 들으면서 예령은 언뜻 미소를 짓고 말았다.

"저는 소소(小逍)라고 해요."

열일곱? 열여덟?

그 나이대의 소녀다운 장난기가 발동한 것이리라.

예령은 그렇게 여겼다.

소녀의 그런 장난기는 예령 그녀로서는 한 번도 해보지 못한 것이었다.

그녀가 소녀의 나이쯤이었을 때는 늘 치열한 인내와 각오만을 되새겨야 했기 때문이다.

그래서인지 예령은 아주 짧은 순간 문득 시름없이 어떤 묘한 감상에 젖어드는 것 같은 심정이 되고 말았다.

그리고 소녀에 대해 귀엽다는 느낌과 함께 그 거리낌없는 밝음이 부럽다는 생각마저 드는 것이었다.

소산은 잠깐 애매한 표정이 되었다.

그러나 그는 곧 별다른 감흥 같은 것은 조금도 일지 않는다는 듯 그저 지나가는 말처럼 무덤덤하게 반응했다.

"그렇소? 우리 소씨(小氏)는 천하의 드물다는 성씨 중에서도 참으로 희귀한 성씨인데, 이런 곳에서 일족(一族)을 만나다니 참으로 접하기 힘든 인연이라고 해야겠군요."

그리고 무심히 소녀를 쳐다보며 소산이 말을 덧붙였다.

"그런데 소저는 아직도 내 제안에 대해 답하지 않았소."

소산의 그런 말투는 냉정하기까지 했다.

하면 누구라도 그런 경우를 당한다면 불쾌한 마음이 들거나, 혹은 무안해할 만도 한데 소녀 소소는 오히려 방그레 풋풋한 미소를 베어 물었다.

그 모습이 상큼하기도 하고 또한 수줍은 청초함으로 보이기도 했다.

예령은 이제 사뭇 드러내 놓고 두 사람의 대화 내용에 관심을 보이고 있었다.

그런 중에 소소가 여전히 밝은 표정으로 입을 열었다.

"공자의 말씀대로 오늘 제가 공자를 만난 것은 참으로 드문 인연이라고 할 수 있겠네요. 제게 사정이 있어 벌써 수삼 년째 천하를 떠돌아다니고 있는 중이지만, 같은 소씨 일족을 만나기는 정말로 오늘이 처음이거든요. 호호호!"

짤랑거리는 웃음소리를 흘리며 소소는 말을 잇고 있었다.

"우리 소씨 일족은 천하를 통틀어서도 정말로 얼마 되지 않는지라 아마도 오늘 이후에 다시 이런 경우를 만날 일은 없을 것임에 분명해요. 그렇게 생각하니 오늘의 이 만남이 더욱 특별하다는 생각이 드네요. 공자께서도 그렇게 생각하시지 않나요?"

예령의 두 눈이 살짝 치켜떠졌다.

소소가 하는 말은 어찌 보자니 두루뭉술하게 소산의 말을 받아주는 듯하면서도, 또 한편으로는 묘하게 소산을 얽어매려 하는 데가 있어 보이는 것이었다.

한편, 그때쯤 소산은 사뭇 노골적으로 불쾌한 기색을 드러내고 있었다.

아마도 자신이 거듭 뱀의 거래에 관해 말하였는데도, 소소가 엉뚱하게도 계속 소씨 일족에 관한 얘기만 하고 있는 데 대한 못마땅함일 것이다.

예령은 소산의 그런 솔직함(?)에 대해 언뜻 어떤 익숙함을 떠올리고 있었다.

사실 소산의 그런 모습이야말로 본래 그의 모습이라고 할 수 있었다.

그녀가 처음 구산대서고에서 그를 처음 만났을 때 그의 모습은 바로 지금 그가 소소에게 보이고 있는 저런 불친절함과 무례함이었으니 말이다.

사실 그동안 예령은 소산이 그녀를 대하는 이해하기 어려울 정도의 무조건적인 성의와 진심에 어느 정도 익숙해지고 둔감해져 있었으나, 지금 소산이 소소를 대하는 태도를 보고는 그런 투박한 불친절함과 박대와 무관심이야말로 소산이 다른 사람을 대하는 본래의 모습이라는 사실을 문득 되새기게 되었던 것이다.

그 당시 그녀 자신이 소산에게 박대당할 때도 황당하다는 생각을 한 바 있지만, 지금 그가 소소를 대하는 방식 또한 사실상 황당하다고 해야 했다.

비록 소소가 빼어나다고 할 만큼의 미인인 것은 아니었지만, 그러나 그녀가 가진 맑고 청초함, 그리고 누구에게나 호감을 줄 만한 발랄한 성격이라면, 더욱이 지금 그녀가 소산에게 표하고 있는 수준의 적극적인 관심 정도라면 또래의 청년 중 어느 누구라도 감히 그녀에 대해 박대를 할 수는 없을 것이다.

같은 맥락에서 예령은 왜 소소가 오늘 처음으로 만났고, 또한 아직까지는 아무런 이해관계도 있을 것이 없는 소산에게 저렇도록 다소 지나치다고 해야 할 정도의 관심과 호감을 보이는지에 대해서 이해하기 어려운 심정이기도 했다.

그러나 그런 쪽에서의 소소의 지나침은 바로 그때부터야 말로 정말로 예령이 이해 못할 지경으로 진전되고 있었다.

"우리 소씨 일족은 사실상 모두가 가까운 친척이라고 해야 할 것인데, 어떻게 제가 이 정도의 작은 일에 대해 대가를 바랄 수가 있겠어요."

그렇게 말을 꺼내는 소소의 표정과 태도는 이미 소산을 정말로 일가친척으로 대한다는 것이었다.

그런 소소의 급진전에 대해 이번에는 소산도 얼떨떨한 표정이 되고야 말았다.

"그럼… 어떻게 하겠다는 것이오?"

당황스러운 기색을 감추지 못하고서 묻는 소산에 대해 소소의 대답은 조금도 거침이 없었다.

"그냥 드려야지요."

"정말이오?"

"호호호! 제가 알기에 우리 소씨 중에서는 같은 일족에게 거짓을 말하는 사람은 없어요."

"으음!"

저도 모르게 무거운 침음성을 흘리고 마는 소산에 대해 소소는 마치 관찰이라도 하는 듯이 빤히 바라보고 있다가 문득 덧붙였다.

"다만!"

그 묘한 말끝의 흐림에 소산이 반사적이다시피 반문했다.

"다만?"

그러나 소소는 방그레 웃는 것으로 대답을 잠시 미루었다.

그때 예령은 문득 소소의 그 순수하고도 청초한 인상과 웃음 뒤에 어떤 날카로운 예지(銳智)가 숨어 있다는 생각을 하게 되었다.

"우리는 이미 가까운 친척이긴 하지만, 그래도 이번 기회에 정식으로 의남매의 관계를 맺었으면 해요."

소소의 난데없는 제의에 급기야 소산의 두 눈이 동그래지고 말았다.

그때 예령은 자신이 오늘 그동안 소산에게서 보지 못했던 표정 몇 가지를 잇달아서 보고 있다는 생각을 하는 한편, 소소에 대해서도 이제까지와는 달리 사뭇 부정적인 시각을 가지게 되었다.

그것은 뭐랄까?

맑고 순진함을 가장한 당돌함 내지는 좀 더 심하게 말하자면 여인으로서, 더욱이 방심을 지닌 소녀로서는 감히 하지 못할, 부끄러움을 모르는 뻔뻔한 행태라고까지 해야 할까?

그런데 정작으로 이상한 것은 예령이 그런 생각을 하는 중에도 막상은 그것을 소소에 대해 진정으로 나쁘다는 생각으로까지는 진전시키지 못하고 있다는 것이었다.

그것은 소소가 당돌하고도 뻔뻔하기까지 한 행태를 보이는 중에도, 그녀의 얼굴 표정이 그 어떤 어색함이나 부끄러움도 찾아볼 수 없이 여전히 맑기만 한 때문이었을까?

그러나 예령은 자신이 비록 소소에 대해 나쁜 쪽으로의 생각까지는 하지 못하고 있지만, 소산이야말로 지금 보이고 있는 잠시의 당황을 금방 추스르고서 곧 소소의 그 당돌함과 뻔뻔함에 대해 지극히 그다운 반응을 보여줄 것이라고 기대를 했다.

그 본연의 단호하고도 박절한 거절로써 말이다.

그리고 과연 예령의 기대는 조금도 빗나가지 않았다.

"그럴 수 없소. 나는 다만 소저와 거래를 하고자 하는 것이고, 소저가 말한 것은 결코 거래의 조건이 될 수가 없는 것이오."

소산의 말투는 차라리 냉대라고 할 만하였다.

그 순간 소소의 안색으로 흠칫하는 당황과 안타까움 같은 감정들이 빠르게 스쳐 지나가는 것을 보고 예령은 그것이 바로 자신이 기대하고 있던 결과였음에도 불구하고, 그만 순간적으로 소소의 처지에 대해 안되었다는 동정을 느끼고 말았다.

다만 소산만큼은 그 같은 소소의 확연히 풀 죽어 애처롭게까지 보이는 모습에 대해 조금도 영향받지 않는 듯 단호한 모습을 견지하고 있었다.

그때 예령은 문득 만약 소소가 지금 자신에게 어떤 도움을 청한다면 자신으로서는 그 청을 차마 거절하지 못할지도 모르겠다는 생각을 하게 되었다.

그러면서도 자신이 왜 소소의 일에 대해 끝내는 호의적이 되고 마는지에 대해서까지는 미처 돌아보지 못하였다.

사실은 자신 역시도 소소와는 처음 만나는 사이이고, 또한 아무런 이해타산이 없는 관계이고, 더욱이 방금 전에는 그녀에 대해 당돌하고 뻔뻔하다는 부정적인 생각까지 한 바 있음에도 불구하고 말이다.

소소가 짐짓 도움을 청한다는 간절함을 담고 그녀를 부른 것은 바로 그때였다.

"언니!"

그런데 사뭇 난처한 기색으로 소소의 눈길을 맞아가던 예령의 표정은 일순 황망하게 굳어지고 말았다.

소소가 도움을 청한다는 의미로 짐짓 어리광을 부리는 듯이 부른 대상은 예령 그녀가 아니라 뜻밖에도 바로 당고였기 때문이다.

그러나 소소가 어리광까지 섞어 하는 '언니!' 소리에도 불구하고 당고는 당연히 전혀 반응이 없었다.

특유의 무심함과 더욱이 지금은 다소간 포악하다고 해도 좋을 욕심까지 떠올려 놓고 있는 당고에게서 굳이 소소에 대한 반응이라고 할 것을 찾는다면, 차라리 경계와 반감이라고 해야 할 것이다.

그러자 소소가 이번에는 오른손을 자신의 왼 가슴에다 대며 좀 더 호소하는 모습으로 말했다.

"언니, 언니께서도 기왕에 일족끼리인 사이에 의남매를 맺자는 제 말이 그렇게도 무리하다고 생각하시나요? 그렇지 않죠? 제 말대로 하는 게 좋겠죠?"

그리고 소소는 자신에게 동조해 달라는 의미인지 당고를 향해 가만히 고개를 끄덕여 보이는 것이었다.

예령은 어쩔 수 없이 다시금 실소를 짓지 않을 수 없었다.

소산이 이외에 그 누가 그 어떤 말을 한다고 해서 당고와 의사를 통할 수 있겠는가.

그런데 이번에도 예령의 상식은 어이없게도 깨어지고 말았다.

당고는 자신을 향해 적극적인 친근감을 보이며 고개를 끄덕이고 있는 소소에 대해, 일시 반감과 관심이 교차하는 기이한 표정이 되었다.

그리고 이윽고 당고의 고개는 소소를 따라 천천히 끄덕여지고 있었다.

예령은 크게 놀라지 않을 수 없었다.

당고는 지금 소소의 말과 몸짓에 대해 반응을 보이고 있는 것이었다.

그때 소산 또한 당고의 그런 모습에 대해 놀랐는지 얼떨떨한 기색이 되어 있었다.

"그것 보세요. 저 언니도 제 말대로 하는 게 좋다고 하잖아요?"

소소가 짐짓 기세를 세우는 데도 소산은 여전히 얼떨떨한 표정을 거두지 못하고 있었다.

그러나 소산의 그런 표정에서는 놀라고 당황스러워하는 중에도 또한 기뻐하는 기색이 완연하였다.

이어 내내 딱딱해 보이던 소산의 표정이 슬며시 풀리고 있었다.

아마도 당고가 소소에게 보이는 관심으로 인해 그 또한 새삼 소소에 대해 관심을 가지게 된 것일 터이다.

"좋소! 정히 그렇다면 소저의 그 조건을 거래 조건으로 받아들이도록 하겠소."

소산이 크게 인심이라도 쓰는 듯 하는 말에 대해 소소는 습관처럼 방그레 미소 지으며 물었다.

"역시 거래인가요?"

그러나 소소의 그 물음에 대해서는 대답하지 않고 소산은 자신의 말을 계속했다.

"소저에게 이의가 없다면… 자, 우리는 충실히 거래 조건을 지킬 것을 상호 약속합니다. 그렇지요?"

이번에 소소는 웃지 않았다.

대신 예령이 참지 못하고 빙그레 미소를 떠올리고 말았다.

방금의 소산의 말이, 그가 그녀와 거래 관계를 맺을 때 했던 그대로였기 때문이다.

그때 소소가 소산의 다짐에 대답하는 대신 불쑥 물었다.

"좋아요. 동시에 우리는… 오라버니와 저는 지금부터 의남매로서 서로의 도리를 다할 것을 상호 약속합니다. 그렇지요?"

그러자 소산은 일시 당황한 기색이 역력해졌다.

소산이 잠시간 소소의 반짝이는 눈빛을 응시하고 있다가 이윽고 짧게 대답했다.

"물론이오!"

그 대답에 만족한 것인지 소소는 소리 내어 웃었다.

"호호호!"

그 짜랑하면서도 맑은 웃음소리는 참으로 듣기에 좋아서,

예령은 부지불식간에 빙그레 따라서 미소를 짓고 말았다.

그러나 그녀들 둘 중 누구도 자신들이 지금 웃고 있는 데 또 다른 하나의 원인이 있다는 것에 대해서는 상상조차 하지 못하였다.

바로 소산의 목소리에 사람의 마음을 끌어들이는 어떤 기이한 힘이 스미어 있다는 사실을 말이다.

소산과 소소가 자못 기묘한 한 건의 거래를 성사시키는 동안, 당고와 뱀은 마치 못 박힌 듯 꼼짝도 하지 않고 있었다.

이윽고 소산이 당고를 보며 가볍게 고개를 끄덕였을 때도, 당고는 곧바로 그녀의 욕심을 채우려 하지 않고 웬일인지 머뭇거리는 기색이었다.

그런 당고의 머뭇거림은 꼭 소소의 눈치를 보는 것 같기도 하였고, 혹은 뱀을 얻는 것만으로는 여전히 성이 차지 않는다는 듯한 반응으로 보이기도 했다.

소산이 일시 의아한 기색으로 될 때, 소소가 빙그레 웃으며 당고를 향해 살짝 허리를 숙여 보였다.

그것이 꼭 '나는 조금도 개의치 마시고 하고 싶은 대로 뱀을 처리하시오' 하고 허락을 하는 것만 같았다.

찌익!

당고가 슬쩍 뱀에게로 다가가자, 뱀은 꼿꼿이 머리를 들며 짧고도 날카로운 소리를 냈다.

그러나 그 소리에는 독기나 위협이 아니라 지독한 공포가 스미어 있었다.

그리고 뱀은 공포로 잔뜩 굳어 있는 중에도 사력을 다한다는 듯이 힘겹게 꿈틀거리며 조금씩 조금씩 뒤로미끄러졌다.

당고의 두 눈에 서린 녹광이 확 짙어질 때, 어디선가 '슷!' 하고 기이한 소리가 들려왔다.

그 소리가 기이하다는 것은, 그것이 멀리서 은은하게 울리는 소리인 듯하면서도 또한 바로 귓가에다 누군가 입 바람을 부는 듯이 소름을 오싹 끼치게 하는 데가 있었기 때문이다.

그런데 그 기이한 소리를 듣는 순간 뱀은 얼어붙은 듯 그대로 그 자리에서 굳어버렸다.

한편, 당고는 돌연 맹렬하다고 할 정도로 사나운 기세로 소소를 노려보고 있었다.

당고의 그런 사나움은 필시 그 기이한 소리에 대한 본능적인 반응인 듯한데, 그녀는 그 소리가 바로 소소에게서 나온 것이라고 판단한 모양이다.

그때 소소는 선뜻 크게 세 걸음을 뒤로 물러섰다.

그런 소소에 대해 당고는 여전히 못마땅한 듯, 혹은 아쉬운 듯한 묘한 기색을 하였으나 곧 주의를 돌려 다시 뱀 가까이로 다가갔다.

찍!

뱀은 최후를 예감한 듯 억눌린 비명 같은 소리를 흘렸으나, 여전히 꼼짝도 하지 못하였다.

그때 당고는 번개같이 뱀을 낚아채서는 간단히 그 몸통을 훑어 내렸다.

이어 뱀을 바닥으로 팽개쳐 버린 그녀의 손에는 은은한 오광이 감도는 작은 새알만 한 물체 하나가 들려 있었다.

당고는 지체없이 그것을 입 안으로 삼켜 버렸다.

바닥에 널브러진 채로 몇 번 꿈틀대던 뱀은 금세 잠잠해져 미동도 하지 않았다.

第六章
소소(小逍)가 잘하는 것들

지존 석산평전

사방은 이미 어둑어둑해져 있었다.

까마득히 손바닥만큼만 보이는 하늘 또한 칙칙하게 변해 있었다.

그러나 예령은 서둘거나 딱히 무엇을 해야겠다는 생각을 하고 있지는 않았다.

자포자기의 심정이어서가 아니라, 지금은 움직이는 것보다 이대로 머물러 있는 게 낫겠다는 판단을 하고 있기 때문이었다.

적이 가까이에 있다는 조짐은 이제 전혀 느껴지지 않았다.

그것은 곧 이곳 분지가 적에게 발견되지 않았다는 것이고, 또한 이곳에 있는 한 당분간은 안전하다는 의미가 될 것이다.

예령은 차라리 느긋해지는 심정이었다.

그리고 도막과는 이미 도저히 풀 수 없는 원한을 맺은 만큼 그들은 결코 추격을 포기하지 않을 것이니, 분지를 나서는 순간 다시 숨 가쁜 도주를 해야 하는 처지로 몰릴 것이다.

더욱이 대파산을 벗어난다고 해서 위기가 해결될 것은 아니었다.

'쉴 수 있을 때 쉬어두는 것도 나쁘지 않다. 여기서 하룻밤을 보내고 천천히 움직임으로써 적에게는 오히려 혼선을 줄 수 있을 것이다.'

저녁은 각자가 지니고 있던 건량으로 간단히 해결했다.

그런데 소소의 봇짐은 그 부피가 소산과 예령의 간단한 봇짐에 비해 거의 두 배는 됨 직했다.

다만 가녀린 체구의 소소가 별 표시도 나지 않게 가뿐히 등에 지고 있었던 것으로 보아, 그다지 무거운 것은 아닌 듯했다.

소산은 암벽 바로 아래쪽에 자리를 잡고서 조용히 앉아 있었다.

그 옆에는 당고가 다소곳한 자세로 앉아 평상시의 모습 그대로 무심한 시선을 허공 어딘가로 멍하니 던져 놓고 있었다.

예령은 소산이 지금 무상검결의 해독에 몰두하고 있는 것으로 짐작했다.

그런 생각 자체가 몰염치라고 할 것이지만, 그러나 어쩔 수 없이 해보는 기대, 아니, 열망이었다.

소산에 의해 해석되고 또 다듬어진 무상검결 제일초 뇌전결(雷電訣)의 비결은 그녀가 짬을 내어 되새겨 볼 때마다 그 심오한 검리(劍理)에 탄복하지 않을 수 없을 만큼이었으니, 현재로서는 완벽하다 해도 좋았다.

그런데 그녀가 뇌전결의 검리를 접하면서 그 심오한 검리에 곧바로 근접해 볼 수 있는 것은, 바로 그녀가 무상검결에 그 근본을 둔 검본이십사세의 검리에 대해 조부 예둔의 헌신적인 가르침과 스스로의 각고의 노력으로 적어도 검리에 있어서만큼은 이미 그 깊은 극의(極意)까지를 꿰뚫고 있는 덕분이라고 할 수 있을 것이다.

만약 그렇지 않았다면 그녀는 결코 지금같이 뇌전결의 심오한 검리를 겉 핥기도 이해하지는 못했을 것이다.

어쨌거나 그 뒤 그녀는 염치불구하고 그녀가 외우고 있던 무상검결의 이초와 삼초, 각 구식(九式)의 검결을 필사해서 소산에게 건넨 바 있었다.

그때 그녀는 소산에게 일초의 해독만으로도 이미 너무나 고맙고 만족스러우나, 이초와 삼초에 대해서도 다만 한 번 가볍게 보아주는 정도로라도 부탁을 한다고 했다.

그러나 소산이 그 두 초의 검결에 대해서도 자신의 최선을 다할 것을 예령은 알고 있었다.

다만 스스로의 몰염치함을 위안하기 위해서라도 그렇게 말하지 않을 수 없는 심정이었던 것이다.

한편 그런 중에도 그녀는 자신에게 베풀어지는 소산의 성의와 진정에 대해, 그가 왜 그렇게 자신을 대하느냐 하는 것에 대한 의문을 떠나서 이미 어느 정도 편안하고도 익숙함을 느끼고 있는 중이었다.

예령은 언뜻 소소 쪽을 보았다.

그녀는 얼마 떨어지지 않은 암벽의 움푹 들어간 곳에 홀로 서 있었는데, 그녀의 시선이 지금 소산과 당고에게로 고정되어 있다는 것을 예령은 알 수 있었다.

예령이 가만히 미소 짓다가는 문득 감탄하는 표정으로 되고 말았다.

소소는 그 움푹 들어간 암벽 공간의 어두움 속에서 마치 그림처럼 고요히 서 있었는데, 아아, 그 순간 그녀의 자태에서 우러나는 미려함이란, 남들에게 절세의 자색(姿色)이라는 찬사를 흔하게 들어온 예령으로서도 실로 감탄을 하지 않을 수 없게 만드는 데가 있었던 것이다.

소소의 지금 모습은 그녀가 지금까지 내내 보였던 밝고 발랄한 모습과는 또 달리, 청초한 중에도 어떤 고결한 품격을 풍기는 데가 있어서 자못 신비로운 분위기까지 느껴지는 것이었다.

예령이 잠시 넋을 놓고 소소의 고운 자태를 지켜보고 있는데, 그제야 누군가 자신을 지켜보고 있다는 것을 느꼈던지 소소가 문득 고개를 돌리다가 예령을 보고는 가만히 미소 지었다.

비록 어둠 속이었지만, 예령은 그녀의 미소에 어려 있는 친근함을 확연히 알아볼 수 있었다.

예령이 마주 미소하며 가만히 손짓했다.

그리고 소소가 다가오기를 기다려 귓속말로 속삭였다.

"우리 저쪽으로 가요. 궁금한 게 많아요."

소소는 다정다감하고 붙임성이 있었다.

그녀는 예령에게 스스럼없이 언니라고 불렀는데, 그것이 조금도 어색하지 않았다.

만약 다른 사람에게 그럴 만한 이유도 없이 대뜸 언니라는 소리를 들었다면 아마도 예령은 많이 불편해했을 것이다.

그런데 지금 소소가 하는 언니 소리는 그저 귀엽게만 들리는 것이었다.

"이름이 정말… 소소예요?"

예령이 살짝 장난기 감도는 미소를 떠올리며 묻는 말에, 소소는 예령이 말을 시키는 것이 반갑다는 듯이 활짝 웃으며 얼른 대답했다.

"예, 언니!"

바로 이어 소소가 되물었다.

"언니는요?"

"난 예령이라고 해요."

"아! 정말 예쁜 이름이군요, 령 언니!"

"령 언니?"

나지막이 그렇게 반문해 놓고는 예령은 금방 빙그레 웃고 말았다.

그리고 한결 다정하게 말했다.

"그렇게 부르니 듣기에 좋네 정말로 동생이 생긴 듯해. 그럼 나도 소 매라고 불러도 될까?"

"호호호! 고마워요, 령 언니!"

소소의 밝은 웃음소리에 예령이 덩달아 기꺼운 마음이 되어 환히 웃다가 문득 물었다.

"그런데 소 매는 올해로 몇이야?"

소소가 살포시 부끄러운 듯 대답했다.

"열아홉이에요."

예령이 언뜻 뜻밖이라는 듯한 기색이다가 문득 '풋!' 하고 나직이 소리 내어 웃음을 터뜨리고 말았다.

소소의 두 눈이 동그래졌다.

자신이 무슨 말실수라도 했나 하는 표정이었다.

예령이 눈웃음을 남겨둔 채 말했다.

"다행이야."

"예?"

더욱 눈이 동그래지는 소소에 대해 예령이 이윽고는 짜랑한 웃음을 터뜨려 내며 말했다.

"호호호! 소 매가 소 공자를 오라버니로 삼은 것 말이야. 소 공자가 올해로 딱 약관이니 좀 아슬아슬했다고 생각지 않아?"

소소가 그제야 예령의 말뜻을 알고 따라서 웃음을 터뜨리고 말았다.

"호호호! 그렇군요. 하마터면 저는 큰 손해를 볼 뻔했군요? 호호호!"

두 여인이 간간이 교소를 터뜨려 가며 도란도란 얘기가 끊이지 않는데, 그런 두 사람의 모습을 누군가 보았다면 아마도 그들 두 여인이 원래부터 친자매 간이라고 여길 정도였다.

예령이 한참을 소소와의 얘기에 빠져 있던 중에 언뜻 시선을 들다가 흠칫 놀라고 말았다.

소소의 등 뒤로 어느새 다가왔는지 당고가 무심한 얼굴로 서 있었기 때문이다.

예령의 놀람은 섬뜩함이기도 했다.

그녀가 아무리 소소와의 얘기에 빠져 있었다고 해도 누군가 그렇게까지 가까이 다가오도록 눈치조차 채지 못하고 있었다는 것은 무인으로서는 치명적인 실수를 저지른 것이나 마찬가지였다.

만약 그 누군가가 당고가 아니라 그녀의 목숨을 노리는 적이었다면 그녀는 지금 이 순간 이미 살아 있는 처지가 아닐 수도 있는 것이다.

한편, 그녀의 이목을 그야말로 무용지물로 만들어 버린 당고의 숨겨진 능력에 대해서도 경이로움과 함께 왠지 모를 불안감이 들었다.

그런데 그때 예령의 놀라는 표정을 보고서 고개를 돌려 당고를 발견한 소소는 조금도 놀라거나 어색해하는 기색 없이 그대로 활짝 웃는 얼굴이 되었다.

"어서 오세요, 언니!"

소소의 그러한 태연하고도 자연스러운 태도는 예령으로 하여금 당고에 대한 놀라움에서 미처 벗어나지 못하고 있는 와중에도 다시금 혼란을 겪게 만들기에 충분했다.

왜냐하면 소소의 그런 여유가 당고가 그녀의 뒤에 와 있다는 것을 미리 알고 있었다는 반증인지, 혹은 알지 못하는 사이에 누군가 자신의 뒤에 바짝 다가와 있는 상황에 대해서도 전혀 아무런 경계심을 느끼지 않을 만큼 그녀가 순박하다는 증거인지 도무지 종잡을 수가 없었기 때문이다.

소소는 문득 장난스러운 표정이 되었다.

"이분 언니는 어떻게 부르면 되나요?"

순간 예령은 다소간 곤혹스러움을 느끼고 말았다.

사실은 그녀 또한 지금까지 당고에 대해 딱히 뭐라고 호칭을 붙여본 적이 없었기 때문이다.

"그녀는 당고……."

예령이 그렇게 적당히 말끝을 흐리고 마는데, 소소가 대뜸 그 말을 받았다.

"아! 산 오라버니의 고모님이 되시는군요? 음, 그러면… 산 오라버니의 고모님이 저의 언니가 되면, 산 오라버니는 또한 저의 조카이기도 한 건가요? 호호호!"

그 엉뚱한 계산법에 예령 또한 생각없는 웃음을 흘리지 않을 수 없었다.

"호호호! 당고는… 어쩌면 그냥 이름이기 쉬울 거야. 내가 보기에 두 사람의 관계는 고모와 조카 사이로는 어울려 보이지 않거든? 어쨌든 소 매는 나중에 소 공자에게 한번 물어보는 게 좋을 거야."

그러자 소소는 짐짓 강하게 고개를 저었다.

"싫어요. 저는 물어보지 않을래요. 누가 뭐라 해도 당 언니라고 부르고야 말겠어요."

강경하기까지 한 소소의 모습에 예령은 다시금 그저 실없은 웃음을 흘릴 수밖에 없었다.

예령은 내내 궁금했던 점 하나를 소소에게 물었다.

바로 소산 이외에는 그 누구에게도 무심하기만 하던 당고가 왜 처음 보는 소소에게 그처럼 관심을 보이는지에 대한 것이었다.

그리고 좀 전에 소소가 소산과의 의남매를 맺을 때 당고의 힘을 빌리는 것을 보았을 때는, 소소는 이미 당고가 자신에게 어떤 이유로 관심을 가지고 있다는 것을 알고 있는 것으로 보였다.

"독 때문이에요."

소소는 아무렇지도 않게 가벼운 투로 대답했다.

그러나 예령으로서는 결코 가볍게만 들을 수 없는 말이었다.

이전의 그녀는 독에 관해 다만 좌도방문의 잡학 정도로만 여겼지만, 지금의 그녀는 독인으로 화한 당고의 절대 공포를 이미 경험한 바가 있었다.

그때 예령은 언뜻 저쪽에 앉아 있던 소산이 이쪽을 향해 고개를 돌리는 것을 보았다.

소산은 내내 무언가에 골몰해 있었는데, 문득 그때에 이쪽으로 고개를 돌리는 그 모습은 마치 줄곧 그녀들의 얘기를 듣고 있다가 당고에 대한 얘기가 나오자 자신 또한 관심이 쏠린다는 듯이 보이기도 했다.

그러나 거의 십여 장이나 되는 거리였다.

더욱이 소산에게 혹시 방해가 될까 싶어 소곤대듯이 낮추어서 나누는 대화였다.

그러니 혹 소산이 보통 사람보다 귀가 밝다고 쳐도, 그녀들이 무슨 말을 나누고 있는지 알아듣기란 불가능한 일이었다.

그것은 무공을 지닌 예령 그녀 자신이라고 해도 최대한의 공력을 끌어올려 청력을 극대화시키기 전에는 마찬가지일 것이다.

역시 그녀의 그런 생각은 다만 쓸데없는 상상에 불과했던 모양이다.

소산은 이내 고개를 돌려 다시금 그 혼자만의 생각에 잠기는 모습으로 돌아가고 있었다.

예령이 조금은 조심스럽게 소소에게 물었다.

"독 때문이라니?"

소소가 문득 나지막이 소리 내어 웃으며 자신의 왼쪽 가슴을 가리키며 말했다.

"바로 얘, 백아(白兒) 때문이죠."

"백아?"

그러나 소소의 왼 가슴을 자세히 살펴보던 예령은 이내 의아한 표정이 되고 말았다.

소소가 가리킨 그녀의 도톰한 왼 가슴에는 그저 무늬 하나가 수 놓아져 있을 뿐이었다.

그런데 소소의 옷이 원래 백의경장인데다 그 무늬마저도 흰색이어서 유심히 보지 않으면 그런 무늬가 있다는 것조차 잘 구분이 되지 않았다.

그때 소소가 무늬를 보며 나직이 불렀다.

"백아"

그러자 놀랍게도 그 무늬는 아주 잠깐 푸르스름하게 색이 변했다가 이내 다시 원래의 백색으로 돌아가는 것이었다.

그것은 마치 무늬가 소소의 말에 반응해 자신의 존재를 슬쩍 나타내 보여주는 듯했다.

예령이 깜짝 놀란 목소리로 물었다.

"무늬가 살아 있는 거야?"

소소가 싱긋 웃으며 대답했다.

"훗! 무늬가 아니라 백아라니까요?"

"음!"

예령이 신기한 마음에 자신도 모르게 손을 뻗어 무늬를 만지려 했다.

그때 날카로운 소리가 났다.

츳!

그리고 거의 동시에 소소가 놀라며 제지했다.

"안 돼요, 언니!"

예령이 덩달아서 화들짝 놀라며 손을 거둬들이는데, 그런 경황 중에도 살펴보니 그 무늬가 꿈틀 움직이고 있었다.

그리고 무늬는 다시 움직이지 않았는데, 다만 이전과는 다르게 무늬의 한곳에는 작은 녹색의 반점 같은 것이 하나 생겨나 있었다.

그 녹색의 반점이 예리하게 번뜩이며 예령을 노려보고 있었다.

순간 치밀어 오르는 섬뜩함에 예령이 움찔 몸을 움츠리며 신음처럼 물었다.

"뭐… 뭐지?"

바로 그때였다.

"치잇!"

소소의 뒤에 장승처럼 버티고 서 있던 당고가 돌연 날카로운 소리를 흘렸다.

지금 당고는 다분한 경계와 적의를 내뿜고 있었다.

그런데 그녀가 적의를 보이는 대상은 다름 아닌 소소의 왼 가슴에 수놓인 그 무늬였다.

당고는 이제 단순한 적의와 위협에 그치지 않고 금방이라도 손을 뻗어 무늬를 낚아챌 듯이 그 기세가 거칠어져 가고 있는 중이었다.

당고의 그런 기세에 반응하여 무늬에서도 또한 사납기 이를 데 없는 소리가 급박하게 흘러나왔다.

"츠츳!"

그렇게 당고와 무늬는 순식간에 서로 격렬한 대치로 치 달려갔다.

폭발 직전의 긴장을 한순간에 흩뜨려 버린 것은 바로 소소였다.

"그만!"

짧고 단호하게 외친 다음 그녀는 다시 달래듯이 부드럽게 말했다.

"백아, 얌전히… 착하지? 그리고 당 언니도 얌전히… 얌전히… 착해요."

소소는 마치 아기들을 달래듯이 하였다.

그러나 그 간단한 몇 마디로 사납기 이를 데 없던 두 아기(?)는 정말로 금세 얌전해지고 마는 것이었다.

비록 눈빛은 여전히 날카롭게 소소의 왼 가슴에 있는 무늬를 노려보고 있었지만, 당고는 다소곳한 태도로 돌아가 있었다.

그리고 소소의 가슴 무늬 역시도 원래 그대로 그저 무늬인 듯이(?) 돌아가 있었다.

소소가 부드럽게 왼 가슴을 쓸어내리며 예령을 향해 나직하게 말했다.

"백아는 자존심이 강해서 누가 건드리는 걸 굉장히 싫어해요."

아마도 좀 전에 예령이 무심결에 백아를 만지려 했을 때, 그녀가 급하게 제지했던 것에 대한 뒤늦은 해명인 셈이었다.

예령이 미처 놀람이 덜 가신 중에도 가볍게 웃으며 말을 받았다.

"훗! 자존심이라고?"

"그럼요. 백아가 얼마나 자존심이 센데요. 사실 나이로만 따진다면 저나 언니보다 아마도 몇십 배는 더 살았을걸요?"

"몇십 배? 음! 그럼 이 무늬… 이것의 수령이 무슨 천 년 정도나 된다는 거야?"

"호호호! 저도 정확히는 몰라요. 그러나 최소한 수천 년은 넘었을 거라고 생각하고 있어요. 어쩌면 만 년쯤 되는지도 모르죠."

얘기가 그쯤에 이르렀을 때 예령은 더 이상 놀라기보다는 그저 믿을 수 없는 전설 같은 이야기를 듣는다는 듯한 표정이 되고 말았다.

"만 년? 이것이 대체 무엇이기에……?"

"본래 백아는 편복의 일종인데, 어떤 알 수 없는 기연을 만나 상상할 수 없이 기나 긴 수명을 누리면서 영성(靈性)을 가지게 된 특이한 경우죠."

반신반의하는 표정을 짓고 있다가 예령이 다시 물었다.

"그런데 당고 낭자가 소 매에게 관심을 가지는 것 또한 백아 때문인가?"

"예. 바로 백아가 지닌 절대의 독성 때문이죠."

"백아가 또한 독성을 지니고 있다고?"

"예. 백아야말로 천하 모든 독물 위에 우뚝 선, 가히 만독(萬毒)의 제왕이라고 할 수 있죠."

"음!"

"그런데 당 언니 또한 사람으로서는 도저히 가지지 못할 엄청난 독성을 내부에 지니고 있으니, 백아와는 서로의 독에 본능적으로 이끌리게 된 것이죠."

예령이 문득 놀라며 물었다.

"서로가 이끌린다면… 혹시 백아 역시 당고 낭자에 대해 어떤 탐욕을 가진다는 것이야?"

순간 소소는 잠시 곤란한 기색이 되었다가는 이내 차분하게 고개를 가로저었다.

"그런 건 아니에요. 당 언니가 백아의 독에 대해 본능적인 욕심을 가지는 것과 마찬가지로, 백아 또한 당 언니의 독성에 대해 특별한 관심을 보이는 것은 사실이지만, 그러나 백아는 영성을 지니고 있는 만큼 결코 함부로 사람을 해치지 않아요."

다소 묘한 말이기는 하나 예령이 보니 과연 당고가 다소곳한 가운데서도 여전히 백아를 향한 욕심을 감추지 못하고 있는 반면, 완전히 하나의 무늬로 돌아가서 그 어떤 반응도 보이지 않고 있는 백아는 오히려 느긋해 보인다고 할 수 있었다.

이윽고 예령은 자신도 모르게 나직한 탄식을 흘리고 말았다.

"음!"

소소는 슬쩍 화제를 돌리고 있었다.

"저와 백아는 원래 한 쌍의 금관사왕(金冠蛇王)을 쫓고 있는 중이었어요."

"금관사왕?"

소소가 한쪽에 치워놓은 두 마리의 죽은 뱀을 가리키며 대답했다.

"저놈들이 바로 뱀의 왕이라 불리는 금관사왕이죠. 기이지(奇異誌)의 기수영물(奇獸靈物) 편에도 수록되어 있는걸요? 하긴 천하의 영물들에 대해 자세하게 기록되어 있다는 그곳에서도 백아에 대한 언급은 단 한 줄도 찾아볼 수 없지만 말이에요. 호호호!"

소소는 예령이 잘 모르는 분야에 대해 자신이 얘기를 해줄 수 있다는 것이 사뭇 즐겁다는 듯이 밝게 소리 내어 웃었다.

이어지는 그녀의 목소리에서는 다소간의 신명까지 묻어나고 있었다.

"우리는 수컷을 먼저 발견하였는데, 성체(成體)가 된 금관사왕은 늘 암수 한 쌍이 같이 다닌다는 것을 알기에 가까운 곳 어딘가에 있을 암컷까지 마저 잡으려고 뒤를 쫓았던 것이죠."

소소의 이야기를 들으면서 예령은 언뜻 '그것뿐일까?' 하는 의문을 잠시 떠올려 보았다.

소소가 말해준 것만으로는 아무래도 당고가 그녀에게 보이는 관심에 대한 설명으로는, 그리고 소산마저도 제대로 통제하지 못하였던 당고의 독물에 대한 본능적이며 무조건적인 욕심을 소소가 지금처럼 가히 완벽하달 정도로 통제하고 있는데 대한 이유로는 뭔가 모르게 부족한 데가 있다는 느낌이 조금쯤은 남는 것이었다.

소소에 대한 당고의 순종적인 태도만으로도 그들 두 사람 사이에는 아마도 뭔가 다른 관점의 어떤 특별한 것이 있을 수도 있다는 생각이었다.

그리고 그 특별한 것은 두려움이나 거리낌 같은 것이기보다는 어떤 자연스러운 이끌림에 가까운 것일 거라는 생각을 예령은 또한 해보았다.

소산이 이쪽으로 걸어오고 있었다.

아마도 당고가 벌써 꽤 오랫동안이나 그의 곁에서 떨어져 있는 것에 신경이 쓰였던 것이리라.

그런데 그때 소산을 바라보는 소소의 눈빛에서 언뜻 반짝이며 스쳐 지나가는 한가닥 짙은 관심의 빛을 읽어내고 예령은 엷게 웃음 지으며 자리를 털고 일어섰다.

소소가 하는 얘기는 하나같이 기사(奇事)이고 기담(奇談)이라고 할 만하여서 결코 지루하거나 재미없지는 않았으나, 그들 새로이 인연을 맺은 의남매에게 좀 더 서로를 알 수 있는 기회를 주자면 자신은 이쯤에서 빠지는 것이 좋겠다고 생각한 것이다.

그리고 그녀에게는 그 무엇보다도 시급하게 해야 할, 그리고 또한 그 무엇보다도 중요한 일이 하나 있기도 했다.

그러는 통에 예령은 한 가지에 대한 의혹을 놓쳐 버리고 말았다.

바로 소산이 금관사왕에게 물려 중독되었다는 사실이다.

예령은 한참 시간이 지난 나중에야 그 같은 사실을 문득 떠올리게 되었다.

그러나 어쨌든 소산은 멀쩡하게 제 할 일을 다 하고 있었으므로 아마도 당고가 어떤 역할을 했거나, 혹은 당고만큼이나 신비로운 일면을 지닌 소소가 어떤 처방을 했을 것이라고 쉽게 여겨 버리고 말았다.

"소 매가 잘하는 것은 무엇이오?"

두 사람 사이에 잠시 대화가 오가다가 무슨 말끝인지 소산은 불쑥 그렇게 물었다.

그리고 소산의 다소 무례하게 들릴 수도 있는 물음의 내용에는 상관없이 다만 느닷없는 소 매 소리가 기쁘다는 듯 소소는 짜랑한 웃음부터 터뜨렸다.

"호호호!"

그리고 그녀는 밝은 목소리로 답했다.

"특별히 잘한다기보다는 의술과 요리에 관심을 가지고 있지요."

그에 대해 소산은 깊이 생각하는 기색도 없이 바로 말을 받았다.

"그것 잘되었소. 안 그래도 이 산중을 벗어나 인가를 만나는 대로 의술과 요리에 능한 사람을 구할 참이었는데 말이오."

소소가 방싯 미소를 떠올리며 물었다.

"의술과 요리에 능한 사람은 어디에 쓰시게요?"

"우린 앞으로도 짧지 않게 강호행도를 하여야만 하는데, 지난 며칠 동안의 일로 보아 앞으로도 노숙을 할 일이 많을 것이오. 그러자면 지금처럼 매 끼니를 건량으로 해결할 수만은 없는 노릇이니 요리를 담당해 줄 숙수가 당연히 필요하지 않겠소?"

소산이 말을 채 잇기도 전에 재촉하듯이 소소가 얼른 물었다.

"의술에 능한 사람은요?"

짐짓 호기심 가득한 얼굴을 하고 묻는 소소의 그 질문에 대해서 소산은 잠깐 겸연쩍은 기색을 보였다.

"나는 무공을 하지 못하니… 앞으로 상처를 입는 경우를 각오하지 않을 수 없소."

그리고 소산은 방금의 겸연쩍음을 만회라도 하듯이 본래의 무덤덤한 어투로 돌아갔다.

"물론 거저 해달라는 건 아니오. 소 매가 그 일을 해준다면 후하게 보수를 주도록 하겠소."

소소가 생끗 웃으며 물었다.

"얼마나 주실 건가요?"

소산은 지체없이 대답을 내놓았다.

"한 달에 금 한 냥이면 어떻겠소?"

소소가 잠시 놀라는 기색이다가 문득 소리 내어 웃었다.

"호호호!"

소산이 설핏 미간을 찌푸리며 다시 물었다.

"보수가 부족하오?"

소소가 얼른 고개를 저어 보이고 나서 다시 방싯 웃으며 말했다.

"아니에요. 너무 과분할 정도예요. 다만 저는 오라버니께서 대단한 부자이신 것 같아 기뻐서 웃은 것뿐이에요."

그 말에 대해 소산은 잠시 의미를 되짚어보는 기색으로 되었다. 좋은 말인지, 아니면 나쁜 말인지.

"당고가 소 매에게 보이는 관심이 바로 그 백아가 지닌 절대의 독성 때문이라고 했소?"

문득 차분해진 소산의 말에 소소는 설핏 놀라는 한편으로 언뜻 기이한 눈빛이 되었다.

그러나 그녀는 곧 본래의 맑고 깊은 눈빛으로 되돌아왔다.

"예!"

"혹시 소 매는 당고의 상태에 대해 아는 게 있소?"

그것은 듣는 사람을 다분히 당혹스럽게 만드는 갑작스러운 화제의 비약이었다.

그러나 그때 소산의 표정은 진지함으로 가득 차서 소소는 감히 가볍게 받아들이지 못하였다.

"그 점에 대해서는 쉽게 대답 드릴 수 없어요. 다만……."

"다만?"

"몇 가지는 먼저 말씀드릴 수 있어요."

소산은 약간의 긴장감마저 비치는 눈빛이 되어 소소의 눈을 응시했다.

소소가 문득 가만한 미소를 떠올렸는데, 잔잔한 그 미소는 소산의 조급함을 감싸고 달래려는 듯 부드럽기만 했다.

소소의 목소리는 부드러운 가운데 차분했다.

그리고 소산이 알아듣기에 무리가 없도록 찬찬히 당고의 상태에 대해 설명해 나가고 있었다.

섭독에서 내독으로 이르는 독인의 연성 단계를 설명했고, 당고가 지금 내독의 완성 단계로 전신이 완전한 독으로 이루어진 만독체에 이르러 있으며, 그것만으로도 독의 길을 걷는 사람들 중에서도 일찍이 도달한 사람이 거의 없을 정도의 드문 성취라는 것과, 여기서 또다시 어떤 기연과 계기를 만난다면 마침내는 독문의 전설인 독성지체에 입문할 수도 있는 직전 단계라는 것을 설명했다.

그리고 그런 과정에서 필연적으로 겪을 수밖에 없는 육체적, 정신적 폐해와 각종의 부작용에 대해서도 설명했다.

"독인으로서 내독의 경지에 이르렀다는 것은 곧 인간으로서의 인성을 상실했다는 것을 의미한다고 보아도 무방해요."

"으음!"

"그런데 제가 보기에 당 언니의 상태는 상당히 특이해서 만독체의 경지에 이르고도 인성을 완전히 잃지는 않은 듯 보여요."

소산은 그와 같은 분야에 대해 처음으로 듣는 듯 아주 신중하고도 진중하게 소소의 말을 경청하고 있었다.

그러다 소소가 잠시 얘기를 멈추었을 때 그가 문득 물었다.

"그런 것들에 대해 소 매는 어떻게 그처럼 자세히 알고 있소?"

소산의 물음에 소소는 엷은 홍조를 떠올렸다.

"제가 의술에 관해 관심이 있다고 말씀드리지 않았던가요?"

"내가 자세히는 알지 못하나 의와 독은 엄연히 다른 분야이고, 따라서 의술에 대해 공부하는 사람이라고 해서 다 소 매처럼 독에 대해 잘 알 수는 없을 것인데?"

"호호호! 오라버니는 지금 저를 추켜올리시는 건가요?"

소소의 짜랑한 웃음소리에 소산은 문득 잔잔한 얼굴이 되었다.

아마도 오라버니라는 말이 이제는 과히 듣기 싫지 않게 된 모양이었다.

사실은 소산 스스로도 미처 인지하지 못하고 있었지만, 이즈음에 그는 소소에 대해 은근한 호감을 가지게 되었다.

그것은 소소 자체에 이상하게도 대하는 사람으로 하여금 호감을 가지도록 만드는 기이한 특성이 있는 이유도 있었지만, 그보다는 소산이 그와 가장 가까운 사람이라고 여기는 당고가 소소에게 관심을 보이는 데서 그 또한 자신도 모르게 소소에게 관심을 가지고 되었다고 보는 것이 보다 타당한 이유가 될 것이다.

"하면 혹시 당고를 치료할 방법이 있겠소?"

소산의 조심스러운 물음에 소소는 가만히, 그러나 분명하게 고개를 저었다.

"한번 독인의 길에 든 이상 결코 되돌아 나갈 수는 없어요."

"으음!"

소소의 단정에 소산은 나지막하게 탄식을 흘리고 말았다.

소소가 어두운 표정의 소산을 잠시 바라보고 있다가 짐짓 표정을 밝게 만들며 말을 이었다.

"그러나 아주 방법이 없는 것은 아니에요."

그 말에 소산이 두 눈을 크게 떴다.

"만류귀종! 모든 것은 그 끝에 이르러 결국은 하나로 통한다고 하였어요. 즉, 독인이나 독공 역시 그 궁극인 독성지체의 경지에 이르면 능히 마음으로 독을 다루는 심독지경(心毒之境)에 올라 독이되, 또한 독이 아닌 경지에 이른다고 해요."

"하면?"

"그래요. 당 언니의 성취는 드물게도 이미 만독체의 단계에까지 이르렀으니, 앞으로 독성지체에까지 이르지 말라는 법도 없다고 해야겠지요."

"어떻게 하면 독성지체가 되는 것이오?"

"그건 저도 몰라요. 유구한 독문의 역사에서도 아직까지 독성지체를 이룬 사람이 있다는 얘기가 구체적으로 전해지는 바는 없으니까요."

"음!"

"그러나 강호에 떠도는 소문 중에는 독제(毒帝)가 아마도 그러한 경지에 이르지 않았을까 하는 말이 있기는 하지요."

"독제?"

"예! 강호의 전설이라는 팔종(八宗) 중의 한 사람이지요. 백여 년 전에 사천당가(四川唐家)의 갑작스러운 멸망이 있었어요. 그에 대해서 갖가지 구구한 억측들이 떠돌았는데, 그중에는 바로 독제가 개입되었을 거라는 풍문도 있어요. 당시 독과 암기의 종가라 불리던 사천당가와 독제 간에 어떤 일로 분쟁이 발생했는데, 격노한 독제가 단 하룻밤 만에 독으로써 사천당가를 궤멸시켜 버렸다는 것이죠."

그러면서 소소는 유심히 소산의 표정 변화를 살피는 기색이었다.

그러나 소산은 다만 짙은 호기심만을 드러내며 반문하였다.

"독으로써?"

"예. 바로 그런 풍문 때문에 독제가 아마도 독의 전설인 독성지체를 이루었을 거라는 말이 나오게 된 것이지요. 사실 독성지체에 이른 사람의 능력이 어느 정도인지 정확히 아는 사람은 없지만 독으로써, 그것도 단신으로 사천당가를 멸망시킬 수 있는 능력이라면 능히 독성지체의 경지라고 해도 결코 과하지는 않다고 해야겠지요."

소산이 잠시 생각하다 문득 실망한 투로 입을 열었다.

"독제가 그토록 대단한 인물이라면 당고가 어떻게 그런 인물과 같이 될 수 있을까? 결국은 불가능하다는 소리밖에는 안 되는 것이 아니오?"

소소가 또한 잔잔한 표정이 되다가 문득 소리 내어 웃으며 말했다.

"호호호! 해보지도 않고 지레 포기부터 하는 것은 어리석은 일이에요. 옛말에도 사람이 진정으로 이루고자 하면 하늘이 그 방도를 제시해 준다고 하지 않았나요? 이제부터 오라버니와 제가 성심으로 당 언니를 위해 방법을 강구한다면 반드시 어떤 방법이 생길 거예요."

"음!"

다만 위로의 말일 것이나 소소의 그 말에는 소산과 함께 기꺼이 고민을 나누겠다는 진정이 어려 있었다.

소산이 어두운 표정인 채로 가만히 고개를 끄덕였다.

소소는 묵묵히 침묵을 지키고 있는 소산을 보며 잠시 망설이는 기색이다가 이윽고 조심스럽게 입을 뗐다.

"아까 당 언니가 제게 관심을 보이는 이유가 백아의 절대 독성 때문이냐고 물으셨죠?"

"음, 그건 소 매가 스스로 얘기했던 것 아니오?"

"훗! 그랬나요? 그러나 이유가 그것 때문만은 아니에요."

"음?"

"결론부터 말씀 드리자면 당 언니와 저는 서로에게 상극이라고 할 수 있어요. 또한 그러기에 서로에게 저절로 이끌리는 거예요."

"상극?"

"그래요. 바로 독성과 약성의 상극이죠."

"그럼 당고가 독인인 것처럼 소 매 역시 약과 관련된 어떤 무공을 익히고 있다는 것이오?"

"엄밀히 말해 제가 익힌 것은 무공이라고 할 수 없어요."

"흠! 나는 당고가 지닌 독인으로서의 위력을 본 적이 있는데, 만약 소 매가 익힌 그 약성이란 것이 당고의 독성과 상극이 된다고 할 수 있으려면 또한 그 정도의 위력을 가진다는 의미가 아니오?"

소산의 물음에 소소가 짐짓 묘한 표정을 지어 보이며 말했다.

"제가 익힌 것은 일종의 약기예요. 이를테면 당 언니가 몸에 독성을 키워가고 있는 것처럼 오랜 세월을 두고 약성을 키워나가는 법이라고 할 수 있지요. 물론 독기와는 달리 약기라는 것은 그 자체로는 다만 병자를 치료할 뿐 사람을 상하게 하는 데는 어떤 위력도 발휘하지 못하는 것이죠. 그러나… 결코 그래서는 안 되는 것이겠지만 만약 정말로 어쩔 수 없는 경우라면, 약기로 사람을 죽일 수도 있어요. 그러니 아주 위력이 없다고 할 수도 없는 문제이겠지요."

그 기묘한 말에 소산이 저도 모르게 탄식의 소리를 흘렸다.

"허!"

소소가 진지한 기색으로 말을 이었다.

"사람의 몸에는 누구에게나 약간의 선천적인 약기와 독기가 존재해요. 사람이 건강하다는 것은 바로 그러한 상극의 두 기운이 또한 상생의 조화를 이루고 있기 때문이죠. 만약 그 상생상극의 조화와 균형이 깨뜨려진다면? 물론 당 언니처럼 한쪽의 기운만을 극대화하여 궁극의 힘을 얻는 경우도 있지만, 그러나 당 언니의 경우에도 약기가 아주 없는 것은 아니에요. 제 생각에 당 언니의 약기는 분명 어떤 비전의 절묘한 방법으로 오히려 독기를 북돋우고, 또한 독기가 극단의 폭발로 치닫지 않도록 견제하는 역할을 하고 있을 거예요. 만약 그렇지 않다면 당 언니는 결코 지금처럼 스스로의 독기를 통제하지는 못할 거라고 확신할 수 있어요. 자, 만약 제게 어떤 방법이 있어 당 언니에게서 그 아주 조금의 약기가 제 역할을 못하도록 완전히 사라지도록 만들어 버리거나, 혹은 그 균형을 깨뜨려 버린다면… 과연 그 결과는 어떻게 될까요?"

그러다 문득 소소는 스스로가 그런 말을 하고 있는 것만으로도 정말로 끔찍하다는 듯 세차게 고개를 가로젓고 말았다.

"아아! 이건 안 되겠군요. 만약을 가정하는 것만으로도 너무나 끔찍해요."

"당 언니에 대해 좀 더 자세히 말씀해 주실 수 있나요?"

소소는 문득 화제를 돌려놓았다.

그런데 그녀의 그런 말은 그녀와 소산이 이제 만난 지 겨우 몇 시진여밖에 지나지 않은 사이라는 것을 감안할 때, 그리고 당고에 대한 소산의 책임감이 얼마나 강한 것인가를 감안할 때 참으로 당돌하다고 할 수 있는 것이었다.

그러나 지금 소소의 천진하기까지 한 순수하고도 맑은 눈빛은 마주하는 사람으로 하여금 그녀에게 전혀 어떤 계산이나 악의가 없음을 저절로 알게 해주는 데가 있었다.

사실 그녀는 굳이 말하지 않아도 될 자신만의 비밀을 이미 소산에게 꾸밈없이 말한 바 있었다.

그런 면에서 그녀의 성격은 어쩌면 소산과 비슷한 데가 있는지도 몰랐다.

소산 또한 다른 사람과의 관계를 설정하는 데 있어서 딱히 앞뒤를 재거나, 혹은 이해 득실의 계산을 중시하기보다는 자신의 감정과 느낌에 지극히 충실하며, 또한 지극히 자기중심적인 데가 있는 것이 분명하니 말이다.

소산에게 소소는 이미 당고가 그녀에게 호감에 가까운 이끌림을 표시하고 있다는 사실 자체만으로도 적어도 당고에 관한 한 어떤 얘기라도 거리낌없이 해주어도 되는 사람이 된 것이다.

소산이 당고와 인연을 맺게 된 것은 십여 년 전이었다.

당시 열 살 무렵의 소산이 그의 조부를 따라 청해성(青海省) 일대를 여행 중이었는데, 깊은 산중에서 노숙을 하던 중에 빈사상태로 쓰러져 있는 그녀를 발견하였다.

만약 그때 소산의 일행 중에 의독(醫毒) 분야에 두루 해박한 가신이 없었더라면, 또한 그들이 비상용으로 가지고 있던 천하에 드문 약재들이 아니었다면 아마도 오늘날의 당고는 결코 없었을 것이다.

그녀의 신상을 짐작할 수 있는 물건은 오로지 그녀의 목에 걸린 목걸이 하나뿐이었다.

그리고 목걸이에 새겨진 '당(唐)' 자와, 그리고 그녀의 나이를 추정하기가 쉽지 않다는 가신의 말에 따라 그녀는 당고(唐姑)로 불리게 되었다.

타고난 것인지, 혹은 어떤 사정이 있었던 것인지 당고는 백치였다.

뿐만 아니라 지나치다 싶게 사람을 꺼렸으나, 유독 소산에게 만큼은 집착이라고 할 정도로 따랐다.

그 대목에서 소산은 짐짓 쓰게 웃으며 이렇게 말했다.

"후후! 그때는 나 또한 마찬가지였소. 그때 당고는 나와 소통이 되는 거의 유일한 존재였으니까. 그래서 우리는 마치 서로가 서로의 분신인 것처럼 친 혈육 이상의 정리로 지내게 되었소."

소산이 당고와 함께 사천으로 온 것도 구산서고에서의 볼일 외에 당고의 내력을 알아보고자 하는 이유가 또한 있었다.

당고가 발견된 청해가 사천에 인접한 곳이고, 그녀가 가지고 있던 목걸이에 새겨진 글자가 하필이면 당 자였기에, 또한 그녀가 독과 무관하지 않았기에 예전에 사천당가라는 유명한 무림문파가 있었던 사천에 오면 혹 당고에 관해 무엇이라도 알 수 있지 않을까 해서였다.

그러나 사천당가가 멸망한 지는 이미 백여 년이나 지나 있었다.

소산은 결국 당고와 관련되어 보이는 그 어떤 연결고리도 찾지 못하였다.

"오라버니는 정이 많은 분이시군요. 따지고 보면 아무런 관계가 없다고 해야 할 한 여인을 위해 그런 수고를 마다하지 않았으니 말입니다."

"그 반대로 난 정이 별로 없는 사람이어서 다른 사람의 사정을 돌보는 데는 결코 익숙하지를 못하오. 다만 그것이 당고의 일이었기에 그랬던 것일 뿐이오."

소산은 지금 자신이 주가 되어 긴 얘기를 이어가고 있었다.

사실 처음 한동안은 자못 어색하기만 하였다.

그로서는 누구와 이런 방식으로 얘기를 해보는 것이 처음이었던 것이다.

그런데 이상하게도 얘기를 해나가는 중에 점차로 어색함이 덜해지더니, 이윽고는 편안하면서도 시원한 느낌을 가지게 되었다.

누군가에게 이처럼 아무런 경계나 조심도 없이 그저 생각나는 대로의 얘기를 들려주는 것이 이처럼 편안한 데가 있는 줄은 소산으로서는 오늘 처음으로 느껴보는 것이었다.

소산은 문득 소소에 대해 다시 생각해 보게 되었다.

그녀는 그의 얘기에 진심으로 귀를 기울이고 있었다.

그랬기에 조금도 경계하거나, 혹은 자신의 결점에 대해서조차 조금도 조심하지 않고 그저 생각나는 대로의 이야기를 들려줄 수 있는 것이었다.

또한 그녀에게는 나이가 어림에도 불구하고 딱히 뭐라고 단정 짓기 어려운 일종의 따뜻한 포용력 같은 것이 있는 것 같았다.

그러한 포용력은 그로 하여금 그가 주도적으로 얘기를 이끌어가고 있다고 느끼도록 만드는 묘한 재주를 부려내는 것 같았다.

그들 급조된, 그것도 거래의 형식으로 맺어진 의남매는 기이하게도 역시 급진전된 친밀감을 보이고 있었다.

무언가 도란도란 끊임없이 얘기를 나누고 있는 소산과 소소를 보며 예령은 그렇게 생각했다.

굳이 내력을 끌어올려 그들의 얘기를 들어볼 생각까지는 없었기에 예령은 그저 자유롭게 마음을 풀어두었다.

며칠 만에 처음으로 맞아보는 평온한 시간이었다.

그러다 그녀는 스스로 의식하지 못하는 순간에 깊은 묵상에 잠겨들었다.

그리고 또한 느끼지 못하는 어느 순간부터 그녀의 심상(心想)은 자연스럽게 무상검결 제일초 뇌전결의 검리를 그리고 있었다.

第七章
먹여만 주시오!

존
석산평전

손바닥만 한 하늘에 빛이 들고, 이어 그 빛은 분지 사방을 둘러싼 거대한 암벽 면에 반사라도 되는 듯 은은한 빛으로 분지 전체를 환하게 밝혔다.

아침이었다.

그러나 예령은 서둘지 않았다.

그녀가 재촉하지 않으니 다른 이들 또한 모두 느긋한 모습들이었다.

분지의 느긋함을 깨운 것은 소소였다.

"산 오라버니! 당 언니! 령 언니!"

그녀는 마치 그 새로운 호칭들을 한 번씩 확인이라도 하듯이 굳이 모두를 일일이 다 불렀다.

예령이 언뜻 보니 소산의 무덤덤한 얼굴에도 싱긋한 미소가 스쳐 지나가고 있었다.

아마도 오라버니라는 호칭 때문이리라.

그 호칭을 사뭇 자연스럽게 불러대는 소소에게서 아마도 귀여움을 느꼈으리라.

하긴 예령 자신 또한 그런 소소가 귀여웠다.

만난 지 이제 겨우 하룻밤이 지났을 뿐인데, 이상하게도 마치 오래전부터 함께한 사람처럼 친숙한 느낌을 소소는 주고 있었다.

그것은 호감이었다.

아무 이유나 까닭도 없이 그냥 저절로 생겨나는 무작정의 호감이랄까?

"제가 아침을 준비하려고 하는데, 다들 좀 도와주셔야겠어요!"

소소가 재잘거렸다.

그 목소리가 마치 한 마리 귀여운 새의 지저귐 같았다.

예령에게는 물을 찾아서 길어다 줄 것을, 그리고 소산에게는 마른 나뭇가지를 모아서 불을 피워줄 것을 소소는 부탁했다.

그런데 예령과 소산이 각자 맡은 일을 하러 나서는데, 당고는 머뭇거리는 모양새가 아주 역력했다.

그때 소소가 당고를 향해 명랑한 목소리로 말했다.

"당 언니는 여기서 저를 좀 도와주세요!"

소산과 예령은 소소의 그 말이 당고에게 먹힐 것이라고는 당연히 생각하지 않았다.

그런데 그들의 예상은 간단히 뒤집어졌다.

마치 소소의 말을 알아들었다는 듯이 당고에게서 머뭇거리던 기색이 사라졌고, 이어 그녀는 소산 쪽으로 얼굴을 돌리는 것이었다.

문득 소산의 얼굴로 놀라움이 스쳤다.

마치 동의라도 구한다는 듯이 당고의 눈동자가 아주 제대로 그에게 초점을 맞추고 있었던 것이다.

그처럼 당고가 정면으로 눈을 맞추는 것은 정말로 드문 일이었다.

소산이 당고를 향해 가만히 고개를 끄덕여 준 다음 곧바로 앞을 향해 걸어갔다.

그리고 대략 십여 걸음을 나아간 뒤에 그가 다시 뒤를 돌아보았을 때, 당고는 여전히 소소의 곁에 남아 있었다.

문득 소산의 표정으로 기꺼운 미소가 걸렸다.

그러나 그 순간 소산의 얼굴에는 아주 잠깐의 섭섭함이 동시에 떠올랐다 사라졌다고 예령은 생각했다.

소소는 주변의 잡초 중에서 간단히 몇 가지의 풀을 골라 뜯었다.

그러는 동안에 당고는 내내 그녀의 한 걸음쯤 뒤를 따라다녔다.

당고의 그런 모습은 그녀가 소산의 곁을 따를 때와 별반 차이가 없었다.

다만 소소의 옆이나 앞으로 나서는 일이 결코 없이 내내 뒤에만 서 있다는 점이 좀 다를 뿐이었다.

소소는 등에 메고 있던 봇짐을 내려 풀었다.

그런데 별로 커 보이지 않던 그 봇짐을 막상 풀어놓자, 과연 그 안에 그러한 것들이 다 들어가 있었을까 싶을 정도로 온갖 잡동사니가 수두룩했다.

작은 도마와 요리용 칼이 몇 자루나 있었고, 양념통으로 보이는 작은 통이 여러 개였으며, 그 외에도 용도를 알 수 없는 다양한 물건들이 있었다.

그중 특이한 것은 지금 소소가 다루고 있는 물건이었다.

그것들은 마치 제법 굵은 대나무 통과도 같이 생긴 여러 개의 통이었다.

그런데 그것들은 서로 결합시킬 수 있도록 되어 있었고, 그것들을 하나씩 연결하자 마치 꼬불꼬불 꼬인 창자와도 같은 모양이 되었다.

그리고 그것들의 바닥 면에 오랫동안 불에 닿은 흔적이 남아 있는 곳을 보아서는 아마도 무엇을 끓이기 위한 솥과 같은 역할을 하는 것 같았다.

소소는 챙겨두었던 두 마리 뱀 중 작은 놈의 몸통을 도마에 놓고 잘게 토막을 쳤다.

그리고 미리 뜯어놓은 각종의 풀로 그 토막들을 싸서 예의 그 괴상하게 생긴 솥의 좁은 주둥이 안으로 하나씩 밀어 넣었다.

소소의 옆에서는 당고가 그 모양을 가만히 지켜보고 있었다.

그런데 지금 당고의 얼굴에는 사뭇 확연한 관심이 떠올라 있었는데, 마치 소소가 하는 양을 하나하나 다 관심 깊게 지켜보고 있는 듯하였다.

만약 소산이 당고의 그런 모습을 보았다면 다시금 놀라지 않을 수 없었을 것이다.

예령이 물을 길어왔고, 곧이어 소산이 한 아름의 마른 나뭇가지를 주워왔다.

불을 피우고 나서 소소는 예의 그 솥의 주둥이로 물을 붓고 불 위에 얹었다.

소산은 신기하다는 얼굴로 당고를 보고 있었다.

소소가 음식을 장만하는 동안에 당고는 내내 소소의 곁에서 떨어지지 않고 있었다.

한편 예령은 그런 당고와 소소뿐만 아니라 소산까지도 신기한 구경거리가 되는 듯이 그들 셋을 번갈아 쳐다보고 있었다.

솥의 주둥이로 하얀 김이 폴폴 나기 시작하자, 소소는 한 옆에 가지런히 준비해 놓았던 작은 양념통들을 하나씩 열어 그 안의 내용물을 솥 안으로 뿌렸다.

다시 한참을 끓이자 주변으로는 구수하고도 향긋한 냄새가 은은히 번져 나갔다.

예령이나 소산이나 소소의 음식 재료가 무엇인지 알지 못했지만, 그 냄새만으로도 문득 식욕이 돋는 듯했다.

소소는 그 괴상하게 생긴 솥을 조금 기울여서 약간의 국물을 작은 그릇에다 부었다.

그리고 간을 보더니 방그레 웃으며 그 그릇을 뒤에 서 있는 당고에게 내미는 것이었다.

당고에게도 간을 보이려는 것일 터이다.

당장에 소산이 깜짝 놀란 기색이 되고 말았다.

그러나 그는 막상 소소를 제지하지는 않았다.

당고의 미간이 잔뜩 찡그려졌으나, 어떤 돌발적인 반응을 보일 낌새까지는 보이지 않았기에 좀 더 지켜보자는 심정인 모양이다.

소소는 다정하게 웃는 얼굴로 당고와 눈을 맞추며 다시금 그릇에 자신의 입을 대어 맛을 보는 시늉을 하고 나서 한 번 더 당고에게 맛보기를 권하였다.

그러자 놀랍게도 당고는 비록 여전히 눈썹을 잔뜩 찡그린 채였지만, 마지못한 듯 천천히 입을 그릇으로 가져가는 것이었다.

그런데 그때 당고의 두 눈은 소소의 두 눈에 못 박힌 듯 조금도 벗어나지 않고 있어서 마치 최면이라도 걸린 듯하였다.

그러나 입을 살짝 대는 듯 마는 듯하다가 당고는 있는 대로 인상을 쓰며 돌연 훌쩍 크게 한 걸음을 뒤로 물러서 버렸다.

그래도 그녀는 그 자리에 서서 인상을 찌푸린 채 가만히 입맛을 다시는 모습이었다.

소산은 가만히 소소를 바라보고 있었다.

비록 겉으로 내색은 하지 않고 있었지만, 그는 지금 작은 기대 하나를 가져 보는 중이었다.

당고를 정상인이 되도록 만드는 것에 대해 그것이 자신이 반드시 해야만 할 일 중의 하나라고 여길 정도로 소산은 당고의 치료에 대해 일종의 집착을 가지고 있었다.

그런데 지금 당고에 대해 그가 기껏 작은 기대만을 가질 수밖에 없는 것은, 당고의 치료에 대해 집착을 가지고 있는 동시에 그 가능성이 얼마나 희박한지를 또한 모르지 않기 때문이었다.

하여 그는 당고가 다만 먹고 자는 기본적인 생활에 있어서만이라도 보통의 사람들처럼 되었으면 좋겠다는 마음인 것이다.

사실은 소산 또한 이전에 한두 차례 당고에게 음식 먹이기를 시도해 본 적이 있었다.

그러나 그때마다 당고는 격렬한 거부 반응을 보였다.

소산이 그 뒤로는 당고에게 음식을 먹이는 것에 대해서는 포기를 하고 있었는데, 소소가 방금 전혀 뜻밖의 과감한 시도를 하였고, 또한 뜻밖에도 그 시도의 결과는 그가 전혀 기대하지 못할 만큼 긍정적이었던 것이다.

예령은 소소에 대해 다시금 찬찬히 뜯어보고 있었다.

그녀는 지금 자신이 소소에 대해 느끼는 인상이 어제 느꼈던 첫인상과는 사뭇 달라졌다는 사실에 대해 의아해하고 있는 중이었다.

검을 수련하는 몸으로 잠깐 스쳐 가는 사물이나 현상에 대해서도 결코 방심하여 허투루 보지 않는 태도가 몸에 배어 있는 그녀였다.

하물며 사람의 인상에 관한 것일진대, 하룻밤 새에 그 느낌이 달라질 수는 없는 일이었다.

또한 달려져서도 안 되는 일이었기에 그녀는 스스로의 태만과 방심을 자책하는 심정이기도 했다.

예령이 소소를 처음 보았을 때 맑고 청순한 얼굴이 인상적이었을 뿐, 전체적으로는 그저 수수하다는 느낌이었다.

그런데 지금 소소에 대한 그녀의 평은 상당히 달라졌다.

소소에게는 수수한 중에도 구체적으로 무어라고 단정 짓기 어려운 어떤 아름다움이 새로이 생겨나 있었다.

그것은 확연히 드러나지 않고, 또한 특별하다는 느낌을 주지도 않았지만, 그러나 결코 평범한 것으로 흘려버리지는 못할 그런 종류의 아름다움이었다.

예령은 소소의 미(美)에 대한 모호함에 대해 잠시 고민하다가, 결국 '려(麗)' 라는 한 글자로 그녀의 미를 일단은 정의해 두기로 했다.

소소에게는 아름답다는 것보다는 곱다는 말이 더 어울릴 것 같다는 결론에서였다.

그러면서도 예령이 여전히 의아함을 떨쳐 버리지 못하고 있는 것은, 소소의 모습에서 어제와 오늘 과연 무엇이 달라졌는지에 대해 끝내 스스로를 납득시킬 수가 없기 때문이었다.

보면 볼수록 소소의 눈빛은 맑았다.

너무나 맑고 청명하여 가만히 보고 있노라면 그 깊숙한 곳에 자리 잡은 그녀의 순수한 영혼까지도 들여다 보이는 듯하였다.

어쩌면 소소의 진가는 그녀가 정의한 '려(麗)'가 아니라, 바로 그 순수한 영혼에서 나오는 어떤 가치가 아닐까 하는 생각을 예령은 해보았다.

그러기에 처음에는 소소에 대해 은연중에 경계하고 경쟁하려는 테가 없지 않던 당고가, 이제는 오히려 그녀의 뒤를 졸졸 따라다니게 된 것이 아니겠는가.

물론 예령이 보기에 당고가 소소를 대하는 것과 소산을 대하는 것에는 차이가 있었다.

소산에 대한 당고의 태도가 무조건적인 신뢰와 연대감, 혹은 동질감, 같은 것이라면, 소소에 대해서는 차마 거부 못할 어떤 이끌림 같은 것이라는 느낌이었다.

차마 거부 못할 어떤 이끌림 같은 것!

그것에 대해 소소가 말하기는, 그녀의 가슴에 붙어 있는 백아라는 영물이 지닌 절대의 독성 때문이라고 했다.

그러나 이제 예령의 생각은 조금 달라졌다.

물론 그런 때문도 있겠지만, 분명 소소 본인에게도 어떤 다른 요인이 있음이 분명했고, 그 어떤 다른 요인이야말로 바로 소소가 지닌 맑고 따뜻한 눈빛, 그리고 그 안에 있을 순수한 영혼의 힘이 아닐까 짐작해 보는 것이었다.

한편 소산은 소소에 대해 빠르게 어떤 호감을 느껴가고 있는 것이 확연해 보였다.

그 직접적인 계기는 역시 당고에게 음식의 간을 보이려 했던 소소의 돌발적인 시도인 것 같았다.

그리고 그 시도는 적어도 소산의 관점에서는 상당히 긍정적으로 비친 것 같았고, 그럼으로써 소산은 그때까지 소소에게 가지고 있었을지도 모를 거리감을 한순간에 확연히 좁히게 된 것 같았다.

그러나 예령이 보기에 소산이 소소에 대해 그토록 급속히 호감을 가지게 되는 데는 보다 근본적인 어떤 이유가 있는 것 같았다.

사실 소산의 사교성은 지극히 좋지 않다고 해야 할 정도여서, 만약 누군가 어떤 이유로 굳이 소산과 가까워질 필요가 있다면 예령이 말해줄 수 있는 가장 효과적이고도 현실적인 방법 중의 하나는 바로 당고를 통하라는 것이었다.

당고에게 진심으로 잘 대해주려 한다는 그 느낌 하나만으로도 소산은 그 누군가에 대해 단박에 어느 정도의 동질감과 유대감까지를 가질 수 있는 인물인 것이다.

결국 소소가 소산에게 호감을 얻고 있는 것은 바로 당고에게 가까이 다가가려는 그녀의 꾸밈없는 마음과 태도 덕분이라는 게 예령의 평가였다.

물론 예령의 그런 일련의 상념들과 평가들이 과연 타당한 것인지는 앞으로 더 오랜 시간을 두고 소소를 지켜보고 난 뒤에나 판가름이 날 일이었다.

소소가 다 끓은 솥 안의 내용물을 세 개의 그릇에다 나누어 담는데, 구수하고도 향긋하기 이를 데 없는 탕(湯)의 냄새가 사방으로 퍼져 나갔다.

그렇지 않아도 적당히 허기를 느끼고 있던 참이라 소산과 예령이 절로 입맛을 다시며 그릇 가까이로 다가들었다.

소소가 생긋이 웃으며 말했다.

"쌀이 없어 밥을 하지 못한 것이 아쉽지만, 건량과 함께 드시면 그런대로 요기는 될 거예요."

소소가 탕을 담을 때 소산의 그릇에는 가득 담고 예령과 자신의 그릇에는 반 정도 되게 담았다.

그런데 소산은 제일 먼저 아주 깨끗이 그릇을 비워냈는데, 예령은 맛있게 먹으면서도 삼분의 일 정도를 남겼다.

아마도 평상시 음식을 섭취함에 있어서 조금 모자란다 싶게 취하지 결코 배부를 때까지 먹지 않는 습관 때문일 것이다.

그리고 식사를 하는 중에도 표시 나지 않는 세심함으로 소산과 예령을 살피던 소소 역시, 적당히 예령과 보조를 맞추어 비슷한 정도를 남겼다.

어쨌든 간단하였지만 오랜만에 만족감이 들 만큼의 맛있는 식사였다.

그런데 잠시 식사 후의 느긋함을 누리고 있던 중에, 한순간 예령의 얼굴로 날카로운 긴장감이 돋아났다.

그녀의 예리한 시선은 어제 소소가 들어왔던 암벽 쪽의 좁은 틈새로 향해 있었다.

그리고 거기에는 지금 막 두 명의 인물이 모습을 드러내고 있었다.

그들은 영락없는 괴인(怪人)의 모습이었다.

몸에 걸친 옷과 신발이 모두 다 짐승 가죽으로 대충 만든 듯 엉성하고 어설프기 그지없어 보였다.

영락없이 문명 세상과는 동떨어져 살아가는 야인(野人)들이거나, 혹은 오랫동안 산중을 헤맨 사냥꾼 같기도 해 보였다.

그런데 사냥꾼이라면 당연히 지니고 있음 직한 사냥 도구가 전혀 없었다.

활이라든지 창이라든지, 하다못해 단검이라든지 하는 것들 말이다.

그들이 가진 것이라고는 덜렁 나무 몽둥이 하나씩이었다.

그것도 봉(棒)이나 장(杖)이라고 하기에는 너무 어울리지 않고, 그렇다고 곤(棍)이라고 하기에도 이상한, 그저 어디선가 적당한 나뭇가지 하나를 뚝 꺾어가지고 대충 잔가지를 쳐낸 정도의 투박하며 엉성한 나무 몽둥이였다.

두 정체불명의 괴인들이 주춤주춤하면서도 조금씩 이쪽을 향해 다가오자 예령이 천천히 자리에서 몸을 일으켰다.

그리고 다만 그것만으로도 강하게 풍겨 나는 어떤 기세를 느꼈는지, 괴인들은 확연히 쭈뼛하는 기색이더니 이윽고는 그냥 얼어붙은 듯이 그 자리에 멈춰 서고 말았다.

예령이 가만히 검병을 잡아가며 한 걸음을 앞으로 나섰다.

그러자 그녀에게서는 금방이라도 쏘아나갈 듯한 한가닥의 예기가 칼날처럼 발산되었다.

그때였다.

가만히 예령의 옷자락을 잡아당기는 손길이 있었다.

굳이 돌아보지도 않아도 그 손길의 주인이 소소임을 예령은 알 수 있었다.

소소가 그 특유의 맑은 목소리로 속삭이듯 말했다.

"령 언니, 저들은 지금 몹시도 허기가 져 있는 것 같아요."

그런 소소에게서는 괴인들의 갑작스러운 출현에 대해 조금도 경계하는 기색이 보이지 않았다.

사실은 그때쯤에는 예령 또한 괴인들이 그다지 위협적인 존재들이 아님을 파악한 다음이었다.

그러나 예령의 우수(右手)는 여전히 가볍게 검병에 대어져 있었다.

어쨌거나 일행의 안전에 대해 책임을 질 사람은 결국 예령 그녀 자신밖에 없는 셈이니, 아주 경계를 늦추지는 못하는 것이었다.

비록 가공할 독인의 면모를 지니고 있는 당고가 있다고는 하나, 그녀의 그러한 면모는 어쨌거나 그녀의 자의적으로 제어가 가능한 것이 아니니 돌발적이고 예기치 못한 위험에 대해서는 무용하다고 할 수밖에 없었다.

그때 소소가 예령의 의사도 물어보지 않고 문득 괴인들을 향해 손짓하였다.

괴인들에게 이쪽으로 오라는 의미의 손짓이었는데, 그에 대해 예령이 약간은 당혹스러워하는 표정이 되었다.

그리고 바로 이어서 그녀의 표정은 다시 어이없는 것으로 되고 말았다.

바로 소소의 손짓에 대한 괴인들의 반응 때문이었다.

그들은 마치 소소의 그런 친절을 고대하고 있기라도 했다는 듯 십여 장의 거리 이쪽에서도 확연히 알아볼 만큼 환한 표정으로 되더니, 조금의 머뭇거림도 없이 곧장 성큼성큼 큰 걸음으로 다가오고 있었던 것이다.

참으로 특이한 체형이었다.

가까이에서 보니 그들은 보통 사람보다 머리 하나는 더 큰 장신인데, 둘 모두의 몸은 심각하게 여위었다고 해야 할 정도로 아주 깡말랐다.

그러나 원래의 골격은 우람하여 여위지만 않았다면 그야말로 곰의 어깨에 호랑이의 허리라고 할 만했을 체형이 분명한데, 다만 오랜 세월 금식하며 수도한 사람처럼 전신에 뼈밖에 남지 않았다고 할 정도로 살집이 없었다.

기이한 것은 그런 중에도 괴인들의 몰골이 그다지 허약해 보이거나 빈한해 보이지는 않는다는 것이었다.

뭐랄까?

피골이 상접한 것처럼 바짝 마른 중에도 그들의 피부에서는 은은한 광택처럼 기이한 윤기가 돈다고 할까?

그 윤기란 것은 마치 오랜 시간을 두고 햇볕에 그을리고 또 그을린 구릿빛의 건강한 광채와도 같았다.

무엇보다도 특이하다고 해야 할 것은, 둘의 모습이 너무도 닮은 점이었다.

두 사람은 얼굴 생김이나 체형까지도 판박이처럼 똑같아서, 두 사람을 함께 세워두고 보는 사람이라면 누구라도 그들이 쌍둥이라는 점에 대해 조금도 이의를 제기하지 않을 것이다.

몸이 깡마른 것과는 대조적으로 얼굴만 보아서는 통통하게 살이 오른 것같이 동글동글한 오관.

그리고 터럭 한 올 없이 반들거리는 민대머리.

좋게 얘기하면 조금의 악의도 없이 그저 사람 좋고 순수하게만 보이는 인상이요, 나쁘게 얘기하면 어딘가 모르게 좀 모자란 구석이 다분히 있어 보이는 그런 인상이었다.

그런 인상은 그들의 나이를 짐작하기 어렵게 만드는 데가 있기도 했다.

그들은 사십대의 중년으로 보이기도 했고, 또한 육십을 훌쩍 넘긴 노인으로 보이기도 했다.

두 괴인이 가까이 다가올 때까지 찬찬히 살펴보고 있던 소소가 문득 예령을 보며 부드러운 미소를 지어 보였다.

역시나 경계하지 않아도 좋겠다는 뜻이리라.

그때 예령은 두 괴인이 들고 있는 나무 몽둥이에 언뜻 눈길을 주었다.

두 자루의 나무 몽둥이는 얼마나 오랜 세월을 써왔는지 처음에는 거칠었을 나무 몽둥이의 표면이 지금은 전체적으로 모난 데 하나 없이 두루뭉술하게 닳아 있었다.

특히 손잡이 부분은 까맣게 때가 타서 아주 반질반질하니 광택이 흘렀다.

두 괴인의 눈이 동시이다시피 한곳으로 향했다.

바로 예령과 소소가 조금 남겨놓은 탕 그릇 쪽이었다.

그러자 소소가 급히 봇짐을 뒤져 그릇 두 개를 새로 꺼냈다.

그리고 아직도 불기운이 살아 있는 잿더미 위에 걸려 있던 솥을 내려 기울이자, 그 안에 조금 남아 있는 게 있었던지 약간의 탕국물이 그릇 하나를 거의 채울 정도로 담겼다.

소소가 다시 탕을 두 개의 그릇으로 나누어 담고, 그것들을 괴인들을 향해 앞으로 내밀며 밝게 말했다.

"남은 게 이것뿐이군요. 이거라도……."

그러자 두 괴인은 서로 경쟁이라도 하듯이 그릇 가까이로 머리부터 들이밀었다.

그리고 잠시간 두 괴인이 코를 킁킁대는 소리가 제법 요란하였다.

하지만 막상 둘 중 누구도 선뜻 소소가 건네주는 그릇을 받아 들지는 않았다.

두 사람이 모두 소소의 손에서 그릇을 낚아채 단숨에 후루룩 마셔 버리고 싶어 죽겠다는 표정들이면서도, 한편으로는 무언가 몹시도 거리끼는 것이 있다는 듯, 차마 행동으로 돌입하지는 못하고 괴롭게 갈등하는 기색만 선연해 보이는 것이었다.

또한 그런 중에도 서로 치열하게 눈치를 보는 모습이, 마치 서로 먼저 그릇 받기를 미루는 모양새 같기도 했다.

한동안을 그러고 있다가 돌연 두 괴인이 거의 동시에 힘겹게 외쳤다.

"아니오! 아니오!"

"우리는 그럴 수 없소."

그런데 그들의 목소리는 훌쩍 큰 키에 민대머리의 인상에서는 전혀 상상할 수 없는 앳되고도 맑은 음색이었다.

상당히 이상하다고 할 수밖에 없는 두 괴인의 행동에 예령이 얼떨떨해하는 중에, 소소는 찬찬히 괴인들과 눈을 맞추고 있었다.

그리고 잠시 후, 소소가 차분한 얼굴로 괴인들에게 물었다.

"혹시 두 분에게는 무슨 사정이 있으신가요?"

그러자 두 괴인이 다시 동시이다시피 대답했다.

"아니오! 아니오!"

"우리는 말할 수 없소!"

그러자 소소의 얼굴로는 언뜻 한가닥 그녀 특유의 맑은 미소가 지나갔다.

소소가 짐짓 쾌활한 목소리로 말했다.

"흠! 그렇군요. 두 분에게는 어떤 사정이 있는데 저한테는 그것을 말할 수가 없군요. 좋아요! 그럼 할 수 없죠!"

그러면서 그녀는 주저없이 내밀고 있던 그릇들을 거두어들였다.

그러자 두 괴인이 다시 동시이다시피 외쳤다.

"아니오! 아니오!"

"어린 소저는 그러지 마시오!"

그리고 두 괴인은 그야말로 번개처럼 소소의 손에서 각기 하나씩의 그릇을 낚아챘다.

순간 검병에 대어져 있던 예령의 우수에 움찔 힘이 들어갔으나, 발검 바로 직전에 그녀는 다시 손아귀의 힘을 슬며시 풀어놓았다.

예령의 예리한 두 눈은 그 번개 같은 순간에도 두 괴인의 돌발적인 행동이 다만 그릇을 낚아채 그 안의 탕국물을 입 안으로 부어 넣는 것으로만 이어지고 있다는 것을 한 치의 오차도 없이 따라잡을 수 있었기 때문이다.

소소 또한 별다른 놀람의 기색이 없었다.

그런 걸 보면 그녀는 아마도 괴인들이 그처럼 행동할 것에 대해 어떤 확신을 가지고 있었던 것 같았다.

두 괴인은 똑같이 두 눈을 꼭 감고 있었다.

그 모습이란 마치 귀한 꿀을 훔쳐 먹고서 그 달콤한 여운에 흠씬 빠져 있으면서도, 동시에 곧이어 닥칠 매를 잔뜩 두려워하고 있는 천진한 아이들 같았다.

또한 그 모습은 비록 유치하였지만, 거짓이나 꾸밈 따위는 없는 것이어서 소소와 예령은 짙은 호기심으로 괴인들을 지켜보고 있었다.

그러나 잠시가 지나도록 괴인들에게서는 아무 일도 일어나지 않았다.

잠시 후, 번쩍 뜨인 괴인들의 눈길이 급하게 한곳으로 쏠렸다.

바로 예령과 소소가 먹다 남긴 탕 그릇을 향해서였다.

그러나 소소가 차마 먹다 남긴 것을 먹으라고 권하지는 못하겠다는 표정이 되는데, 괴인들의 시선은 이제 간절함까지 담고서 그녀에게로 향했다.

그리고 소소가 마지못해 고개를 끄덕이는 순간, 괴인들의 손은 다시 번개같이 그릇 하나씩을 낚아채고 있었다.

"어린 소저, 도대체 이 탕을 무엇으로 만들었소?"

괴인 중 하나의 질문에 소소가 간단히 대답을 하려다가, 문득 곁에 선 예령의 눈치를 한번 보고나서야 입을 떼었다.

"건포와 몇 가지 산나물을 곁들여 끓였어요."

그러자 두 괴인이 서로 마주 보다가, 좀 전에 말을 한 괴인이 이번에는 아주 심각하고도 진지한 안색으로 물었다.

"그 산나물이 어떤 것들이오?"

지금 소소에게 잇달아 질문을 던지고 있는 괴인은, 지금까지 내내 '아니오! 아니오!' 하는 말만 외쳤던 다른 괴인에 비해서는 그나마 보다 구체적인 문장으로 말을 구사하고 있었다.

소소가 잠시 그를 바라보다가 말했다.

"그냥 이 주변에서 쉽게 구할 수 있는 것들이에요."

그러자 괴인이 문득 뭔가를 짐작하였다는 듯이 두 눈을 크게 뜨며 말했다.

"아! 어린 소저는 아마도 그 산나물들의 이름을 잘 모르는 모양이구려. 좋소! 그럼 우리에게 그 산나물들이 어떤 것인지 직접 보여주시오!"

소소가 괴인의 말이 담고 있는 약간의 무례함에 대해서는 조금도 개의치 않고 오히려 관심을 보이며 물었다.

"보시면 그 이름을 알 수 있나요?"

순간 괴인의 어깨가 으쓱하였다.

"물론이오. 적어도 이 대파산중에 나는 산나물과 약초, 그리고 독초 중에서 우리가 모르는 것은 없소. 하하하하!"

말끝에 자랑스럽다는 듯이 괴인은 소리 내어 웃었다.

그러자 옆에 있던 괴인이 덩달아서 크게 소리 내어 웃는 것이었다.

"하하하하!"

그 이상함에 소소가 잠시 얼떨떨해하였으나, 이내 짐짓 놀랍다는 듯이 살짝 미간을 찌푸리며 다시 물었다.

"대파산은 산세가 깊고도 넓은지라 산나물에다 약초와 독초까지를 합치면 그 종류의 수가 못해도 수백은 넘을 것이어서 약문에 종사하고 있는 사람들조차 그 종류를 다 안다고는 말할 수 없을 터인데, 두 분은 어떻게 그처럼 자신하실 수 있나요?"

돌연 괴인의 이마가 잔뜩 찌푸려졌다.

"소저가 지금 우리 형제의 부족한 점을 나무라고 있다는 것을 나는 알고 있소."

그 뜻밖의 말에 대해 소소는 일시 당황한 기색이 되고 말았다.

그녀가 황급히 손을 저으며 말했다.

"아니에요! 그런 뜻은 정말 아니에요. 만약 그렇게 들으셨다면 제가 경솔했던 것이니 용서를 구할게요."

그러자 괴인의 안색이 당장에 밝아졌다.

"아니오! 아니오!"

이번에도 그 옆의 괴인이 얼른 말을 따라 했다.

"아니오! 아니오!"

주도적으로 말을 하던 괴인이 옆의 괴인을 향해 흘깃 눈치를 주면서 다시 말했다.

"소저는 결코 용서를 구하지 마시오. 우리 형제가 부족하다는 것은 틀림없는 사실이오. 우리 모친께서도 늘 신신당부를 하셨소. 우리 형제 두 사람이 모두 미욱하기 짝이 없으니 만약 함부로 바깥세상에 나간다면 재빠르고 간사한 세상 사람들에게 이용만 당하여 결코 바르게 살지 못할 것이니, 결코 이 대파산중을 떠나서는 안 된다고 말이오. 아! 우리가 이곳 대파산중에 나는 산나물과 약초, 그리고 독초에 대해서 잘 알게 된 것은 바로 우리 모친께서 가르쳐 주신 덕분이오."

소소가 문득 눈빛에 이채를 떠올리며 짐짓 감탄한다는 어조로 말을 받았다.

"아! 그랬군요. 두 분의 모친께서는 본래 약문에 정통하신 분이었군요?"

괴인이 자랑스러운 기색으로 곧바로 대답했다.

"그렇소! 그렇소! 우리 모친은 대파산중의 모든 약초와 독초에 대해 모르는 것이 없었소."

그 말에 대해 소소가 가볍게 고개를 끄덕여 다시금 동조를 해주자, 괴인은 신명이 나는 듯 말이 빨라졌다.

"우리 모친께서는 우리 형제가 모자란 대신에 신체라도 강건해야 한다며 어릴 때부터 수많은 약초들을 생식하게 하셨고, 아울러 독초를 구분하는 방법을 가르쳐 주셨고, 또한 그 독성에 면역이 생기도록 수많은 독초들을 직접 맛보게도 하셨소. 흠! 지난 세월 동안 우리 형제가 맛보고 또 배를 채웠던 온갖 약초와 독초들을 한곳에 쌓는다면 아마도 이곳 분지 정도는 가득 채우고도 남을 것이오. 하하하!"

옆의 괴인이 때를 놓치지 않고 따라서 웃었다.

"하하하하!"

괴인의 말이 다시 이어졌다.

"우리 형제가 대파산중의 약초와 독초에 대해 자신하는 것도 그동안 수없이 반복하여 직접 맛을 보고, 그러다 때로는 중독되어 앓는 과정을 숱하게 거치면서 직접 몸으로 익혔기 때문이오. 그런 덕분에 우리 형제가 어느 정도 나이가 들었을 때부터는 혹 실수로 독성이 강한 독버섯이나 독초를 먹었을 때도 크게 앓지는 않게 되었으며, 심지어는 그 독하다는 칠선사(七線蛇)나 금선사(金線蛇)에게 물렸을 적에도 다만 물린 부위가 하루 이틀 부었다가는 금방 부기가 빠지는 정도일 뿐이었소."

괴인의 말은 처음에는 상당히 모자란 듯 어눌하기만 했었는데, 자신들에 관한 이야기를 하면서부터는 상당히 유창하기까지 하였다.

만약 그들의 처음부터의 모습을 다 보지 않고서 지금의 말하는 모습만 본다면, 그들에게서는 조금도 이상하다는 느낌을 받을 것이 없을 듯했다.

소소가 빙그레 웃으며 말했다.

"그런데 두 분의 모친께서는 지금 어디에 계신가요? 저 또한 약문에 발을 딛고 있는 사람으로서 한번 만나 뵙고 싶군요."

그러자 두 괴인은 동시에 시무룩한 얼굴이 되고 말았다.

"돌아가셨소. 이미 오래전에."

괴인이 그렇게 말하고 나서 다시 탄식하며 덧붙였다.

"아아! 그러고 보니 소저의 웃는 모습과 말하는 모습은 우리 모친의 젊으실 적 모습과 참으로 많이 닮은 데가 있소."

그 느닷없는 말에 소소가 당황을 감추지 못하다가는 표정에 문득 한가닥의 안타까움을 떠올렸다.

적어도 중년의 나이는 넘어 보이는 괴인들이었지만, 지금 이 순간 두 사람의 눈빛에서는 조금의 가식도 없이 짙은 그리움이 묻어나고 있었기 때문이다.

소소가 슬쩍 화제를 돌렸다.

"제가 탕에 넣었던 산나물들을 보여 드리는 것은 그리 어렵지 않아서, 지금 당장에라도 보여 드릴 수도 있어요."

그러자 두 괴인의 얼굴이 마치 상(賞)이라도 받은 것처럼 금방 환해졌다.

그때 소소가 슬쩍 덧붙여 물었다.

"그런데 이것은 제가 정말로 궁금해서 그러는 것인데, 두 분이 처음에 탕 드시기를 그토록 두려워했던 데에 어떤 사정이 있었던 것인지 이제는 말씀해 주시면 안 될까요?"

소소가 부탁하듯이 말하자, 괴인들은 서로 마주 보면서 고개를 끄덕여 가며 의견을 맞추는 모습이었다.

그러는 중에 또 괴인들은 민망할 정도로 소소의 얼굴을 빤히 들여다보기도 하였다.

그때 그들의 모습을 지켜보고 있던 예령은 어쩔 수 없이 고개를 한쪽으로 돌리며 슬며시 웃음기를 떠올리고 말았다.

비록 소소와 괴인들 간의 분위기는 자못 심각한 것이었지만, 두 민대머리의 모습이 너무도 천진스러운 데가 있었기 때문이다.

잠시 후.

괴인이 긴 한숨과 함께 입을 열었다.

"휴우! 우리 모친께서 생전에 하신 말씀 중에 우리 형제가 전생에 지은 죄가 많아서 업보를 타고났다고 하신 적이 있는데, 그 말씀이 맞는 것이라면 요즘에 우리 형제가 당하고 있는 괴로움이야말로 바로 그 업보일 것이오."

그는 다시 한 번 가만한 한숨을 내쉬고 나서 말을 계속했다.

"우리 형제가 모친의 말씀에 따라 바깥세상으로 나가지 않고 이곳 대파산중에서 야인으로 살아온 지는 너무도 오래되어서 이제는 그 세월을 헤아리기가 어려워 우리 형제는 이제 나이조차도 잊어버리고 말았소. 그러나 그 길고 외로운 산중 생활 중에도 우리는 사냥하기를 좋아했고, 넓고 깊기 한정없는 대파산중의 곳곳에 지천으로 자라나는 온갖 산나물과 약초들을 캐서 생식하고 요리해 먹는 것을 참으로 즐겨 했소. 그런데……."

그 대목에서 잠시 말을 끊은 괴인은 얼굴빛을 잔뜩 어둡게 만들며 말을 이었다.

"그런데 몇 달 전부터 갑자기 아무리 허기가 지고 아무리 맛있는 요리를 앞에 두고도 막상 그것을 먹을 수 없는 괴로운 처지가 되고 말았소."

소소가 눈빛을 반짝이며 재촉했다.

"자세히 말씀해 보시겠어요?"

괴인이 괴로운 표정으로 하소연하듯이 말했다.

"어떤 음식이건 입속에 넣는 순간 구역질이 치밀면서 내장이 제멋대로 뒤틀리는 고통이 일어나는데, 아아! 그 고통이란 것은 사람으로서 도저히 견딜 수 있는 것이 아니오. 그나마 맑은 물을 마실 때는 괜찮아서, 우리 형제는 지난 몇 달간 다만 물로만 연명을 해오고 있었소. 그러던 중에 오늘 우연히 이곳 분지 주변을 지나다가 마침 소저가 끓인 탕의 냄새를 맡게 되었는데, 아아! 그 구수하고 향긋한 냄새란… 그토록 진절머리 나는 구역질의 고통과, 그리고 바깥세상 사람들과는 절대 교류하지 말라는 우리 모친의 말씀으로도 어떻게 참아볼 수가 없는 것이었소. 그래서 그만……."

괴인은 문득 모친의 유훈을 떠올리는지 울컥 감정이 치미는 모습이 되고 말았다.

예령은 괴인의 말이 아무래도 너무 과장되었다는 생각을 했다.

다른 것은 그렇다고 하더라도, 사람이 몇 달 동안을 오로지 물만으로 연명할 수 있는지에 대해서는 믿기 어려웠으며, 설혹 그럴 수 있다고 치더라도 지금 두 괴인의 모습은 비록 깡말랐다고는 하나 아무리 보아도 그런 극한의 처지를 겪고 있는 사람의 모습이라고는 믿을 수가 없었다.

그러나 소소는 여전히 진지하기만 얼굴로 괴인을 위로하듯이 말을 받아주고 있었다.

"사람이 배고픔을 견디는 데는 한계가 있는 것이니, 아마 하늘에 계신 두 분의 모친께서도 이 일로 두 분을 나무라지는 않으실 거예요."

그 말에 두 괴인의 얼굴은 대번에 환하게 밝아졌다.

"정말로 나무라지 않으실 것이오?"

그런데 그 말이 마치 소소를 그들의 모친이나 되는 듯이 묻는 것이기에, 순간 소소는 당황한 모습이 되고 말았다.

"예? 아……!"

소소는 다시금 급하게 말을 돌리고 있었다.

"그런데… 두 분께 왜 갑자기 그런 이상한 증상이 생긴 것인지 혹시 짐작이라도 가는 게 없나요? 혹시 독초를 모르고 먹었다가 중독이 되었다든지……."

그러자 괴인들은 동시에 어두운 얼굴이 되며 절레절레 고개를 저었다.

마치 사전에 맞추기라도 한 듯이 동시에 환해졌다가 또 동시에 어두워지곤 하는 두 괴인의 안색 변화는, 어떻게 그럴 수 있는지 참으로 신기하기까지 할 정도였다.

그런데 이어지는 괴인의 목소리에는 실망의 기색과 함께 일말의 억울한 심정까지도 녹아 있는 것 같았다.

"역시 어린 소저는 우리가 약초와 독초에 대해 잘 구분할 수 있으며, 또 독초를 먹더라도 잘 견딜 수 있다는 것에 대해 믿지를 못하는군요."

순간 소소는 다시금 당황한 모습이 되고 말았다.

"아니에요. 제 말은 그런 뜻이 아니라… 보통은 독이 되지 않는 것도 유독 어떤 시와 때, 혹은 체질과 같은 특정한 환경을 만났을 때는 독이 되는 경우도 있기에 드리는 말씀이에요. 그러니 두 분은 다시 한 번 잘 생각해 보세요. 혹시 두 분의 그런 증상이 시작될 그 즈음에, 꼭 독초나 독버섯 같은 것이 아니더라도 평소에는 먹지 않았던 어떤 특별한 것을 두 분이 같이 먹은 적은 없는지……."

소소의 진지한 말에 괴인들은 잠시간 곰곰이 생각해 보는 기색이 되었다.

그리고 그때쯤에는 예령 또한 상당한 관심과 흥미가 동한 모양으로, 소소와 괴인들이 주고받는 대화에 귀를 기울이고 있는 모습이었다.

다만 소산만큼은 여전히 자신과는 아무 상관이 없는 일이라는 듯이 별로 관심을 두는 모습이 아니었다.

잠시 후.

문득 생각이 났다는 듯이 괴인이 커다란 눈을 더욱 크게 뜨며 입을 열었다.

"아! 그러고 보니 몇 달여 전에 우리 형제는 조금 특이하게 생긴 교등(交藤:적하수오)의 뿌리를 먹은 적이 있긴 있소. 하지만 교등은 교등일 뿐인데, 그것을 먹은 것으로 인해 무슨 일이 생길 것이 있겠소?"

그 말에 대해 소소는 문득 확연한 관심을 보였다.

"그 교등의 특이하게 생긴 모양에 대해서 보다 자세하게 말씀해 보세요."

소소의 말은 이제 완연히 의원이 환자에게 지시하듯이 하는 것으로 바뀌어 있었다.

그리고 괴인들은 그런 소소의 지시에 조금이라도 더 충실하고자 하는 듯이 서로 마주 보며 열심히 서로의 기억을 의논하는 모습이었다.

"그날 우리 형제는 한곳의 험한 산비탈을 뒤지다가 옹골지게 자라 있는 한 무더기의 교등 군락을 발견했소. 수많은 덩굴과 줄기가 서로 얽혀 있었는데, 허! 대파산중 구석구석 안 헤집고 다녀본 곳이 없다고 자부하던 우리 형제로서도 그런 대규모의 교등 군락을 보는 것은 그때가 처음이었소. 우리 형제는 교등 뿌리를 캐기 위해 땅을 파기 시작했는데, 과연 그 검붉은 색의 뿌리는 우리 형제가 그때까지 보았던 그 어떤 놈들보다도 굵고 실하였소. 그런데 그중에서도 유난히 굵고 실한 뿌리가 하나 있기에, 우리 형제가 문득 욕심이 생겨 그것을 바라고 땅을 파며 주변 줄기들을 헤치고 들어가는데, 아! 이상하게도 그 뿌리가 마치 도망이나 가는 것처럼 자꾸만 땅속으로 숨어드는 느낌이 드는 것이 아니겠소? 하여 우리 형제가 호기심이 동하기도 하고 재미있기도 하여서 주변의 다른 뿌리들은 상하든지 말든지 신경도 쓰지 않고 아마도 족히 한 시진여 이상이나 전력을 다해 그 뿌리만을 목표로 하여 땅을 마구 파헤쳤소. 그리고 마침내 그것을 손에 쥘 수 있었는데, 희한하게도 그 생긴 모양이 꼭 갓난아기와 같았고, 크기도 꼭 그 정도가 되었소. 신기한 마음이 있었지만 그때 우리는 허기가 지고 무엇보다 심하게 목이 말랐던 터라 이것저것 생각할 것도 없이 그냥 대강의 흙만 털어내고서 뿌리의 반을 잘라 각기 한 쪽씩을 나누어 먹었소."

그때 소소가 나직한 탄성을 토해내며 말을 재촉했다.

"아! 그래서요?"

괴인은 소소가 자신의 말에 대해 한껏 고조된 관심을 보이는 것이 기껍다는 듯 나직이 소리 내어 웃으며 말을 계속했다.

"하하하! 그때 우리 형제가 얼마나 갈증이 심했던지 그 뿌리는 씹히는 느낌조차 없이 그냥 물로 녹아서 목구멍으로 넘어가 버리는 듯했소. 그리고 그 시원하고 향긋한 맛이란… 아아! 그때까지 맛본 그 어떤 진미와도 비길 수 없는 것이었소. 그리고는 문득 만족스럽고 편안해져서 우리 형제가 잠시 앉아서 쉰다는 것이 그만 깜빡하고 잠이 들어버리고 말았지 않겠소? 하하하! 그런데 얼마나 곤하게 잤던지, 나중에 문득 깨어보니 사방은 이미 캄캄한 밤중이었소."

소소가 조심스럽게 물었다.

"그 즈음을 전후하여 두 분의 몸에 어떤 특이한 현상 같은 것이 생기지는 않았나요?"

괴인이 문득 미간을 좁히면서 대답했다.

"음! 그때쯤이나, 혹은 조금 더 지난 다음부터 우리의 이런 증세가 시작된 것 같기도 하오."

그러나 그는 미리 선이라도 그어두겠다는 듯이 힘을 주어 말을 덧붙였다.

"하지만 그것은 분명히 교등이었을 뿐이고, 우리 형제는 교등이 사람의 몸에 이로우면 이로웠지 결코 독이 되지는 않는다는 사실을 잘 알고 있소."

소소가 덩달아서 미간을 찌푸린 채 잠시 생각에 잠겼다가 이윽고 담담하게 말을 꺼냈다.

"맞아요. 교등은 보혈강장에 좋고 흰머리를 검게 하는 등, 두루 사람을 이롭게 하는 효능이 있어서 약문에서는 약초의 황제라고도 불리지요. 다만……."

소소가 슬며시 말끝을 흐리자 괴인들은 설핏 조바심이 나는 듯 두 눈을 크게 떴다.

소소가 천천한 어조로 다시 말을 이었다.

"저도 서책에서 본 것에 불과하지만, 교등이 드물게 오래 묵게 되면 극양의 기운을 띠게 된다고 해요. 그리고 그런 교등을 복용할 때는 그에 상응하는 극음의 약재와 함께 조화를 이루어야만 하는데, 만약 그렇지 않을 시에는 체내에 지나친 내화(內火)가 생겨 체내의 음양의 조화가 깨어짐으로써 복용자의 체질이 허약할 경우에는 즉시로 오장육부의 장기가 녹아내릴 수도 있으며, 혹은 복용자의 체질이 아주 강건하다 하더라도 점차로 온몸의 음기가 고갈되면서 종국에는 피골이 상접한 형상으로 죽음에 이른다고 해요."

두 괴인은 넋이라도 빠진 듯 한참 동안이나 서로를 바라보고 있었다.

그러던 어느 순간 그들은 돌연 덮치기라도 할 듯이 왈칵 소소에게로 다가서는 것이었다.

그 돌발적인 행동에 어느 정도 느슨하게 긴장을 풀어놓고 있던 예령의 전신으로 한가닥 예기가 서릿발처럼 치달렸다.

동시에 두 괴인들은 마치 뜨거운 것에 데기라도 한 듯이 움찔 어깨를 떨었고, 소소의 손을 잡을 듯 팔을 앞으로 뻗은 엉거주춤한 자세 그대로 몸을 굳히고 말았다.

그러나 그런 중에도 그들의 얼굴에는 결코 물러날 수 없다는 강한 결의가 떠올라 있었다.

그때 소소가 예령을 향해 가만히 웃으며 차분한 어조로 말했다.

"령 언니, 이분들은 저를 해치려 하는 것이 아니에요."

소소의 그 한마디에 힘을 얻은 듯 지금까지 말을 했던 괴인이 얼른 입을 열었다.

"내 이름은 맹룡(猛龍)이고 여기 내 동생의 이름은 맹호(猛虎)요."

느닷없이 자신들의 이름을 말하면서 괴인은 마치 그것이 커다란 비밀을 털어놓는 것이라도 된다는 듯이 자못 비장한 표정이 되어 있었다.

그때 예령은 엉뚱하게도 그들의 이름에 대해 참으로 특이하다는 생각을 언뜻 떠올려 보고 있었다.

'훗! 사나울 맹(猛)이라…….'

그리고 예령은 이어서 다시 한 번 실소를 짓고 말았다.

특이하기로 따지자면 소산과 소소, 그리고 당고라는 이름 또한 못지않게 특이하다고 해야 할 것이니, 결국 이 자리에서는 예령이라는 그녀의 이름만이 오히려 이상한 이름이 되는 것은 아닐까 하는 생각 때문이었다.

그때 괴인 맹룡은 진지한 표정으로 말을 계속하고 있었다.

"어린 소저의 말을 듣다 보니 과연 우리가 앓아왔던 병은 바로 그 교둥 뿌리 때문이었던 것 같소."

그러더니 맹룡의 말은 돌연 애원조로 변하고 마는 것이었다.

"아아! 어린 소저, 제발 우리를 좀 도와주시오!"

그 갑작스러운 애원에 놀란 소소가 당장에 뭐라 말을 받지 못하고서 그저 당혹스러운 기색이 되고 말았다.

"평생을 심심산중에서만 살아온 우리 형제에게 음식을 먹는 일은 유일한 즐거움이라고 할 수 있었는데, 그 즐거움을 맛보지 못하고 지낸 지난 몇 달간 우리 형제는 살아도 사는 게 아니었소. 얼마나 괴로웠으면 요즈음에 들어서는 차라리 죽어버릴까 하는 생각까지 하였겠소? 한데 소저가 만든 탕은 그 진절머리 나는 구역질과 고통을 겪지 않고서도 참으로 맛있게 먹을 수가 있었소. 뿐만 아니라 어린 소저는 잠깐 우리 형제의 얘기를 듣는 것만으로 우리가 앓고 있는 병의 원인을 짐작해 내었으니, 나아가 병을 치료할 수 있는 처방 또한 반드시 알고 있을 것이 아니겠소?"

맹룡의 말이 거기에까지 이르자 소소가 더욱 난감한 표정이 되며 입을 열었다.

"아아! 저는……."

그러나 그녀는 막상 뒷말을 잇지는 못했다.

그녀를 바라보는 맹룡과 맹호 형제의 눈빛이 더 이상 절절할 수 없도록 간절한 애원을 담고 있었기 때문이다.

잠시 이런저런 궁리를 해보는 듯하던 소소가 조심스럽게 다시 말을 꺼냈다.

"두 분의 병증(病症)에 대해 제가 짐작한 것이 과연 옳다고 해도 당장 어떤 처방을 내릴 만큼의 재주가 제게는 없어요."

그러자 맹룡이 곧바로 절망의 탄식을 토해냈다.

"아아! 아니오! 아니오! 절대 그럴 리 없소. 예전에 우리 모친께서 말씀하시기를 무엇이건 잘못된 일이 있을 때는 우선 그 원인을 차분히 살피라고 하셨소. 그리고 그 원인을 알게 되면 반드시 그 잘못을 바로잡을 수가 있다고 하셨단 말이오. 한데 소저는 이미 우리 형제의 병의 원인을 밝혀내었는데 어찌 그 처방을 내리지 못한다는 것이오. 어린 소저, 그러지 말고 제발 우리 형제의 불쌍한 처지를 좀 보살펴 주시오. 아아! 제발 우리 형제의 목숨을 살려주시오!"

말끝에 맹룡은 아주 바닥으로 주저앉아 버렸다.

뒤이어 맹호까지 바닥에 털썩 주저앉더니 둘은 이내 서러운 얼굴이 되어서는 금방 통곡이라도 터뜨릴 듯한 기색이 되고 마는 것이었다.

소소가 드디어는 난감함을 감당할 수 없게 되었는지 예령과 소산 쪽을 돌아보았다.

그런데 지금의 상황에서 예령이 무슨 말을 해줄 수 있을 것이며, 더욱이 내내 강 건너 불구경하듯이 무덤덤한 모습인 소산에게서야 무엇을 기대해 볼 수 있겠는가.

"휴우!"

이윽고 소소의 입에서 긴 한숨 소리가 곤혹스럽게 흘러나왔다.

맹룡과 맹호 형제의 애원하는 눈빛이 아예 소소의 얼굴에 못 박힌 듯하고 있는 중에 다시 한참의 고민에 잠겨 있던 소소가 이윽고 천천히 입을 열었다.

"이렇게 하도록 하지요. 이미 말씀드린 대로 두 분의 병증을 치료하는 처방을 낼 재주가 제겐 없어요. 다만 두 분의 병증이 더 이상 악화되는 것을 막고, 조금씩이라도 완화시킬 수 있을 것으로 기대가 되는 처방을 해드리도록 할게요. 두 분께서 이제부터 그 처방에 꾸준히 따른다면 조금의 효과는 보실 수가 있을 거예요. 그리고 처방에 소용되는 약재들은 주변에서 쉽게 구할 수 있는 평범한 약초들이고, 마침 두 분이 약초를 구분하고 채집하는 데 능하시니 지금 제가 잠깐 주변을 돌아서 처방에 따른 약초를 한번 구해 드리고, 이후로는 두 분이 직접 약초를 구하시면 될 일이에요."

소소가 말하는 동안 맹씨 형제의 목젖이 몇 번이나 불쑥 솟았다가 다시 가라앉았다.

그때 소소가 문득 뒤를 돌아보며 말했다.

"오라버니와 령 언니께는 제게 잠깐 시간을 달라는 부탁을 드려야겠네요."

그 말에 소산이 흘깃 소소를 바라보았는데, 그 눈빛에 딱히 어떤 분명한 의사를 담지는 않았지만, 자격지심인지는 몰라도 소소가 보기에는 '왜 귀찮은 일을 사서 만드느냐?' 하는 식의 불퉁한 기색이 담겨 있는 것만 같았다.

이어 소산의 눈길은 예령 쪽으로 향했는데, 그것은 곧 자신은 예령의 의사에 따르겠다는 뜻으로 보였다.

소소가 잠깐 씁쓸한 표정이다가는 이내 생긋한 미소를 떠올리며 예령 쪽을 보았다.

소소의 미소에 애교가 담겨 있었기에 예령은 고소(苦笑)를 짓고 말았다.

그러나 이미 생각하고 있었듯이, 그들이 분지를 떠나는 일을 그리 서두를 이유는 조금도 없었다.

그리고 그녀 자신이 이런 일에 대해 어떤 결정을 내릴 입장은 아니라는 것을 모르지는 않지만, 어쨌든 지금 소소와 소산이 다 같이 그녀의 의사를 바라고 있었으므로 예령은 빙그레 웃으며 소소를 향해 가볍게 고개를 끄덕여 주었다.

그제야 소소의 얼굴이 환하게 밝아졌다.

그때 맹씨 형제는 서로 마주 보며 자못 진지한 눈빛을 나누고 있었는데, 마침 소소가 다시금 그들 형제에게로 눈길을 돌릴 즈음에는 어떤 결론을 낸 모양이었다.

맹룡이 문득 세차게 고개를 저으며 외치듯이 말했다.

"아니오! 아니오! 우리 형제가 아무리 의논을 해봐도 그렇게 해서는 도저히 안 되겠소."

소소가 언뜻 의아한 기색이 되고 마는데, 맹룡이 얼른 말을 이어냈다.

"어린 소저의 처방이 완전한 것이 아니라면 우리 형제가 아무리 그 처방을 잘 따른다고 해도 앞으로 또 어떤 일이 일어날지 어떻게 알겠소? 혹은 부작용이 생겨 지금보다 병이 더 악화가 될 수도 있는 일이고, 혹은 또 다른 병이 생길 수도 있는 일이 아니겠소? 하면, 그때 우리 형제가 뒤늦게 천하를 헤매고 다닌다고 해서 다시 어린 소저를 만날 수 있으리라는 보장을 어떻게 할 수 있단 말이오?"

소소가 어이없어하며 차라리 하소연하듯이 물었다.

"그렇다면 두 분은 도대체 어떻게 하시겠다는 건가요?"

그러자 맹룡은 옆의 맹호를 돌아보며 크게 숨을 한 번 들이마신 뒤 마치 절대의 각오를 선언하듯이 또렷하게 외쳤다.

"우리 형제는 이제부터 어린 소저를 따라다니기로 결정했소!"

소소는 사뭇 정색이 되어 있었다.

"두 분, 세상에는 명의가 많아요. 그런데 저처럼 나이 어리고 경험이 일천한 사람이 어찌 두 분에게 반드시 도움이 된다고 할 수 있겠어요? 하니 두 분은 차라리 이번 참에 산을 내려가 대처(大處)로 가세요. 그래서 이름난 명의를 찾아가시는 게 두 분의 병증을 치료하는 첩경일 것이에요."

그러나 그때 맹씨 형제들의 생각은 너무도 확고해진 듯, 맹룡의 말은 이제 떼를 쓰는 것이나 강짜를 부리는 정도를 넘어 숫제 막무가내의 지경으로 들어서고 있었다.

"아니오! 아니오! 비록 우리 형제가 모자라지만, 누가 우리에게 진정으로 대해주는지 아닌지에 대해서는 확실히 알 수 있소. 어린 소저는 지금 우리를 진정으로 대해주고 있소. 게다가 어린 소저는 우리 형제의 말을 잘 알아듣고, 또한 우리가 잘 알아듣게 말해주는 재주를 가지고 있소. 사실 모친이 돌아가신 이후로 다시는 그런 사람을 만나지 못할 것이라 여기고 있었는데, 오늘 어린 소저를 만나 얘기를 나누다 보니 어린 소저야말로 바로 우리 모친과 같은 성격의 사람이란 걸 알게 되었소. 거기에다 어린 소저는 우리의 병까지 치료해 줄 수 있으니 우리가 어찌 어린 소저를 따라다니지 않을 수 있겠소? 우리 형제는 이미 굳게 결심했으니 어린 소저가 뭐라 하든 결코 우리를 뿌리칠 수 없을 것이오."

잔뜩 당혹감으로 물든 소소가 언뜻 예령 쪽을 보았다.

그러나 소소의 표정에서 그녀의 생각이 어떻게 돌아가고 있는지 이미 환히 비치고 있었으므로 예령은 곤혹스러운 얼굴로 가만히 고개를 저어 보일 수밖에 없었다.

소소는 그들 맹씨 형제를 데리고 일단은 같이 산을 내려가고자 하는 생각을 하고 있는 것이었다.

예령에게서 별다른 호응을 얻지 못하자 소소는 결국 조심스러운 눈치로 소산을 바라보았다.

"오라버니, 저기……."

그러나 그때 소산이 앞질러서 그녀의 말을 잘랐다.

"소 매와 나는 이미 거래 관계에 있으니, 소 매는 임의로 다른 사람을 우리 일행에 합류시킬 수 없소."

그렇게 소산이 굳이 거래 관계까지 들먹이자 소소는 당장에 섭섭한 기색이 되고 말았다.

그때 예령 또한 소산이 그렇게까지는 말을 하지 않아도 좋을 일에 지나치게 빡빡하게 군다는 생각을 하였다.

그러나 한편으로는 소소가 번거로운 일을 만들려 한다는 점에 대해서는 그녀는 은근히 소산과 같은 입장이었다.

그들 맹씨 형제가 다분히 모자란 면모를 지니고 있다는 것은 어쨌든 분명해 보이는 사실이었다.

그러니 언제 무슨 일을 당할지 모르는 그들의 처지에서 도움을 받기는커녕 오히려 보살핌을 주어야 할 그들 맹씨 형제를 일행으로 맞는다는 것은 결코 바람직하지 않은 일일 수밖에 없는 것이다.

"공자와 우리 어린 소저 사이에 어떤 거래가 있다면, 우리 형제와도 또한 거래를 맺으면 되지 않겠소?"

사뭇 노골적인 반발을 섞어 불쑥 말을 뱉은 것은 바로 맹룡이었다.

그리고 비록 맹룡의 그 말이 소산과 소소의 사정에 대해 영문도 모르면서 불쑥 거래를 들먹이며 끼어드는 자못 황당한 돌출이긴 했지만, 그러나 또한 앞서서 굳이 거래 관계를 들먹인 소산의 말에 대해서는 제법 합당한 대응인 듯도 보였다.

그때 예령은 소산의 눈빛이 순간적으로 반짝하고 빛을 발한다고 느꼈다.

그는 아마도 불쾌함 중에도 슬쩍 어떤 흥미를 느낀 것 같았다.

소산이 맹룡을 보며 다소간 퉁명스러운 투로 말했다.

"거래란 서로에게 필요한 것이 있어야 이루어지는 법이오. 그런데 귀하들은 나를 필요로 할지 모르겠으나 나는 귀하들에게 필요한 것이 없으니 우리에게는 거래의 필요성이 조금도 없다고 할 것이오."

그런데 그 말을 듣고 맹룡은 곧바로 고개를 숙이고 깊은 생각에 잠기는 것이었다.

아마도 소산의 말뜻을 이해하기 위해 나름대로는 깊은 고민에 들어간 것일 맹룡의 그런 모습은, 한편으로 안쓰럽게 보이는 데가 있었다.

한참 후.

문득 고개를 든 맹룡이 호소하듯이 말했다.

"아니오! 아니오! 우리에게도 재주가 없지는 않으니, 잘 따져 보면 분명히 공자에게 필요한 재주가 있을 것이오."

그때 소소가 두 사람의 사이에 슬쩍 끼어들며 맹룡에게 물었다.

"두 분에게는 어떤 재주가 있나요?"

소소의 그 물음은 다분히 맹룡에게 어떤 실마리를 주고자 하는 의도일 것인데, 그러나 맹룡은 막상 마땅히 대답할 말이 금방 떠오르지 않는 모양으로 금세 곤궁한 기색이 되고 말았다.

소소가 쓰게 웃으며 다시 물었다.

"두 분은 사냥을 잘한다고 하지 않았나요?"

순간 맹룡의 얼굴이 환하게 밝아졌다.

"그렇소! 그렇소! 우리 형제는 사냥을 잘하오. 작은 짐승에서부터 호랑이나 곰에 이르기까지 대파산중에 있는 짐승이라면 모두 사냥할 수 있소."

소소가 우연인 듯 슬쩍 한쪽 눈을 깜빡인 다음에 다시 물었다.

"두 분은 어떤 방법으로 사냥을 하시나요? 활이나 창? 아니면 덫이나 함정?"

맹룡이 지체없이 대답했다.

"아니오! 아니오! 우리는 항상 이 몽둥이로 때려서 잡소."

그 대답에 소소는 언뜻 난감한 표정이 되어버렸고, 옆에서 흥미롭게 상황의 진전을 지켜보고 있던 예령 또한 그만 실소를 머금지 않을 수 없었다.

맹씨 형제가 단지 그들 두 사람만으로 곰이나 호랑이를 사냥할 수 있다는 말도 이미 과장이라고 할 것인데, 나아가 그 투박하게 생긴 나무 몽둥이로 때려잡는다는 말에 이르러서는 과장의 정도가 너무 지나치다고 하지 않을 수 없었던 것이다.

"두 분은 용력(勇力)이 참으로 대단하다고 하지 않을 수 없군요."

그렇게 말을 수습하는 소소에게서는 다시금 이야기를 원래 목표한 쪽으로 끌고 가려는 궁리가 엿보였다.

그리고 예령은 문득 그런 소소가 귀엽다는 생각을 했다.

그녀에게는 악의가 보이지 않았다.

그러기에 그녀가 뭘 하든 귀엽게만 보이는 것이리라.

맹씨 형제는 소소의 그 말을 칭찬으로 들은 모양이었다.

그들의 어깨가 대번에 으쓱해졌다.

그때 소소가 소산을 향하며 말했다.

"나중에 인가로 내려가면 쌀과 식재료들을 많이 구해야 할 텐데, 만약 이 두 분이 함께한다면 우리는 무거운 짐을 지고 다닐 걱정 따위는 하지 않아도 괜찮을 것 같아요."

소소의 그 말에 맹씨 형제는 싱글벙글 웃음을 감추지 못하며 소소의 말에 부응이라도 하듯 은근히 가슴을 부풀려 보였다.

"뭐, 정히 그렇다면 그렇게 하도록 합시다!"

귀찮다는 듯이, 혹은 갑자기 무슨 변덕이 생긴 것인지 소산은 그렇게 간단히 말을 뱉었다.

그에 대해 소소는 예령을 향해 득의의 미소를 지어 보였고, 역시 귀엽다는 생각에 예령 또한 마주 미소를 지어주었다.

그때 소산이 맹씨 형제에게 다가서며 짐짓 진중한 어조로 말했다.

"두 분이 우리를 위해 일을 해주는 대가로 한 달에 금 한 냥씩을 지불하도록 하겠소! 어떻소? 두 분은 내 조건에 동의하시오?"

그에 대해 맹씨 형제는 대번에 대만족의 표정이 되고 말았다.

물론 그들의 대만족이 예령이나 소소조차도 과분하다고 생각하는 금 한 냥이라는 대가에 대한 것은 아닐 것이다.

그러한 것은 곧이어진 맹룡의 대답에서도 여실히 나타났다.

"그저 먹여만 주시오!"

그리고 이어진 소산의 말에 대해 예령은 다시금 피식 실소를 흘리지 않을 수가 없었다.

소산의 그 독특한 계약법은 이번에도 역시 조금의 예외가 없었기 때문이다.

"좋소! 맹룡과 맹호 두 분과 나 소산은 충실히 거래 조건을 지킬 것을 상호 약속합니다. 그렇지요?"

第八章
또 한 사람의 소씨(小氏)

지존 석산평전

예령 일행은 한낮이 되어서야 느지막이 분지를 벗어났다.

쌍맹(雙猛)—예령은 맹씨 형제를 쌍맹으로 간단히 부르기로 했다—은 분지를 벗어난 지 얼마 되지 않아서 조바심을 내기 시작했다.

바로 허기(虛飢) 때문이었다.

쌍맹이 비록 직접적으로 말하지는 못하는 눈치였지만, 그들의 눈빛과 표정, 그리고 몸짓들에서 보이는 극도의 허기에 대한 호소를 누구나 알 수 있을 정도였다.

또한 그들 쌍맹의 무언의 독촉이 주는 성가심이란 것은 쉽게 견딜 수 있는 것이 아니어서, 막상 소소보다는 소산이나 예령이 먼저 질려 할 정도였다.

결국 그들은 얼마 가지 못해 작은 물줄기가 흐르는 한 계곡의 입구에 멈춰 서서 점심으로는 늦고 저녁으로는 좀 이른 요기를 하기로 했다.

쌍맹은 마치 소소의 수족이라도 된 듯했다.

소소가 시키는 것은 뭐든 신명이 나서 하려 했고, 또 생각했던 것보다는 눈치가 있고 손놀림도 민활한 편이어서 대부분의 일을 곧잘 하는 편이었다.

이를테면, 물을 길어오고 땔나무를 구해오는 단순한 일에서부터, 소소의 그 대나무 통과 같이 생긴 조각들을 조립하여 꼬인 창자처럼 생긴 괴상한 솥을 만드는 일과 같이 제법 차분함을 요하는 일까지, 그리고 소소가 음식을 만드는 데 필요하다고 한번 시범적으로 산나물을 뜯어오면, 용하게도 그것을 바로 기억해서는 쏜살같이 주변 멀리까지를 휘젓고 다니면서 금세 한 아름이나 되는 산나물들을 뜯어오기도 했다.

그런데 가만히 보면 그 한 아름의 의미는 그만큼 그들의 먹고 싶은 욕구가 강하다는 표시일 것이다.

두둑한 살집의 금관사왕 수컷의 몸통이야 소소가 잘 갈무리를 해놓은 터이고, 필요로 하는 산나물은 쌍맹이 깨끗이 씻어서 한 평평한 바위 위에다 산처럼 쌓아놓았으니, 소소가 탕을 끓이는 데는 아무 문제가 없었다.

다만 소산과 예령이 그녀가 다시 뱀을 토막 내는 것을 보고 그제야 그들이 맛있게 먹었던 요리의 정체를 알게 되었다는 것이 문제라면 문제였다.

소산은 무덤덤해했으나, 예령은 일시 안색이 창백하게 굳어지고 말았던 것이다.

그러나 기왕에 뱃속으로 들어간 것에 대해 호들갑을 떨 만큼 예령이 가볍지는 않았다.

다만 그녀는 멀찍이 떨어져 앉아 탕이 끓는 냄새조차 맡지 않으려 했다.

쌍맹의 식탐은 대단했다.

소소가 애초부터 작정을 하고 두 번에 걸쳐 상당한 양의 탕을 끓여냈고, 다른 사람들이 먹는댔자 작은 그릇으로 기껏 한 그릇 아니면 반 그릇 정도였으니, 쌍맹에게 돌아가는 탕의 양은 두 사람이서 감당하기에는 제법 많다고 할 정도였다.

그런데 사정은 그렇지를 못했다.

수저를 쓸 필요도 없이 그냥 솥을 기울여 그릇에다 탕을 들이부어서는 후루룩 마셔 버리는 그들만의 식사법을 몇 차례 발휘하여 국물 한 방울 남김없이 깨끗이 청소를 한 것으로도 쌍맹은 배를 채우지 못한 것 같았다.

여전히 허기진 듯 쩝쩝 입맛을 다셔대는 모양새가 그랬다.

어찌 보자니 아귀(餓鬼)가 따로 없었다.

그나마 다행인 것은 쌍맹이 소소가 끓인 탕 이외의 먹을 것들—그래 봐야 기껏 육포 따위의 건량 정도일 뿐이지만—에 대해서는 감히 욕심을 내지 못한다는 점이었다.

만약 그렇지 않았다면 각자의 봇짐에 보관하고 있던 며칠치의 먹을거리들마저도 그 한 번의 식사로 남아나지 않았을 것이 분명했다.

* * *

일행이 대파산맥을 넘는 데는 꼬박 하루가 더 걸렸다.

그나마 쌍맹이 길을 안내하지 않았더라면, 일행은 그 깊고도 험한 산속에서 얼마간은 더 헤매야 했을 것이므로 아마도 시간이 훨씬 더 걸렸을 것이다.

대파산에서 줄곧 뻗어 나온 산자락이 나지막해지며 이윽고 평야 지대의 나지막한 구릉과 맞닿아 이어지는 지점.

예령은 이곳이 아마도 영강(寧强)에 가까운 어디쯤일 것이라고 짐작했다.

일행은 휴식을 취하며 밤이 되기를 기다리기로 했다.

이제부터의 경로에 대해서는 딱히 정해놓은 것이 없었다.

다만 낮을 피하고 밤을 타 이동할 것이라는 것과, 또한 관도(官道)를 피하고 감숙(甘肅)과의 경계를 이루는 외곽 쪽의 험한 길을 택해서 섬서(陝西)를 통과, 산서(山西)로 넘어갈 것이라는 대강의 작정만을 세워놓았을 뿐이다.

그리고 세세한 경로는 이제부터 부딪치게 될 상황들에 맞추어 그때그때 정해 나가야 할 일이었다.

쌍맹은 허기를 못 참아하는 기색이 완연했다.

그런 그들에 대해 소소는 이제 곧 어두워지면 가까운 마을로 내려가 다양하고도 풍족한 식재료들을 구해볼 것이고, 그러면 얼마든지 훌륭한 요리를 만들 수 있을 것이라고 둘을 달래야 했다.

사위가 어둑어둑해질 무렵, 멀리 평야의 건너편 쪽으로 하나 둘씩 불빛이 켜지고 있었다.

일행이 그 불빛을 향하고 한참을 이동하자, 적어도 백여 호는 훨씬 넘어 보이는 제법 큰 규모의 촌락 하나가 어둠 속에서 흐릿한 윤곽을 드러내고 있었다.

일행 중의 다른 사람들은 촌락의 외곽을 돌아 흐르는 작은 냇가에 머물고, 소소와 맹씨 형제만 촌락 안으로 들어가기로 했다.

그전에 소소는 이미 소산에게 필요한 물건들을 구하기 위한 비용으로 금 한 냥을 받았다.

소소는 그렇게 큰돈을 직접 만져 보기는 처음이라면서 그것을 다시 소산에게 내밀었다.

"은자로 주세요. 좀 넉넉하게 쓴다고 해도 은자 다섯 냥 정도면 충분할 텐데 이런 큰돈을 받는 것은 부담스러워요."

소산이 조금은 의아한 표정이 되어 말했다.

"최소한 며칠 먹을거리는 준비해야 할 테고, 기왕이면 좋은 물건들로 준비하도록 하시오."

그러자 소소가 밝게 웃으며 말했다.

"호호호! 꼭 비싼 재료를 써야 좋은 음식이 나오는 건 아니에요. 그보다는 필요한 재료를 필요한 만큼, 그리고 재료들끼리의 조화를 맞추는 것이 보다 중요하죠."

그런 소소의 말에 대해 그럴듯하다고 여겼는지 소산이 빙그레 웃으며 말했다.

"좋아! 그렇지만 이번 말고 앞으로도 무엇을 사야 할 일이 또 있을 것이니 그때 다시 번거롭게 비용에 대해 서로 언급할 것 없이 그 금은 소 매가 그냥 가지고 있도록 하시오."

그때 조금 떨어진 곳에서 두 사람의 모습을 보고 있던 예령의 눈빛으로 희미한 이채 한가닥이 떠올랐다.

소산이 누구에게 그런 웃음을 보여주는 것을 예령으로서는 처음 보는 일이었기 때문이다.

혹은 소산도 그런 웃음을 지을 수도 있다는 것을 이제야 문득 알게 되었기 때문이랄까?

소산과 소소 두 사람의 모습에서 예령은 그들 두 사람의 사이가 짧은 시간에 무척이나 가까워졌다는 것을 느낄 수 있었다.

그런데 지금 소소를 대하는 소산의 모습에서 예령은 그가 그녀를 대할 때의 무조건적이라고 해도 좋은 배려와 성의, 그리고 진정과는 또 다른 어떤 낯설기까지 한 새로운 면모가 있다는 생각을 문득 하게 되었다.

말 그대로 서로에게 어떤 배려나 전제를 하지 않고, 그냥 있는 그대로의 기질 자체로 서로 통하는 그런 것 말이다.

그러고 보니 정말 그런 것 같았다.

그것이 무엇인지는 구체적으로 알 수는 없었지만 소산과 소소, 그들 급조된 두 소씨 남매 간에는 분명 통하는 그런 무엇이 있는 것만 같았다.

그런 측면으로 조금 더 생각을 확대해 보자면, 그들 소씨 남매와 당고, 그리고 당고와 쌍맹까지, 예령을 제외한 그들 모두는 서로 간에 묘하게 통하는 무엇이 있다고 해야만 했다.

뭐랄까?

어떤 공통분모, 혹은 어떤 동류의식 같은 것이 있다고 해야 할까?

그러다 예령은 이윽고 혹시 그녀 자신이 일행 간의 관계에서 소외되고 있는 게 아닌가 하는 엉뚱한 생각까지를 해보게 되는 것이었다.

물론 소산은 그녀에 대해 여전히 진정에서 나오는 배려를 해주고 있었고, 소소 또한 사심없이 그녀를 친언니처럼 따랐고, 당고와 쌍맹과도 별 문제가 없었다.

그런데 꼬리를 물고 이어지는 생각들 가운데서 예령은 문득 또 하나의 엉뚱한 의문을 떠올리고 있었다.

과연 소산이 가운데에 있지 않았다면 그녀와 소소 간의 관계는 과연 지금과 같을 것이며, 더욱이 당고나 쌍맹과의 관계가 지금과 같이 유지될 수 있을까?

그들 간에는 쉽게 이해할 수 없는 어떤 특수한 교감의 연결고리가 형성되어 있는 것이 분명했다.

당고와 소소의 관계만 해도 참으로 기이한 데가 있었다.

이질적이면서도 서로에게 끌리는 관계라고 할까?

가만히 관찰해 보면 당고는 소소의 주위를 맴돌면서도 한편으로는 어느 정도의 거리를 유지하고 있었다.

너무 가까이 다가서는 것에 대해서는 꺼리거나 경계하면서도, 또 조금 거리가 벌어지면 거의 본능적으로 이끌리다시피 소소를 찾는 당고의 기이한 행동은, 뭐랄까?

혹시 그런 것은 아닐까?

소소에게는 당고로 하여금 이끌리지 않을 수 없도록 만드는 무엇인가가 있는 것이고, 또 그 무엇은 당고에게 친숙한 것이 아닌, 오히려 아주 이질적인, 너무도 이질적이어서 상극이라고 할 수 있는 그런 것?

뭘까?

백아?

그렇지는 않을 것이다.

당고와 백아가 서로를 경계하기는 하지만 근원적으로는 상극이라기보다는 결국 독이라는 동류로 보는 것이 더 타당할 것이다.

그렇다면… 독… 독에 극성이 되는 것이라면?

약? 혹시 약일까?

소소가 스스로 말한 대로 그녀가 매진하고 있다는 약문의 공부라는 것이 바로 그런 상극의 조화를 이루는 것일까?

당고가 그러하고 쌍맹 또한 소소를 신줏단지 모시듯 하고 있으니, 언뜻 보기에 그들 관계의 중심에 있는 것은 소소인 듯 했다.

그러나 비록 기껏 이틀도 채 되지 않는 짧은 시간 동안의 관찰에 의한 것일 뿐이지만, 예령은 직감적으로 알 수 있을 것 같았다.

역시 그들 관계의 중심에는 결국 소산이 있다는 것을.

그들 간의 세세한 인과 관계는 몰라도, 그 모든 관계는 결국 소산과 이어지고 만다는 것을.

생각의 장(場)은 끝없이 펼쳐지고 있었고, 예령은 스스로가 펼쳐 놓은 그 무한한 장에서 주체가 아닌 객체(客體)가 되어 무심히 노닐고 있었다.

그런 중에 그녀는 문득 그리 오래지 않은 기억 하나를 떠올렸다.

그리 오래되지 않았지만, 자신의 머리 속에 그런 기억이 있었는지조차 까맣게 잊어버리고 있던 기억의 편린이었다.

'무위이화(無爲而化)!'

그때 그것에 대해 소산이 자못 장황하게 설명하기를, 어떻게 해서 그렇게 이루어지는 것인지는 알 수 없지만 신통하게도 그저 저절로 되도록 만들어주는 비결이라고 했다.

'그래, 조화결(造化訣)이라고 했었지? 흣! 그 자신도 이해하지 못하고 있지만 온전히 자신의 것이 되었다고 했고, 자신이 처하는 그때그때의 매 순간과 상황마다 조화결 중의 연관된

부분들이 필요한 만큼 저절로 이해되고, 또한 저절로 깨달아진다고 했지.'

잊어버리고 있던 기억의 복귀는 연관된 또 다른 기억까지도 깨워냈다.

'절대삼음(絶對三音)!'

그녀의 기억 속에서 절대삼음을 설명하던 소산의 목소리가 그대로 살아났다.

"절대삼음의 제일음(第一音)은 춘추화음(春秋和音)입니다. 음보의 해석편에 따르면 상생상극의 이치를 극대화하여 천지만물의 희로애락을 지배할 수 있다고 합니다. 절대삼음의 제이음(第二音)은 파천무음(破天無音)입니다. 저도 믿지 못하고 있지만, 어쨌든 음보의 해석편에서는 이 파천무음을 일러 파괴의 음이라고 합니다. 파천무음은 다시 두 단계로 나뉘어지는데, 그 첫 단계는 파천음(破天音)입니다. 해석편에 따르면 이는 음의 초(超) 집중으로 그 대상이 되는 것은 무엇이든 단숨에 파괴해 버린다고 합니다. 파천무음의 두 번째 단계는 무음(無音)입니다. 해석편에서는 이것을 소리없는 공포라고 했습니다. 소리없이 대상체의 내부를 가루로 만들어 버릴 수 있다고 합니다. 마지막으로 절대삼음의 제삼음(第三音)은 조화음(造化音)입니다. 마음의 소리로 천지만물의 생사와 조화의 이치를 지배하는 음이라고 합니다."

예령은 문득 빙그레 실없는 미소를 떠올리고 말았다.

당시에 그저 황당한 얘기로만 들었기에 그동안 까맣게 잊어버리고 있었던 얘기들이 이토록이나 생생하게 떠오르는 것이 신기하기도 했고, 또한 막상 기억을 되살리고 보니 다시금 황당하기도 했기 때문이다.

아울러 자책하는 마음도 되었다.

결국은 한번 엉뚱한 방향으로 빠져 버린 그녀 스스로의 생각이 저절로 꼬리에 꼬리를 물면서 이윽고는 그런 황당함까지 만들어낸 것이 아니겠는가?

'내가 잠시 잡념에 넋을 놓고 있었던가? 허! 검의 도를 수행한다는 사람으로서 참으로 한심한 노릇이 아닐 수 없구나!'

소소와 쌍맹이 돌아온 것은 한 시진 남짓이나 지나서였다.

그런데 밝은 얼굴에 가벼운 걸음걸이로 앞장선 소소에 비해, 쌍맹은 각기 등에 지는 것으로도 모자라 앞이 보이지 않을 정도로 품에까지 잔뜩 안았을 정도로, 그야말로 산더미 같은 짐을 들고 있었다.

쌍맹이 어떻게 그러고도 마을에서 이곳까지의 제법 먼 거리를 걸어올 수 있었는지가 우선 신기할 정도였다.

그러나 그들 형제는 그저 싱글벙글하는 모습이었다.

그들은 소소의 곁을 따라다니는 것만으로도 그저 좋다는 듯했다.

소소는 곧바로 일을 벌였다.

쌍맹의 짐을 냇가에다 부리게 하고, 그 안의 식재료들을 종류별로 분류한 다음, 다듬고 씻고 정리하는 일이었다.

그리고 이번에도 쌍맹은 적절히 활용되는 바가 있었다.

쌍맹은 인상 한번 찌푸리지 않았으며, 오히려 그런 일이 즐거워 죽겠다는 듯한 표정들이었다.

사실은 일 자체가 즐겁기보다는 소소와 함께 일하는 것이 즐거운 것이겠지만 말이다.

어쨌든 생긴 것 같지 않게도 쌍맹의 씻고 다듬는 손길은 제법 꼼꼼하였고, 그런 때문인지 일에 열중하고 있는 쌍맹은 조금도 모자란 데가 없어 보였다.

그러고 보니 그사이에 쌍맹의 체형이 아주 조금은 변한 듯도 하였다.

살집이 조금 불은 느낌이 든다고 할까?

지난 몇 달간을 물만 먹고 살았다는 말이 아주 지나친 과장은 아니었는지도 모르겠다고 예령은 언뜻 생각했다.

그러니 겨우 몇 끼 폭식(?)을 한 것뿐인데도 벌써 몸집이 불어가는 느낌이 드는 것이 아니겠는가.

사실은 쌍맹이 여전히 피골상접의 형상이었지만, 본래가 워낙 장대한 기골인 데다 처음의 풀 죽은 인상 대신에 이제 온몸에 활기가 감도는 것만으로도 벌써 우람하다는 느낌이 드는 것일 터이다.

식재료를 다 다듬고 또 정리를 하고 나자, 그 부피는 처음의 절반도 안 되게 줄어들었다.

그런데 소소는 처음부터 쌍맹을 짐꾼으로 부릴 생각을 했던 것이 틀림없어 보였다.

촌락에 들어간 김에 넓은 천을 두 장씩이나 구해온 것을 보면 말이다.

그것은 바로 쌍맹을 위한 대형 봇짐으로 쓰일 천이었다.

그 봇짐은 보통 사람이었다면 일어서지도 못할 무게였다.

그런데 쌍맹은 그런 봇짐을 하나씩 지고는 오히려 가볍다는 듯이 가뿐히 일어섰다.

정말로 조금도 힘겹지 않아 보이는 쌍맹의 기색에서 예령은 그들의 힘에 대해 솔직히 감탄하였다.

예령은 그들 쌍맹에 대한 평가를 일부 새롭게 고치지 않을 수 없었다.

그들은 처음 생각했던 것보다는 둔하지 않았다.

생각이 다소 느리기는 하나 모자란다기보다는 조금 지나치게 순박하다고 봐줄 수도 있는 문제였다.

더욱이 그들의 몸은 결코 둔하다고 할 수 없었다.

놀라울 정도의 체력은 물론이거니와, 움직임 또한 생각 외로 기민하고도 민첩한 데가 있는 것이다.

예령은 문득 그들 쌍맹에 대해 일찍이 좋은 외공을 익혔다면 아마도 대성했을 타고난 무골이라는 생각을 하며 잠시나마 안타까운 심정이 되었다.

등에다 작은 동산만 한 봇짐을 하나씩 지고도 휘적휘적 가볍기만 한 쌍맹의 발걸음에는 벌써부터 슬며시 신명이 붙어 있었다.

그들을 격려라도 하듯 지금 소소가 예쁜 미소를 보내주고 있기 때문일까?

그때 예령은 문득 홍미로운 것을 하나 보았다.

쌍맹이 각자 짊어진 봇짐의 제일 위쪽에 무슨 귀중품이라도 되는 듯 곱게 찔러 넣어놓은 물건들.

그것은 바로 쌍맹의 유일한 사냥 도구이며, 곰도 호랑이도 때려잡았다는 바로 그 대단한 나무 몽둥이였다.

다행히 투박하며 엉성한 부분은 봇짐 안쪽으로 들어가 보이지 않고, 밖으로 삐죽 솟아 나온 손잡이 부분은 까맣게 때가 타서 아주 반질반질하니 윤기가 나는 것이 제법 그럴듯한 물건인 양보이기도 했다.

예령의 시선이 언뜻 소산에게로 향했다.

소산 또한 투박하고 엉성하기로는 쌍맹의 나무 몽둥이와 엇비슷한 목검의 주인이었기 때문이다.

과연 그의 봇짐에도 목검 하나가 가로로 찔러 넣어져 있었다.

일전에 예령이 참나무 가지를 대강 다듬어서 임시로 만들어준 바로 그 엉성한 목검이었다.

소산은 그 목검을 정말로 애검이라고 여기는 양 지금까지 계속 가지고 다니는 중이었던 것이다.

물론 그가 검에 익숙하지 못하니 허리에 차거나 등에 매기는 불편하여서 늘 봇짐에다 찔러 넣어두고 있었다.

혹시 나중에 번잡한 시전 같은 곳을 지날 때 소산이 그 목검으로 괜한 위세를 한번 떨어볼 요량으로 있는지도 모르겠다는 엉뚱한 상상이 언뜻 들기에 예령은 그만 피식 혼자 웃음을 짓고 말았다.

그러나 그토록 무공에 대해 강한 집착을 보였던 소산이니만큼 비록 무공을 익히는 일은 이미 물 건너간 셈이 되고 말았지만, 그래도 사정 모르는 사람들을 상대로 한 번쯤 그런 위세를 떨어보고 싶은 생각은 가져볼 수도 있는 일일 것이다.

이틀 후.

일행은 아직도 대파산의 산자락을 벗어나지 못하고 있었다.

주된 이유는 예령이 갑자기 행로를 바꾼 때문이었다.

그녀는 처음에 좀 더 북쪽으로 올라간 다음에 감숙과의 경계 지점을 따라 종(縱)으로 섬서 땅을 통과해서 산서 땅으로 들어갈 계획이었지만, 그 같은 계획은 지금쯤 그들을 잡기 위해 혈안이 되어 있을 도막 측에서도 능히 대비하고 있는 것들 중 하나일 것이라는 생각을 하게 되었던 것이다.

그래서 대안을 낸 것이 오히려 도막의 허를 찌르는 역발상으로, 방향을 반대로 바꾸어 남으로 사천과 섬서의 경계를 따라 호북(湖北) 땅을 향하여 간 다음, 하남(河南) 땅을 통해 하북(河

北)으로 들어간다는 것이었다.

사실 거기에는 호북의 무당파와 섬서 남단의 화산파의 중간 지역을 행로로 택함으로써 무형의 덕을 보겠다는 숨은 계산이 들어가 있기도 했다.

즉, 아무리 도막이라고 해도 무림의 태두라고 할 수 있는 그들 두 문파의 영향권 내에서는 함부로 대규모의 인력을 동원하는 일은 꺼릴 것이라는 계산이었다.

어쨌든 그런 중에도 낮에는 산속에서 휴식을 취하고 밤에만 이동을 하였고, 그나마 길을 버리고 길이 아닌 곳을 택하였으므로 일행은 그야말로 느리기 이를 데 없는 완행(緩行)을 하고 있는 중이었다.

그 우연한 조우(遭遇)가 일어난 때는 아직 제법 해가 남아 있는 오후 무렵이었는데, 그때 일행은 어느 얕은 계곡의 물가에 자리를 잡고 휴식을 취하고 있는 중이었다.

"으악!"

그리 멀지 않은 곳에서 난데없이 들려온 단음의 비명은 산중의 공기를 대번에 싸하게 만들어 버렸다.

예령은 온몸의 긴장이 올올이 곤두서는 것을 느꼈다.

그것은 한편 너무도 짜릿한 느낌이라 이런저런 전후 사정을 따지지 않아도 좋을 상황이라면 차라리 쾌감이라고 해도 좋을 만하였다.

'도막인가?'

예령으로서는 일단 그렇게 전제해 볼 수밖에 없었다.

그러나 긴장으로 곤두섰다고 해도 두려움은 이전에 비하여 차라리 덜하였다.

문득 자신이 상황에 맞지 않게 호전적이 되어 있는 것이 아닌가 하는 생각을 예령은 문득 하였다.

그들은 지금 도막의 추격을 피하기 위해 가능한 한 모든 방법을 다 동원하고 있는 중이었는데, 이제 막상 그들의 추격을 당면하고 보자 일단 도주부터 하고자 하는 작정보다는 오히려 전력을 다해 그들과 부딪쳐 보고 싶다는 욕구가 불쑥 솟구치고 있으니 말이다.

'사념(邪念)이다.'

마음속 욕구에 대해 예령은 주저없이 그렇게 단정했다.

그것이 지금 이 순간에도 그녀의 뇌리 속을 떠나지 않고 있는, 아니, 그녀의 작은 가슴을 온통 뜨거운 열정으로 가득 채우고 있는, 바로 뇌전결의 검결로부터 비롯되었다는 것을 너무도 잘 알기 때문이었다.

무상검결 제일초 뇌전결!

그것은 검초에 대한 이해를 넘어 깨달음을 필요로 하는 것이었다.

그러나 그녀는 아직까지 검결에 대해 딱히 어떤 깨달음이라고 할 만한 것을 이룬 바 없었다.

다만 뇌전결에 대한 숱한 고뇌와 뜨거운 열정에 빠져 있는 중일 뿐이었다.

그런데 검결을 이해는 하되 깨닫지 못했다는 것을 스스로 잘 알고 있음에도 불구하고, 검결을 실제로 펼쳐 보고 싶다는 충동을 자꾸만 느끼게 되는 것이었다.

딱히 구체화할 수 없고 형상화할 수도 없지만 막상 상대를 맞아 검을 맞댄다면 뭔가 지금까지와는 다른 검을 펼쳐 볼 수 있을 것 같았기 때문이다.

또한 그러한 욕구가 사념이라는 것은 스스로 부족함을 알면서도 무작정 불특정의 상대를 맞아 검을 떨쳐 보고 싶은 마음이야말로 검을 수련하는 사람으로서 마땅히 경계해야 할 것이기 때문이다.

그러나 그런 중에도, 그리고 자신의 헛된 사념으로 소산 등 다른 일행의 안전이 위협받는 일이 결코 있어서는 안 된다는 생각을 하면서도, 한편으로 어떤 예외적인 상황이 생기기를 기대하는 마음은 마치 심술궂은 욕심처럼 예령의 마음속에서 자꾸만 생겨나고 있는 중이었다.

저 아래쪽 산비탈을 넘어와 계곡을 향해 달려오고 있는 사람 하나가 있었다.

언뜻 보기에 남루한 문사 행색의 중년사내인데, 한눈에 보기에도 그는 지금 쫓기고 있는 중이었다.

그를 뒤따라 산비탈을 넘어오고 있는 대여섯 명의 복면의 무리가 있었고, 그들이 뽑아 들고 있는 도검에서 번뜩이는 살기가 흐르고 있었기 때문이다.

또한 비탈진 바닥을 내닫고, 또 나무와 바위 사이를 돌아 나오는 매 순간마다 넘어질 듯 위태로워 보이는 움직임과, 내달린다고는 하나 그 속도가 겨우 조금 빠르게 걷는 정도에 불과하다는 데서 그 중년문사가 무공을 익힌 무림인이 아닌 보통의 평인이라는 사실 또한 쉽게 알아볼 만하였다.

그런 중에 이상한 점들이 있기도 했다.

우선은 무림인들임에 분명한 그 일단의 복면 무리가 중년문사와의 거리를 쉽사리 좁히지 못하고 있다는 점이었다.

그러고 보니 그들에게서는 잔뜩 사방을 경계하는 모습이 뚜렷해 보였다.

그런데 중년문사는 바로 앞쪽에서 도주하고 있고, 그들이 달려온 산비탈이나 또 지금 막 중년문사가 접어들고 있는 계곡은 그저 키 낮은 잡초와 듬성듬성 자라 있는 나무들, 그리고 그다지 크지 않은 바위밖에 없어서 특별히 사방의 시야가 가려지지 않았으므로 복면 무리가 그처럼 조심스럽게 경계를 높여야 할 이유는 딱히 없어 보이는 것이었다.

이상한 점은 중년인의 동태에서도 있었다.

그와 복면인들과의 거리는 겨우 십 장여에 불과했다.

복면인들이 무공을 익힌 무림인들임을 감안할 때는 그야말로 간발의 차로 목숨이 오가는 절대의 긴박 상황이라고 할 것인데, 막상 중년문사에게서는 그다지 절실한 기색이 보이지 않는 것이었다.

물론 그로서는 사력을 다하는 것인데도 힘이 미치지 못해 그런 것이라 볼 수도 있겠지만, 아무래도 그렇게만 볼 수 없는 것은 바로 그가 온 힘을 다하고 있다고 봐줄 만큼 지쳐 보이지 않기 때문이다.

더욱이 중년문사에게서는 위기에 처한 사람에게서 당연히 느껴져야 할 어떤 당황과 절박함 같은 것이 별로 느껴지지 않는 것이었다.

중년문사의 도주는 절실하다기보다는 차라리 침착해 보이기까지 했다.

중년문사가 계곡의 입구로 접어들기 시작했을 때, 문득 조급함을 느꼈던지 복면인들 중에서 두 명이 쾌속하게 앞으로 쏘아 나왔다.

그들 둘은 상당한 경공의 조예를 지녔는지 다만 중간에 한 번 바닥을 찍어 다시 도약을 이루었을 뿐, 중년문사와의 나머지 오륙 장의 거리를 그대로 허공에서 좁혀 버렸다.

"앗!"

나직한 경호성은 잔뜩 긴장한 모습으로 그 한바탕의 추격전을 지켜보고 있던 소소에게서 새어 나왔다.

그리고 뒤이어 한마디 처참한 비명이 터져 나왔다.

"크악!"

비명은 그때 막 중년문사의 머리 위에서 도를 찍어 내리던 복면무사에게서 터져 나온 것이었다.

그리고 그 복면무사는 마치 살 맞은 기러기 꼴이 되어 허공에서 풀썩 허리를 접고는 바닥으로 추락하더니 그대로 더 이상의 움직임이 없었다.

그때 막 뒤이어서 중년문사의 머리 위 허공에 도달했던 또 하나의 복면무사는 동료의 비명횡사를 보고 순간적으로 멈칫 신형을 정지시키더니 그대로 몸을 뒤집어 바닥으로 내려섰다.

이어 그의 신형은 급격히 좌측으로 방향을 꺾어 일 장여를 급하게 미끄러져 나가는 것이었다.

그러한 그의 격렬한 연결 동작은 마치 보이지 않는 어떤 암수를 피하려는 듯하였다.

그런 중에도 중년문사는 여전히 침착하였다.

그는 방금 자신이 복면인들에 의해 머리가 쪼개지기 직전의 위험한 상황까지 갔고, 또 그런 중에 어떤 알 수 없는 이유로 인해 복면인들 중의 한 명이 즉사하고 또 다른 한 명이 황급히 물러섰다는 사실에 대해서는 전혀 아는 바가 없다는 듯했다.

그는 지금 여전히 계곡 안쪽을 향해 바삐 움직이고 있을 뿐이었다.

한순간 중년문사는 계곡 위쪽에 있는 소산 일행을 본 듯했다.

그는 갑자기 달음박질을 치며 소산 등을 향해 다급한 목소리로 외쳤다.

"살려주시오! 살려주시오! 도적들에게 쫓기고 있소!"

그런데 그런 중년문사의 위급하고도 낭패스러운 모습은 지금까지 그가 보였던 모습과는 사뭇 달랐다.

만약 그때 좀 전에 일시적으로 물러섰던 복면인이 다시금 살벌한 기세로 그를 쫓아오지 않았었더라면, 그리고 그 뒤로 다시 네 명의 복면인이 막 계곡 안쪽으로 진입해 드는 촉박한 상황이 아니었더라면 중년문사의 다급함은 아마도 다분히 어색하고도 억지스럽게 보일 수도 있었을 것이다.

"아아! 어떻게 해요?"

마치 자신이 직접 쫓기고 있기라도 하듯이 내내 안타까운 표정이던 소소가 이윽고는 나직이 부르짖었다.

그녀는 다만 '어떻게 해요?' 라고만 말했지만, 그것이 곧 '어떻게 좀 도와주어야 하지 않느냐?' 하는 다급한 호소라는 것은 누구나 알 수 있는 일이었다.

예령은 고운 아미를 표시나게 찡그렸다.

'도막은 아니다!'

일단은 그렇게 선을 그은 다음 그녀는 그 다음으로 생각을 진전시켰다.

'그래도 역시 개입하지 않는 것이 좋다!'

강호에서 남의 일에 함부로 간섭하는 것은 금기 사항이었다.

지금과 같은 상황에서도 어느 쪽이 선인인지, 또 어느 쪽이 악인인지는 섣불리 판단할 수 없는 일이었다.

예를 들어, 쫓기고 있는 자가 뒤에서 쫓고 있는 자들에게 불구대천의 원수일 수도 있다는 의미이다.

생각의 한편으로 예령은 또 다른 판단의 여지를 찾고 있었다.

몇 가지의 의문에도 불구하고 중년문사가 무공을 지니지 않았다는 것은 분명해 보였다.

그리고 중년문사를 쫓고 있는 자들이 복면을 했다는 것만으로도 십중팔구 선인이기보다는 악인 쪽이기 쉬웠다.

먼저 무인 된 자들이 무공도 없는 일반인을 상대로 함부로 살수를 펼친다는 점에서 그러하며, 또한 떳떳하다면 결코 복면 따위를 쓸 까닭이 없기 때문이다.

무엇보다도 중년문사가 지금 이쪽을 향하고 달려오고 있는 이상, 그녀와 일행 또한 이 한바탕의 추격전과 무관하기는 이미 어렵게 된 것이다.

그렇다면 가만히 앉아서 복면인들이 다가오도록 기다릴 것이 아니라, 차라리 적극적으로 앞으로 나아가 방어선을 구축하는 것이 일행의 안전을 위해서 보다 유리할 것이라는 판단을 예령은 했다.

그러면서도 그녀는 자신의 그 판단이 역시 최선은 아닌 차선에 불과하며, 다만 그녀 자신의 검에 대한 욕구를 풀어 보기 위한 명분 합리화의 측면이 강하다는 생각을 아주 떨쳐 버리지는 못했다.

예령은 문득 소산을 바라보았다.

소산의 결정이 있다면 보다 마음 편하게 최선 아닌 차선을 실행해 볼 수 있겠다는 심정이었으리라.

예령의 눈길을 받은 소산이 언뜻 소소의 표정을 살폈다.

그때 소소 또한 소산 쪽으로 시선을 주고 있던 참인데, 그녀의 얼굴에는 안타까운 기색이 가득 어려 있었다.

소산의 고개가 미미하게 끄덕여졌다.

아니, 어쩌면 그의 고개가 끄덕여진 것 같다고 예령이 느꼈을 뿐인지도 몰랐다.

그러나 예령은 다시 소산의 확실한 의사를 확인해 볼 필요도 없이 그대로 앞으로 쏘아져 나갔다.

예령의 신형은 중년문사의 곁을 스쳐 지났다.

슷!

한줄기 바람처럼 스쳐 가는 그녀의 신형을 따라잡기라도 하듯 중년문사는 달려오던 걸음을 멈추고 급하게 고개를 뒤로 돌렸다.

그때 삼 장여의 거리까지 중년문사를 따라잡고 있던 복면인이 짧은 기합 소리를 토해냈다.

"타앗!"

순간 복면인이 달려오는 속도는 배가되었는데, 머리 위로 곧추세워져 진격세(進擊勢)를 취한 그의 도가 맹렬한 기세를 만들어내고 있었다.

복면인의 도세는 이미 가까이 다가와 예령의 머리끝을 쭈뼛거리게 만들고 있었지만, 지금 그녀는 그 치 떨리는 살기마저도 마치 남의 일인 양 치부해 놓고 있었다.

예령의 검은 여전히 검집째 그녀의 허리에 매달려 있었고, 그럼으로써 그녀는 마치 목숨을 포기한 사람처럼 보였다.

'뇌전(雷電)!'

지금 예령은 오직 그 하나의 화두에만 매달려 있었다.

지금 이 순간만큼은 죽느냐 사느냐 하는 문제보다도 그 하나의 화두가 더욱 절박하고도 절대적인 명제(命題)로 되어 있었다.

왜?

그것은 예령도 몰랐다.

아니, 그런 의문조차도 가지지 못했다.

핑!

그것은 아주 희미한 소리였다.

그리고 예령의 검이 검집에서 나와 움직였음을 증거하는 유일한 단서이기도 했다.

그것으로 모든 것은 멈추어 버렸다.

예령의 머리 위 한 치까지 도달한 채로 멈춘 복면인의 도는 그 맹렬했던 도세를 흔적도 없이 잃어버리고, 그저 평범한 쇳조각으로 화해 있었다.

그러나 복면인의 눈빛에서는 아직도 일도양단(一刀兩斷)의 격렬한 의지가 생생히 남아 있었다.

그러나 그가 이미 산 자가 아니라는 것은 그의 목을 깨끗이 관통하고 있는 한 자루 늘씬한 검이 극명히 말해주고 있었다.

홍청백(紅靑白)의 삼색검수(三色劍穗)!

그것만으로도 그 검을 잡고 있는 사람이 바로 예령이라는 것은 분명했다.

"대단하다!"

주변의 일시적인 정적을 깨는 그 한마디의 감탄성은 바로 중년문사에게서 나온 것이었다.

그리고 그 한마디만으로는 충분하지 않다는 듯 그는 찬사를 이어내고 있었다.

"젊은 여인의 검술이 참으로 놀랍구나! 내 무공에 대해 잘 알지는 못하나 군문(軍門)의 용장(勇將)들이라 한들 저런 정도의 무위를 지녔을까?"

그러나 그러한 감탄의 말은 방금까지 죽음의 문턱까지 쫓겨 살려달라고 절박하게 외치던 사람이 하기에는 아무래도 어울리지 않는 데가 있었다.

소소는 새삼 중년문사를 자세히 살펴보았다.

사각의 턱을 지녀 언뜻 강직한 인상으로 보였으나, 거의 볼까지 내려오는 두툼하고도 축 처진 큰 귀와 조금 아래쪽으로 처진 눈 꼬리는 또한 어느 정도 온화한 인상으로 보이기도 했다.

소소는 문득 그런 상상을 해보았다.

중년문사가 정색으로 표정을 굳히거나 화를 낼 때의 얼굴을.

그래서 아래로 처져 있던 눈 꼬리가 위로 치켜 올라간다면 과연 어떤 인상이 될까 하고.

네 명의 남은 복면인들이 계곡 위쪽을 향해 전력으로 신형을 쏘아오고 있었다.

그때 쌍맹이 선뜻 앞으로 나섰다.

그들은 소소의 앞으로 나아가 양옆으로 벌려 버티어 서며 나무 몽둥이를 잔뜩 치켜드는 것이었다.

누구든 다가온다면 일전을 불사할 기세였고, 그러한 기세는 오로지 소소를 보호하겠다는 의지로 보였다.

그런데 이어서 당고가 소소의 곁으로 다가들었고, 다시 소산이 당고의 곁을 지키는 형세로 다가서자 결국은 쌍맹이 일행 전체를 보호하는 모양새가 되었다.

그때 앞쪽에 서 있던 중년문사가 슬그머니 쌍맹의 옆을 돌아 소산의 곁으로 바짝 다가섰다.

그럼으로써 중년문사 또한 쌍맹이 형성해 놓은 엉성한 보호망의 안쪽으로 들어선 셈이 되었다.

자신을 향해 쏘아오고 있는 복면인들을 내려보며 예령은 담담한 신색으로 서 있었다.

그런 그녀의 모습에서는 일기당천(一騎當千), 혼자서 능히 천 명의 적이라도 대적할 듯한 당당한 기세가 비치는 듯했다.

그러나 사실은 아직까지 그녀는 스스로의 감격과 혼란에서 미처 벗어나지 못하고 있는 중이었다.

'과연 뇌전결이었나?'

믿을 수 없는 심정이었다.

그러나 뇌전결임에 분명했다.

그 찰나의 순간에 그녀의 손에서 펼쳐진 것이 뇌전결이 아니었다면 이미 상대에게 완전히 선기를 빼앗긴 상태에서 그녀가 그토록 놀라운 반전을 일으켜 낼 수는 결코 없었을 테니까 말이다.

그 찰나의 순간에 만약 뇌전결이 펼쳐지지 않았다면 지금 바닥에 쓰러져 있는 것은 복면인이 아니라 바로 그녀 자신이었을 것이다.

그것도 머리에서부터 종으로 두 쪽이 난 처참한 형상으로 말이다.

그 순간 자신이 어떻게 뇌전결을 펼쳐 낼 수 있었던 것인지는 그녀로서도 알 수 없었다.

그리고 그 이전에 자신이 어떻게 그처럼 무모한 시도를 할 수 있었는지 그녀는 스스로를 이해할 수 없는 심정이기도 했다.

참으로 무모한 짓이었다. 돌이켜 생각하는 것만으로도 오금이 저릴 정도로.

그러나 어쨌든 그녀는 그토록 절실히 원했던 뇌전결을 펼쳐 낸 것이었다. 비록 다시 똑같은 상황에 처한다면 다시금 뇌전결을 펼쳐 낼 자신은 전혀 없었지만.

좀 전의 뇌전결은 생사까지 도외시한 그녀의 무모하기 짝이 없는 의욕이 천운(天運)을 만나 펼쳐 낼 수 있었던 것일 뿐, 뇌전결은 여전히 그녀의 것이 아니었다.

그러나 그녀는 조금 허탈할 뿐 조바심치는 마음으로 되지는 않았다.

자신의 손에서 펼쳐진 것이 분명한 이상 언젠가는, 아니, 조만간 그것을 완전한 자신의 것으로 만들 수 있을 것이라는 뿌듯한 안도감을 그녀는 가지고 있었다.

그때였다.

"령 언니!"

소소가 다급히 외친 경호성에 예령은 퍼뜩 경각심을 가지고 현실로 돌아왔다.

눈앞 바로 오 장여 앞에서 네 명의 복면인들이 짓쳐들어오고 있었다.

예령은 앞을 향해 천천히 검을 겨누었다.

비록 무의식적으로 펼친 뇌전결로 단숨에 한 명의 복면인을 척결했지만, 그 도세의 치밀함과 강맹함만 보아도 복면인들의 무공은 결코 일개 도적들의 것이라고는 믿을 수 없는 절정급의 것이었다.

하면 그녀가 다시 뇌전결을 펼쳐 내지 않는 이상, 이제 복면인 넷의 합공을 당해낼 자신은 없었다.

그러나 예령은 지금 평정한 마음으로 자신을 향해 짓쳐들어오는 네 가닥의 도세를 지켜보고 있었다.

두려운 마음이 있는 것 또한 아니었기 때문이다.

챙!

채채챙!

네 개의 강력한 도세가 격렬하게 작렬했고, 그 속에서 한가닥의 부드러운 검세가 섬세하면서도 힘에 겨운 느낌으로 유영하였다.

그러나 그 같은 격돌은 그야말로 찰나지간에 일어난 일이었다.

다음 순간,

"음!"

예령은 나직한 신음과 함께 비칠거리며 세 걸음을 잇달아서 물러서고 있었다.

네 명의 복면인들은 곧바로 그녀를 뒤쫓아 신속하게 그녀의 사방을 포위하였다.

방금의 격돌에서 예령 또한 그리 만만치 않은 저항을 보여 준 듯, 복면인들은 당장에 공격을 재개하기보다는 일시간 대치를 하며 틈을 보는 형세를 취한 것이다.

예령의 안색은 창백하게 변해 있었다.

한마디로 역부족이었다.

그러나 그녀는 절망을 느끼기보다는 오히려 만족스러워하고 있었다.

비록 방금의 격돌에서 형편없이 밀리기는 했지만, 그녀는 네 자루 도가 펼쳐 내는 궤적을 어느 것 놓치지 않고 세밀하게 볼 수 있었고, 그 결과로 그 네 자루 도의 공격을 간신히나마 막아낼 수 있었던 것이다.

안목의 성장!

그랬다.

그녀의 눈은 이전에 비해 느낄 수 있을 만큼 빨라져 있었다.

그리고 그것이 비록 재현할 수는 없지만 지극의 쾌검인 뇌전결을 직접 한번 펼쳐 봄으로써 그녀 자신도 모르게 얻어진 능력이라는 것을 그녀는 알 수 있었다.

그러니 그녀가 지금 금방이라도 울혈을 토해내고 말 듯이 답답한 내부의 충격 속에서도 이토록 기꺼운 표정이 될 수 있는 것이었다.

그녀는 다시금 무모함을 부리는 심정으로 되었다.

피를 토해도 좋고 죽어도 좋았다.

피하지 않고 얼마든지 복면인들의 합공을 맞받아 줄 용의가 있다는 마음으로 되는 것이었다.

물론 그녀의 그런 무모함은 다시 한 번 뇌전결을 펼쳐 보고 싶다는 간절한 욕구에서 나오는 것이었다.

이윽고 전신의 모든 감각을 극한으로 끌어올린 그녀에게서 금방이라도 터지고 말 듯한 팽팽한 긴장이 뿜어져 나왔다.

"멈춰!"

그것은 소산의 외침이었다.

그가 한순간 반사적이다시피 외치며 앞으로 튀어나간 것이다.

"안 돼요!"

소소가 외쳤으나, 그때 소산은 등에 지고 있던 봇짐까지 벗어 내던지고 맹렬하게 앞으로 달려가고 있었다.

그런 그의 손에는 목검이 들려져 있었다.

당황하며 잠시 멈칫거리던 소소가 이윽고는 소산을 뒤따라 달려나갔다.

그리고 소소가 달려나가자, 이번에는 쌍맹과 당고가 줄줄이 그녀의 뒤를 따랐다.

그 뒤에서 갑자기 혼자 남게 된 중년문사가 곤혹스러운 탄식 소리를 내고 있었다.

"허!"

그러나 소산 등이 만들어낸 일련의 소동은 막상 예령을 포위하고 있는 네 명의 복면인들에게는 위협을 주기는커녕 주의조차 끌지 못했다.

자신을 향해 달려오는 소산 등을 보면서 예령은 퍼뜩 그녀가 지금 그녀 혼자만의 갈구를 풀고 있을 처지가 아니라는 것을 경각했다.

그러나 그렇다고 그녀가 지금 달리 취할 수 있는 조치는 아무것도 없었다.

비록 한 번의 공세를 잘 버텨냈다고는 해도 그들 네 명의 복면인들을 상대로 해서 그녀는 감히 잠시라도 정신을 흩트릴 여유를 부릴 수가 없는 것이었다.

순간 예령의 눈빛으로 당황과 다급함이 녹아들었다.

한가닥 날카로운 휘파람 소리가 울린 것은 바로 그때였다.

삐이이이익!

그 휘파람 소리에는 사람들의 어깨를 절로 움찔거리게 만들 만큼의 놀라운 내력이 깃들어 있었다.

그리고 그때 저쪽 산비탈에서 한가닥 신형이 나타나더니 단 시 서너 번을 도약하는 사이에, 말 그대로 빛살과도 같은 빠르기로 허공을 가로지르며 계곡 쪽으로 날아오고 있었다.

참으로 놀라운 경신 재간이었다.

"멈춰라!"

막 계곡으로 접어들면서 그 신형이 외친 노호성이 일시 계곡 전체를 우르르 울렸다.

그 위엄에 가득 찬 기세에 예령을 포위하고 있던 복면인들은 당황하는 기색이 뚜렷했다.

그때 무엇인가 거창한 기세 하나가 계곡을 거슬러 쏘아왔다.

파아아아!

한 자루 검이었다.

십오 장여 아래쪽에서 막강한 진기를 담아 던진 검이 무서운 속도로 회전하면서 폭풍의 기세를 담고 쏘아져 온 것이다.

검은 마치 의지가 담기기라도 한 듯 그대로 복면인들을 향해 부딪쳐 갔다.

캉!

카앙!

잇따라 격한 금속성이 터져 나오면서 한 자루의 검이 허공으로 튕겨 올랐다.

그리고 그사이 번개처럼 허공을 단축해 온 장대한 신형 하나가 튕겨 오른 검을 낚아챘다.

이어 하나의 웅대한 노을 빛 검망(劍網)이 빽빽하니 허공을 뒤덮었다.

"으악!"

"으악!"

"크악!"

"으아악!"

네 마디의 비명이 동시이다시피 터져 나왔다.

그리고 검망이 걷힌 그곳에는 참혹한 광경이 펼쳐져 있었다.

몸통에서 분리된 목, 그리고 허리에서 양단된 신체들이 바닥에 널려져 있고, 그것들에서 폭포수처럼 분출되는 피가 바닥을 흥건하게 만들고 있는 중이었다.

사람들의 경악 어린 시선을 받고 있는 그는 백발의 노인이었다.

노인답지 않게 신체가 장대한 데다 전광처럼 번뜩이는 눈빛은 마치 전장을 누비는 맹장의 모습과도 같았다.

예령이 감탄과 놀라움을 감추지 못하는 중에도 신중한 기색으로 노인을 살펴보고 있었다.

'가히 패도의 절정에 이른 검공이었다. 혹시 관부의 무공인가?

예령은 언뜻 그런 생각을 떠올렸다.

방금 노인이 보여준 경인할 무위에 대해서였다.

강호의 무공이라고 보기에는 다소간 지나치리만치 그 격식이 거창하고 웅장한 면이 강조된 느낌이 있었기 때문이다.

그때 노인은 마치 지금의 참경이 자신과는 아무런 상관이 없다는 듯이 아무 말도 없이 한쪽을 향해 가만히 허리를 숙였다.

그쪽 방향에는 중년문사가 서 있었는데, 그 역시 이 모든 일과는 무관한 듯이 담담한 표정일 뿐이었다.

그런데 노인에 대해 주목하고 있느라 사람들은 또 한 명의 인물이 어느새 계곡을 올라와 그들의 바로 가까이까지 다가오고 있는 것을 뒤늦게 발견하였다.

창백한 안색의 그 중년인의 허리에는 검이 매달려 있었으나, 언뜻 보기에도 그는 검과는 그다지 어울려 보이지 않았다.

중년인은 급한 걸음걸이였으나 그 기색은 시종 침착하기만 하였다.

장내의 광경을 빠르게 일별한 다음 그는 곧바로 중년문사를 향해 깊숙이 허리를 숙이며 말했다.

"대인, 소직(小職)이 어리석어 대인을 곤경에 처하게 하였습니다. 소직의 불충을 책하여 주십시오."

고저장단이 별로 드러나지 않는 건조한 느낌의 목소리였다.

또한 굳이 표시내지 않으려는 듯하였으나, 그가 중년문사를 대하는 태도에 결코 숨길 수 없는 절대의 공경과 충성심이 배어 있다는 것은 누구라도 금방 알 수가 있었다.

날은 완전히 저물었으나 보름이 막 지난 달빛은 일행이 의지해 걸을 만하였다.

그런데 일행의 몇 걸음 뒤로는 중년문사가 슬쩍 따라붙어 있었다.

다시 중년문사의 뒤로는 예의 그 칼 찬 중년인이 따르고 있었는데, 다만 경인할 무위를 발휘하였던 장대한 체구의 노인은 보이지 않았다.

그러나 그 노인이 주변 어딘가에서 따르며 암중에 문사를 호위하고 있을 것임은 쉽게 짐작이 되는 일이었다.

계곡을 벗어난 지 이미 한참이나 되었건만 아무도 중년문사에게 말을 걸지 않고 있었다.

심지어는 왜 따라오느냐고 물어보는 사람도 없었다.

그러한 무관심이 영 어색하고 답답했던지 중년문사가 문득 걸음을 급히 하여 소산의 옆으로 따라붙었다.

일행 중 소산과 쌍맹이 남자였는데, 그중 쌍맹은 초면에 선뜻 말을 걸어볼 만한 상대로는 보이지 않았을 것이다.

또한 마침 소산이 역시 문사복 차림이라 중년문사로서는 그래도 말을 나누어볼 만하다고 여겼던 것이리라.

"이보게, 젊은이! 자네 이름이 어떻게 되는가?"

소산에 대한 중년문사의 첫마디는 다짜고짜 하대였다.

그런데 언뜻 중년문사를 돌아보는 소소와 예령에게서는 반짝 떠오르는 호기심 외에 어떤 의아함이나 반감 같은 느낌은 없었다.

그처럼 소산에 대한 중년문사의 하대에는 기이하달 정도로 자연스러운 데가 있었다.

다만 소산은 힐끗 중년문사를 돌아보고는 이내 다시 묵묵부답으로 걷는 데만 열중하는 모습이었다.

마치 못 들었다는 듯이 보이기도 했고, 혹은 의도적으로 무시하는 듯한 모습이기도 한 소산의 그런 반응은 곧 중년문사에 대한 냉대라고 해도 좋은 것이었다.

중년문사의 얼굴이 금세 약간의 당혹과 낭패로 물들었다.

자신에 대한 소산의 그런 냉대가 특별히 그에게만 그런 것이 아니라, 혹은 그가 다짜고짜 하대를 해서 그런 것 또한 아니라, 원래 소산의 성품 중에 처음 만나는 사람들과는 잘 어울리지 못하는 데서 기인하는 그런 종류의 불퉁함이 있다는 사실을 중년문사로서는 알 리는 없는 일이었다.

그러나 벌컥 화를 내거나, 혹은 무안해질 만도 하건만 문사는 일시 머쓱한 표정을 짓더니 이내 싱긋이 웃고 마는 것이었다.

오히려 뒤쪽에서 그 광경을 지켜보고 있던 칼 찬 중년인의 얼굴로 일시 격한 분노가 스치고 있었다.

문사는 이번에는 소산 대신 예령에게 말을 걸어볼 요량인 듯 슬쩍 걸음을 옮겨 그녀의 곁으로 다가섰다.

사실 말을 건네볼 상대로는 단정하고 반듯하여 약간의 차가움까지 풍기는 예령보다는 한결 온화하고 청순한 인상인 소소 쪽이 좀 더 수월해 보였을 테지만, 소소의 양옆을 철통같이(?) 지키고 있는 쌍맹의 존재가 중년문사로 하여금 쉽사리 엄두를 내지 못하게 만드는 데가 있었을 것이다.

"저 청년은 본래 저렇게 말이 없는가?"

역시 자연스럽게 나오는 하대였다.

예령이 살짝 미간을 찌푸렸으나 이내 담담한 표정으로 대답을 해주었다.

"그는 얼굴을 많이 가리는 편입니다."

중년문사는 예령이 자신의 말을 받아주는 것만으로도 반가운 듯 얼른 말을 이어냈다.

"음! 나는 당분간 그대들 일행과 동행할 생각이 있는데, 누구와 어떻게 얘기를 하면 될지에 대해 소저가 좀 가르쳐 주면 좋겠네."

그 말에 대해 예령이 잠시 생각을 하는 기색이다가 슬쩍 눈짓으로 소산을 가리키며 말했다.

"우리 일행 모두는 각기 저 공자와 거래 관계에 있으므로 모든 일은 그의 결정에 따라야만 합니다."

예령의 그 말은 듣기에 따라 이상하게 들릴 여지가 다분히 있었다.

예령의 말을 못 듣지는 않았을 터인데 소산은 묵묵한 그대로 아무런 반응도 보이지 않았다.

다만 소소가 문득 입가에다 보일 듯 말 듯한 웃음기를 슬쩍 떠올려 놓고 있었다.

소소의 그 엷은 웃음은 마치 중년문사가 만들어내는 번거로움을 소산에게로 슬쩍 떠넘기려는 예령의 속내를 짐작하였다는 듯하였다.

그러나 중년문사는 집요한 면모를 보이고 있었다.

"흠! 거래 관계라……?"

그러면서 중년문사는 흘깃 뒤쪽의 중년인을 돌아보았으나, 막상 그에게 어떤 의견을 구한다기보다는 그저 이런저런 혼자만의 생각을 굴려보는 중인 것 같았다.

그리고 곧 그는 예령에게 다시 물었다.

"그렇다면 역시 저 청년과 얘기를 해야만 하겠군. 그의 이름을 말해주게."

문사의 말은 하대로도 부족해 이번에는 은근한 명령조로까지 진전되고 있었다.

그러나 역시 그의 그런 말투는 너무도 자연스러운 데가 있어서, 듣는 사람으로 하여금 거부감을 느끼게까지는 만들지 않는 기이한 측면이 있었다.

예령이 잠시 망설이는 기색이다가 다시금 소산 쪽을 살펴본 다음 썩 내키지는 않는다는 듯한 표정으로 대답했다.

"그는 소산입니다."

순간 중년문사는 입가로 실소임에 분명한 미소를 슬쩍 떠올리며 가벼운 투로 반문하였다.

"소산? 작은 산이란 뜻인가?"

예령은 이번에 대답하지 않았다.

비단 중년문사의 그 반문에 대한 것만이 아니라, 더 이상은 그와는 대화 자체를 하지 않겠다는 기색이었다.

사실은 소산이 아무리 만만하다고 해도 그녀가 소산에 대한 말을 가벼이 할 수는 없는 일이었다.

더욱이 이즈음에 그녀는 소산이 그녀에게 대해 베풀어주는 진심과 성의에 대해 감사한 마음을 가지고 있는 것이지, 결코 그에 대해 만만하다는 생각은 하지 않고 있었다.

예령의 침묵에 중년문사는 혼자서 이리저리 생각을 굴려 보는 기색이더니, 문득 웃으며 말했다.

"허허허! 그럼 난 소치(小治)일세."

그 한마디는 문득 모두를 묘한 기색이 되도록 만들고 말았다.

이어 중년문사는 가만히 소리 내어 웃으며 마치 허공을 상대로 말하듯이 혼잣말을 뱉어내고 있었다.

"하하하! 참으로 통쾌하지 않은가? 소산이라……. 작지만 그래도 산은 산이다?"

그리고 중년문사의 웃음소리는 이윽고 대소로 번져 갔다.

"으하하하! 소치! 소치라……! 지금의 내 처지야말로 작고 보잘것없는 중에서도 더욱 궁핍하기 짝이 없는 신세이니 참으로 내게 딱 어울리는 이름이 아닌가? 소치라? 작지만 그래도 다스린다? 으하하하!"

그러다 중년문사는 문득 뒤쪽의 중년인을 불렀다.

"이보게, 안문(岸文)!"

그때 중년인 안문은 중년문사의 독백을 들으면서 사뭇 가라앉은 표정을 하고 있었는데, 마침 중년문사가 그를 부르자 목소리를 가다듬으며 나직이 복명했다.

"예, 대인!"

중년문사가 짐짓 나무라는 표정을 지어 보이며 말했다.

"내 이미 스스로를 작을 소(小)의 소치라 부르고 있거늘, 자네가 나를 큰 대(大)의 대인이라 하니 참으로 이상하게 들리지를 않는가? 흠! 정히 그럴 바에는 차라리 이렇게 부르게. 소 대인(小大人)이라고 말일세. 하하하! 어떤가? 그야말로 절묘한 호칭이 아닌가?"

그러자 안문은 더욱 무거운 표정이 되어 아무 말도 하지 못하였다.

그러나 안문이 침울해 있거나 말거나 중년문사는 아랑곳없이 더욱더 스스로의 흥을 돋우는 모습이었다.

"좋구나! 내 한동안 천하를 떠돌아다녔어도 소씨 성을 가진 형제는 만나보지 못하였는데 오늘 이렇게 만나고 보니 참으로 좋구나!"

그때 예령은 슬쩍 실소를 흘렸고, 소소는 참지 못하겠는지 입을 가린 채 아예 고개를 한쪽으로 돌리고 있었다.

소산과 소소가 이미 희귀 성이라고 자평(自評)한 바 있는 소씨 성의 일족이 이제 세 사람이 된 것이다.

어쨌든 그 엉뚱한 작명 덕분으로 중년문사 소치가 일행과의 거리감을 확연히 좁히게 된 것만은 분명해 보였다.

第九章
저는 검후(劍后)가 되기를 원합니다!

지존 석산평전

소치는 스스로에 대해 한때 잘나갔으나 지금은 몰락한 가문의 후손이라고 소개했다.

그리고 안문과 모습을 감춘 노인에 대해서는 자신의 가신들인데 이제는 별 볼일 없게 된 자신을 끝까지 따라다니는 어리석은 인물들이라고 했다.

그런 얘기들을 이어가면서 소치는 어느덧 대화에서 사뭇 주도적인 위치를 점해가고 있었다.

소산이야 여전히 묵묵한 모습으로 앞만 보고 걷고 있었으나, 적어도 예령과 소소가 그의 얘기에 관심을 기울이고 있는 덕분이었다.

그리고 그러한 진전(?)을 바탕으로 소치는 이제 소산과의 대화를 다시 시도하고 있었다. 이전보다 한결 적극적으로, 그리고 여유있게.

"내 들어보니 여기에 있는 사람들이 모두 자네와는 어떤 거래 관계에 있는 듯한데, 그렇다면 나하고도 한번 거래를 터보면 어떻겠는가?"

그러나 소산은 소치의 그 제의에 대해 따져 보기 이전에 그가 자신에게 말을 거는 자체가 영 번거롭다는 듯한 기색이었다.

하지만 못마땅한 표정임에도 소산이 마지못한 듯 소치의 말에 대답을 한 것은, 그때쯤 표정에다 다분한 관심과 흥미를 떠올려 놓고 있는 예령과 소소 때문이었다.

"먼저 원하는 조건을 말씀해 보십시오."

그것은 소산이 소치에게 처음으로 한 말이었는데, 그 말투는 그가 처음 만나는 누군가에게 하는 원래의 말투에 비하면 상당히 격식을 차린 것이라고 할 수 있었다.

그러나 그 말이 바로 소치에게 하는 말이었기에, 또한 누구에게는 조금 무례한 것으로 비친 듯하였다.

안문이 슬며시 이마를 찡그리고 있는 것을 보면 말이다.

"사실 조건이라고 할 것도 없이 간단하네. 내 좀 전에 듣기로 자네들의 목적지가 연경이라고 들었는데, 나 또한 연경까지 가야 할 사정이 있네. 그러니 자네는 나를 자네의 일행에 끼워주기만 하면 되는 일일세."

소산이 무덤덤한 표정 그대로 빤히 소치를 바라보았다.

그런 모습은 그가 소치에게 더 들을 말이 있다는 것으로 보였다.

그러나 그때 소치는 오히려 소산의 대답을 기다린다는 기색이 되어 있었다.

그에 소산이 불퉁한 느낌이 가시지 않은 목소리로 말을 꺼냈다.

"말씀대로 우리는 연경을 향해 가고 있는 중이니, 대인과 연경까지 동행하는 일은 그다지 어려울 것이 없고, 또한 별다른 대가를 받을 만한 일도 아니라고 할 것입니다."

소산이 거기까지 말했을 때 소치의 표정은 슬며시 밝아졌다.

그러나 바로 이어지는 소산의 말이 '하지만'으로 시작되자 소치는 금세 정색으로 되고 말았다.

"하지만 기왕에 대인께서 소생과의 거래를 언급하였고, 또한 소생 역시 거래에 익숙한 바이니 역시 대인께서 우리와 동행하고자 한다면 그 대가의 많고 작음에 관계없이 우리는 반드시 거래를 맺는 것이 좋겠습니다."

소치의 눈빛에 언뜻 반짝하는 작은 이채가 떠올랐다.

소산이 다만 몇 마디의 말을 한 것뿐인데, 그것만으로도 갑자기 사람이 달라 보인다고 할까?

소산은 자신이 언제 그토록 묵묵하고, 혹은 불퉁한 모습이었느냐는 듯 일단 한번 말을 꺼내기 시작하자 조금도 막힘이 없이 자신의 생각을 풀어놓았다.

그뿐 아니라, 그의 말하는 방식은 언제 어떻게 그 의미가 바뀔지 모를 정도로 여지가 포함된 것이어서, 듣는 사람으로 하여금 그 말의 진의를 쉽게 짐작하지 못하게 하고, 그럼으로써 함부로 단정하지 못하도록 하는 재주를 부려내고 있었다.

만약 소치가 이제 막 처음으로 소산을 만나는 입장이었다면, 그는 소산을 달변가(達辯家), 또는 극히 노련한 상인쯤으로 여길 수도 있었을 것이다.

그런데 그때쯤에는 안문이나 예령, 그리고 소소까지도 소산에 대해서 소치와 비슷한 심정이 되는 모양이었다.

안문은 그 직전까지 소산이 소치에게 하는 말 중의 몇몇 단어에 대해 노골적인 불만의 표시로 얼굴을 찌푸리곤 하였는데, 지금은 불만 대신에 다분한 흥미와 관심을 눈빛에다 떠올려 놓고 있었다.

그리고 예령과 소소 또한 각각 의아함과 지극한 관심의 눈빛으로 소산의 입을 바라보고 있는 중이었다.

"거래란 그것이 무엇에 관한 것이든, 그리고 어떤 형태이든 간에 그 조건이 분명해야만 합니다. 하여 대인께서 여전히 우리와 동행하기를 원하고, 그래서 소생과 하나의 거래를 맺기를 원한다면 소생은 다만 한 가지의 조건만을 제시하겠습니다."

소산의 말은 다시금 묘한 방향으로, 그러나 나름의 논리를 선명하게 세우면서 진전되고 있었다.

그때 자못 흥미로운 표정으로 되어 있던 소치가 가벼운 미소를 떠올리며 물었다.

"허허! 한 가지의 조건이라……. 그래, 그것이 무엇인가?"

"이 건으로 소생과 대인 간에 거래 관계가 유지되는 한, 거래의 주체는 그 어떤 경우에도 분명히 소생이 되어야 한다는 것입니다."

조금은 느긋해졌던 소치의 표정이 살짝 굳어졌다.

소산의 말인즉, 소치의 동행 제의를 받아들인다고 하더라도 소산 자신이 마음먹기에 따라서는 언제라도 동행을 거부할 수 있다는 것을 분명히 해두자는 소리로도 해석할 수가 있는 것이다.

다음 순간 소치는 묘한 표정을 만들며 문득 물었다.

"만약… 내가 자네에게 충분한 대가를 지불한다고 해도 여전히 그래야만 하는가?"

그에 대한 소산의 대답은 분명하고도 단호했다.

"그렇습니다."

순간 소치의 얼굴이 다시금 살짝 굳어졌다.

아마도 이번에 그는 약간의 반발을 느끼고 있음에 분명해 보였다.

어쩌면 그는 지금 소산이 최소한 자신이 말했던 '충분한 대가'의 내용이 무엇인지에 대해서는 물어보고 나서 방금의 그 단호한 대답을 해야만 하는 것이라고 여기는 모양이었다.

"흠! 어째서 그런가?"

다시 묻는 소치에 대해 소산은 정말로 달변을 보여주려는 듯했다.

그가 하는 말의 옳고 그름을 떠나서 적어도 주장하는 바의 뚜렷함으로 보아서는 그랬다.

"우선 대인께서 제시할 충분한 대가가 무엇인지는 알 수 없으나, 분명히 말할 수 있는 것은 소생이 그러한 대가를 그다지 절실히 필요로 하지 않는다는 것입니다."

"음?"

소산이 '우선' 하고 말을 시작했기에 소치는 그렇게 추임새를 넣어 그 다음의 말을 재촉했다.

"둘째로는 제가 이미 여기 예 소저와 또 저기 소소, 그리고 그 곁의 맹씨 형제 등과 거래 관계에 있기 때문에 만약 대인과 과분한 대가가 따르는 또 다른 거래를 맺게 된다면, 그들과 기 체결한 거래 관계에 대해 형평이 흔들리는 문제가 발생할 소지가 있기 때문입니다. 상거래에도 도가 있는 법이고, 그 도의 최우선은 바로 신의라고 할 것이니, 설혹 대인과의 거래가 제게 막대한 이득을 남기는 것이라고 하더라도 그보다는 먼저 맺은 거래가 우선이 되어야 하는 것은 지극히 당연하다고 해야 할 것입니다."

"음!"

그것은 한동안이나 물끄러미 소산을 바라보고 있던 소치가 이윽고 한숨을 쉬듯이 내뱉는 사뭇 묘한 탄식의 소리였다.

그러나 그는 곧 표정을 느긋하게 바꿨다.

그리고는 빙그레한 미소와 함께 천천히 말을 꺼냈다.

"비록 자네가 그처럼 확고한 생각을 가졌다고는 하나 일단은 내가 제시하는 대가를 한번 들어봐서 나쁠 것까지는 없지 않겠나? 어떤가? 내 말을 듣고 난 다음에도 자네의 생각이 바뀌지 않는다면 그때는 내 흔쾌히 자네의 말대로 따름세."

소치의 말은 안 받겠다는 사람에게 굳이 대가를 안겨야만 되겠다는, 사뭇 이상한 의미로도 들리는 것이었지만 소산은 무덤덤한 표정인 채 딱히 어떤 대답도 하지 않았다.

소치가 잠시 소산의 반응을 살피고 있다가 언뜻 미간을 좁히면서 말을 이었다.

"내 타고난 문재가 부족하여 잇달아 몇 차례나 관시(官試)에 낙방한 초라한 처지이나 다행히 물려받은 가산은 넉넉한 편이어서 사실 평생을 놀고먹어도 돈에 구애받을 일은 전혀 없을 정도일세. 하여 나는 자네와의 거래에서 그 거래의 주체가 내가 되는 조건으로 은자 만 냥의 대가를 지불하려는 생각인데… 어떤가? 그래도 자네의 생각에는 변화가 없을 터인가?"

예령 등은 깜짝 놀라는 표정을 감추지 못하였다.

그들이 아무리 뜻한 바가 따로 있어 돈 따위에는 크게 관심을 두지 않는 사람들이라고 해도 은자 만 냥이면 가히 천문학적인 금액이 아닌가.

소산 역시도 어쩔 수 없이 약간의 흥미가 생긴 듯했다.

그러나 그의 흥미는 금액의 크기가 아니라 다른 부분인 모양이었다.

"선불로 말입니까?"

불쑥 묻는 소산에게 소치는 여전히 빙그레 웃는 얼굴로 품속에서 종이 한 장을 꺼내 건네며 말했다.

"물론이네. 자네가 내 조건을 받아들인다면 그 즉시로 이 전표는 자네의 것일세."

소산이 전표를 받아 들어 잠시 살피고 나서 말했다.

"과연 대륙전장에서 발행된 은자 만 냥짜리 전표가 분명하군요."

소치가 한결 느긋하게 웃으며 물었다.

"어떤가? 자네는 이제 내 조건대로 나와의 거래에 응하겠는가?"

그러나 소치의 그런 느긋함은 오래가지 못했다.

소산이 곧바로 싱긋이 웃는 얼굴로 고개를 가로저었기 때문이다.

이어 소산이 담담한 어조로 말했다.

"이미 말씀드린 대로 저는 대인의 대가에 대해 그다지 필요를 느끼지 못합니다."

당혹스러운 기색이 된 소치가 따지듯이 물었다.

"은자 만 냥이 작다는 말인가?"

그러나 소산은 이제 더 이상 왈가왈부할 일이 아니라는 듯 분명한 어조를 내놓고 있었다.

"작다는 것이 아니라 그 정도 은자라면 제게도 충분히 있기 때문입니다."

일시 허탈한 모습이 되던 소치는 한순간 마음속에서 다시금 반발이 생기는 모양이었다.

그가 짐짓 크게 웃으며 소산을 향해 말했다.

"하하하! 나는 자네의 그 말에 대해 쉽게 믿지 못하겠네. 자네가 얼마나 대단한 재력을 가지고 있는지는 모르겠으나 천하의 그 어떤 재력가라고 하더라도 이런 손쉬운 거래의 대가로 은자 만 냥이 주어진다면 결코 이토록 가벼이 여길 수 없을 것이기 때문이네."

그러자 소산은 대답을 하는 대신에 등에 지고 있던 봇짐을 내렸다.

그리고 그 안에서 주섬주섬 무언가를 찾더니 이윽고 작은 책(冊) 하나를 끄집어냈다.

그리고는 별것 아니라는 듯 불쑥 소치에게 그것을 내미는 것이었다.

소치가 의아한 얼굴로 그것을 건네받아 뒤적여 보다가는 문득 입이 딱 벌어지는 모습이 되고 말았다.

그때 소산이 덤덤히 말했다.

"그것은 제가 이번에 집을 나서면서 여행 경비로 쓸 겸, 그리고 또 혹시나 예기치 않게 소용될 일이 있을까 해서 가지고 나온 것입니다."

소치가 들고 있는 그것은 전표 책이었다.

전표 다발을 묶어서 철한 것인데, 각각의 전표에는 선명하게 대륙전장의 직인이 찍혀 있었다.

그런데 첫 장부터 은자 천 냥짜리 전표로 시작하여 대략 다섯 장 정도가 같은 액수였다.

정작으로 소치의 입을 벌어지게 만든 것은 그 뒤의 전표들이었다.

은자 만 냥짜리 전표인데, 그 뒤로 같은 액수의 전표가 못 되어도 십여 장은 족히 되었던 것이다.

그럼 대충 잡아도 십만 냥이 넘는다는 계산이 되는 것이다.

사실 소치는 만금의 재화(財貨)를 눈 아래로 볼 수 있는 사람이었다.

그러나 그가 실제로 이만한 금액을 직접 만져 보기는 지금이 처음이었다.

더욱이 소산이 그 천문학적인 액수의 전표를 다루는 모습은 그야말로 그 정도의 재물쯤은 눈 아래로 보는 품이 역력해 보였던 것이다.

그러고 보니 전에 예령이 복면인들에 의해 곤경에 처했을 때 소산이 가차없이 내팽개치고 달려나가던 때의 그 봇짐이 바로 지금의 이 봇짐이었는데, 바로 그 봇짐 안에 그처럼 상상할 수 없는 거액의 전표가 들어 있었던 것이다.

소산에 대해 참으로 알 수 없는 인물이라는 생각을 하면서, 소치는 또한 소산이란 인물이 최소한 돈으로는 어떻게 다루어 볼 수 있는 상대가 아니란 것을 절실히 깨닫는 심정이 되었다.

"좋네! 내가 졌네! 자네가 하라는 대로 다 함세! 그러니 나를 일행에 끼워만 주게!"

그때 예령은 가만히 소산을 주시하고 있었다.

그런 그녀의 눈길에 묘한 기대 같은 것이 깃들어 있었다.

그러나 그것은 소산이 소치와의 대화에서 보인 몇 가지 낯선 모습들 때문이 아니라, 이를테면 그가 무언가를 할 때가 되었는데 왜 안 하고 있을까 하는, 그런 종류의 기대인 것으로 보였다.

바로 그때 소산이 소치를 향해 입을 열었는데, 마치 어떤 선언을 하는 듯하였다.

"우리는 충실히 거래 조건을 지킬 것을 상호 약속합니다. 그렇지요?"

그리고 예령의 시선은 자연스럽게 소치 쪽으로 옮겨졌다.

그리고 그녀는 보았다.

소치의 눈빛으로 스쳐 지나가는 당혹감을, 그리고 또한 그 곁에서 묘한 이채를 떠올리고 있는 안문의 표정을.

어슴푸레 날이 밝아오고 있었다.

휴식을 취할 시간이었다.

소치는 묻지 않았다. 왜 밤에 걷고 낮에는 쉬어야 하는지 따위의 자질구레한 의문들에 대해서.

하나의 작은 골짜기.

소소를 중심으로 아침 준비가 한창이었다.

가장 분주한 사람은 쌍맹이었는데, 또한 그들은 보는 사람이 안타까워질 정도로 허기에 허덕이고 있었다.

그것이 안타까웠는지 소산은 자청하여 땔나무를 챙기기 위해 골짜기 안쪽으로 들어갔고, 예령이 또한 물을 긷기 위해 조금 떨어진 곳에서 졸졸거리며 흐르는 물줄기의 상류로 갔다.

그리고 하릴없이 소소의 곁을 맴도는 당고야 으레 그러려니 보아지는 것이지만, 마땅히 할 일을 찾지 못하고 멀뚱히 서 있는 소치와 안문의 모습은 아무래도 어색해 보였다.

잠시 바쁘게 돌아가는 사람들을 살피고 있던 소치가 슬그머니 예령이 간 방향으로 걸음을 옮겼다.

그의 뒤를 당연한 듯이 안문이 따랐다.

"소저의 관상은 가히 황후의 것이라고 할 수 있겠네."

소치의 그 말은 앞뒤 없이 툭하고 뱉어내는 것이라 뜬금없이 들리기에 딱 좋았지만, 그러나 소치의 진중한 인상은 그런 중에도 크게 과장 없이 진정으로 감탄한다는 느낌을 자아내는 것이었다.

사실은 소치가 보는 예령의 첫인상이 상당히 특별한 것임에는 틀림이 없었다.

비단 치장과 지분단장(脂粉丹粧)으로 꾸미지는 않았으되, 투박한 무복과 모양 내지 않은 모습 중에도 예령에게서는 가히 경국지색의 미모와 기품있는 자태가 은연중에 드러났다.

그러다 그녀가 가만히 웃기라도 하면 가히 눈이 부실 정도였고, 살짝 아미를 찡그리기라도 하면 괜히 가슴이 서늘하고 허전해지는 것이었다.

예령이 물을 긷다가 소치를 돌아보며 담담한 기색으로 말을 받았다.

"소 대인의 그 같은 말씀은 제게 너무도 과분합니다."

그리고 예령은 슬며시 옅은 미소를 떠올렸다.

아마도 소 대인(小大人)이라는, 아무래도 이상하기 짝이 없는 호칭 때문이었으리라.

이내 웃음기를 거두며 그녀가 다시 덧붙였다.

"그러나 만약 정말 그렇다고 해도 저는 황후가 되고 싶은 생각 따위는 조금도 없습니다."

소치의 눈빛에 확연한 이채가 떠올랐다.

이어 그는 놀랍다는 기색을 그대로 담아 조금은 과장된 탄식으로 반문했다.

"허?"

그에 예령이 가볍게 소리 내어 웃으며 말했다.

"호호호! 기왕에 저의 관상에 후(后)의 조짐이 있다면 조금 거창하긴 하지만……."

잠시 말끝을 흐리는 예령의 얼굴이 문득 차분하게 가라앉았다.

"저는 황후가 되기보다는 검후(劍后)가 되기를 원합니다!"

소치는 처음에 예령의 말이 어느 정도의 농담이나 과장인 것으로 이해했다.

그러나 예령의 표정과 어조 어느 곳에서도 농담의 기색은 전혀 없었고, 오히려 진지하다 못해 언뜻 한가닥의 강렬한 염원과, 또한 단단한 결의가 스쳐 가는 것을 보고는 소치는 그러한 말이 그녀의 진정에서 나온다는 것을 어렴풋이나마 알게 되었다.

소치가 이어서 떠보기라도 한다는 듯 넌지시 물었다.

"황후이든 검후이든 어쨌든 후는 후! 만약 내게 소저를 후로 만들어줄 힘이 있다고 한다면, 어떤가? 소저는 기꺼이 내 도움을 받아볼 터인가?"

다분히 가벼운 투였다.

그에 대해 예령은 가볍지도 무겁지도 않은 그저 담담한 기색으로 말을 받았다.

"소 대인의 그 같은 말씀은 말씀만으로도 고맙지만, 다만 호의로만 받도록 하겠습니다."

담담하나 단호한 예령의 거절에 소치가 짐짓 눈을 크게 떠 보이며 무언으로 그 이유를 물었다.

예령이 부드럽게 웃으며 답했다.

"다른 사람의 도움을 받는다면 제가 목표하는 것에 보다 쉽고 더 빨리 도달할 수도 있겠지만, 그러나 제가 가고자 하는 길은 결국 저 혼자의 힘으로 갈 수밖에 없는 외롭고도 힘든 길이기 때문입니다."

예령의 시선이 문득 소치를 넘어 골짜기 안쪽으로 향하였다.

대략 십오륙 장여나 떨어진 그곳에 소산이 있었다.

품에 한 아름의 마른 나뭇가지를 안고 서 있는 소산은 마침 이쪽을 보고 있었다.

언뜻 소산의 입가에 지금 아주 희미한 미소가 떠올라 있는 듯했다.

그리고 예령은 소산의 그 희미한 미소에 왠지 모르게 만족스럽다는 느낌이 담겨 있다는 생각을 하였다.

그러다가 예령은 문득 엷은 실소를 떠올리고 말았다.

십오륙 장이나 떨어져 있는 소산에게서 '아주 희미한 미소'를 자세히 보기도 어려울 터인데, 나아가 그녀에게 무슨 재주가 있어 그 미소에 담긴 의미까지를 파악할 수가 있겠는가 하는 생각 때문이었다.

"혹시 소저는 혼인을 하였는가? 아니면 정해진 혼처가 있는가?"

그 말은 아무리 상대가 예의범절에 대범한 강호도상의 여인이라 하더라도 역시 함부로 묻기에는 어려운 말이었다.

그럼에도 소치가 불쑥 그런 말을 물을 수 있었던 것은, 마침 예령의 얼굴에 떠오른 한가닥의 엷은 실소를 보고서였을 것이다.

물론 소치는 그의 등 뒤편 멀리서 소산이 이쪽을 보고 서 있고, 또한 예령의 실소가 그쪽을 보면서 떠올린 것이라는 사실을 알지 못하였다.

예령은 대답하지 않았다.

다만 잠시간 서늘하게까지 느껴지는 차분한 눈빛으로 소치를 바라보았을 뿐이다.

소치 역시 재차 예령의 대답을 구하지는 않았다.

그 또한 굳이 대답을 바라고 물은 것이 아니었고, 또한 예령의 무답(無答)에서 그 스스로 원하던 답을 충분히 추측해 낼 수가 있었기 때문이다.

물통을 들고 소소에게로 가면서 예령은 잠깐 혼자만의 짧은 상념에 젖어들었다.

그것은 철없던 어릴 때의 치기 어린 약속이었다.

굳이 따지자면 그것은 약속의 필요조건을 충족시키지 못하는 것이라고 할 수 있어서, 그녀의 조부 예둔은 그것이 약속이라는 생각을 결코 해본 적이 없을 정도였다.

그러나 그녀는 그때의 어린 그에게 마음의 빚을 졌다고 생각했고, 그녀 혼자의 마음속으로는 그와 하나의 약속을 한 것이라고 여겼다.

그것은 어쩌면 한때 그녀의 가문이 가졌던 속물적 욕심에 대해 그녀의 자존심을 회복하기 위한 일종의 면죄부와 같은 것인지도 몰랐다.

어쩌면 그녀 혼자만의 약속일 뿐인 그 약속은 바로 정혼(定婚)의 약속이었다.

그러나 그녀는 또한 의식적으로 그 약속에 대한 인식을 모호하게 가져가는 데가 있었다.

명목적으로 그녀가 정한 정혼자는 분명히 그였다.

그러나 한편으로 그것은 어디까지나 그녀가 목표한 검도(劍道)를 완성할 때까지 그녀 자신을 세사의 모든 관념에서 격리시키려는 수단일 수도 있었다.

그것은 그의 가문이 이미 오래전에 패망하여 세상에서 사라졌다는 것과, 그 또한 실종되어 세상에 없다는 전제가 있기에 가능한 모호함이기도 했다.

'나의 검도가 완성될 때까지는 그를 기다린다.'

혼자 마음속에 다지곤 했던 그녀의 그 약속은 한편으로 그녀의 검도가 완성되면 더 이상 그를 기다리지 않는다는 반어(反語)의 의미인지도 몰랐다.

안문의 관심은 예령보다는 오히려 소소에게 있었다.

사실 그는 일인전승(一人傳承)으로 천 년을 이어 내려온 전설적 은둔현자(隱遁賢者)의 비맥(秘脈)인 귀곡(鬼谷)의 당대 계승자였다.

그러니만큼 비록 그가 지닌 무공은 평범함을 벗어나지 못하는 정도이나, 그의 안목과 견문만큼은 당대제일이라 해도 조금의 손색이 없었고, 또한 그 스스로 자부하는 바였다.

그런 까닭으로 다른 사람에게 관심을 보이는 것에 대해서라면 가히 천하에서 가장 까다롭다고 해야 할 소치가 지금 예령에게만큼은 예외적이라고 할 수밖에 없을 정도의 특별한 관심을 보이는 것을 보고, 그는 신하로서의 의무로 그의 주군에게 소소의 숨은 가치에 대해 말해야만 한다는 생각을 하는 것이었다.

물론 그 이후 그의 주군이 어떤 선택을 하든 간에 그것은 다만 그의 주군의 몫이 될 터이다.

"주군, 심미지상(心美之相)이라고 들어보신 적이 있으십니까?"

안문의 말에 소치는 가늘게 미간부터 찌푸렸다.

당분간 칭하지 말라 일러둔 바 있는 '주군' 이라는 호칭이 거슬리는 데다, 더욱이 그가 알지 못하리라는 것을 능히 짐작하고 있을 것임에도 굳이 묻는 형태를 취하는 그 약간의 고의적인 불경(不敬) 때문이었으리라.

그러나 그가 다름 아닌 안문인 이상에는 지금의 물음에는 분명 그럴 만한 사유가 있을 것이기에 소치는 가만히 안문의 다음 말을 기다렸다.

"처음 볼 때는 잘 느끼지 못하나 보면 볼수록 조금씩 그 자태의 미려함이 더해가서, 오랜 사귐의 뒤에는 이윽고 세상 최고의 미와 기품을 가진 여인으로서의 진가를 알게 된다는 상(相)이 바로 심미지상입니다. 곧 여인의 상으로서는 천하에서 가장 고귀한 상이라고 할 수 있습니다."

안문이 말끝에 시선을 소소에게로 주었다.

그 시선을 따라 소치가 또한 소소 쪽으로 시선을 주었다.

그러나 그는 이내 눈길을 거두며 안문에게 물었다.

"하면 저 여인이 천하에서 가장 고귀한 여인의 상을 가졌다는 말인가?"

그 물음에 대해 안문이 가만히 고개를 조아리며 대답했다.

"예, 주군!"

소치가 문득 가벼운 웃음소리와 함께 다시 물었다.

"하하하! 혹시 그대는 지금 월하노인의 흉내를 내고자 하는 것인가?"

소치가 그저 우스갯소리쯤으로 듣는 기색이자 안문은 문득 정색을 했다.

"신이 어찌 감히 그런 주제가 되겠나이까?"

그러자 소치 또한 문득 담담한 얼굴로 되었는데, 다만 그런 작은 표정의 변화만으로도 안문은 벌써부터 한가닥의 삼엄한 위엄을 느끼게 되는 모양이었다.

안문이야말로 소치가 어떤 인물인지를 천하에서 가장 잘 알고 있기 때문일 것이다.

소치가 조금은 가라앉은 듯한 어조로 말했다.

"나 또한 이미 그녀를 충분히 보았다고 할 수 있다. 그러나 그녀에게서 밝고 맑은 심성을 느꼈을지언정, 그대가 말한 바의 고귀함까지는 느끼지 못했다. 이는 역시 나의 안목이 그대의 안목에 많이 미치지 못하기 때문인가?"

당장에 당혹감을 떠올리며 안문이 급하게 말을 받았다.

"주군, 주군의 안목은 천하를 아우르는 것인데, 신의 편협된 시각을 가지고 어찌 감히 안목이라고 말이라도 할 수 있겠습니까? 신은 다만…….”

그때 소치가 슬쩍 한 손을 들어 안문의 말을 끊으며 가벼운 웃음소리와 함께 말했다.

“하하하! 되었다. 나는 다만 잠깐의 농을 즐기려 하는 것뿐인데, 천하의 안문이 구차한 변명으로 피해가려 하니 갑자기 농할 마음이 달아나고 말았다.”

그러나 안문은 여전히 소치의 진의를 살피는 듯 함부로 말을 받지 않고서 고개를 조아리고만 있었다.

소치가 잠시 그런 안문을 보고 있다가 문득 다시금 입을 열었다.

“흠! 어쨌든 그대가 그리 보았다면 그녀에게 분명 어떤 특별함이 있는 것은 사실일 터인데, 내게는 여전히 그 특별함이 보이지 않는다. 그러니 그대는 그녀가 특별하다는 것에 대하여 예를 들어보라. 다만 먼 나중의 일을 말하지 말고 지금 당장의 예를 들어야 할 것이다.”

안문이 잠시간 생각하다가 조심스럽게, 그리고 다소간은 곤혹스러운 기색으로 입을 열었다.

“신이 이미 말씀드린 바와 같이 심미지상의 발현은 시간을 두고 천천히, 그리고 은근하고도 자연스럽게 이루어지게 되는 것인데, 이제 주군께서 먼 나중의 일을 말하지 말고 지금 당장의 예를 들라 하시니 조심스러울 따름입니다.”

그렇게 운을 떼고 난 안문은 한층 신중한 기색으로 말을 이었다.

"다소 성급한 감이 없지는 않으나 신의 추측이 크게 틀리지 않는다면 타고난 심미지상과는 별개로 그녀는 또 다른 하나의 놀라운 능력을 지니고 있는 것 같습니다."

그러자 소치는 자못 흥미가 인다는 듯이 물었다.

"흠! 놀라운 능력이라……? 혹시 무공인가?"

"크게 보아서는 무공의 한 종류라고 할 수도 있겠으나, 엄밀하게는 무공의 범주에 들어가지 않는다고 보는 것이 맞을 것입니다. 왜냐하면 그것이 의가(醫家), 보다 세밀히는 그 중에서도 약문에 비전되어 오는 것이기 때문입니다."

"약문이란 일맥(一脈)이 있는 것이고, 그곳에서 비전되는 능력이란 말인가?"

"그렇습니다. 이를테면, 무공의 큰 능력이 단전에 축적된 내공에서 나오는 것처럼 체내에 축적시킨 일종의 약기로부터 나오는 능력이라고 이해하시면 될 것입니다."

흥미가 배가되는 듯 소치는 다시금 추임새를 넣었다.

"호? 내공 대신에 약기를 체내에 축적시킨다?"

"무인들이 검의 최고 경지로 치는 것은 마음의 검, 곧 심검(心劍)입니다. 그런 것처럼 의가에서는 마음으로 환자를 치료하는 심의(心醫)의 경지를 의생(醫生)의 최고 경지로 치고, 약문에서는 성약기(聖藥氣)라는 것을 그 궁극으로 삼는다고 합니다."

"성약기라? 그래, 그것이 과연 어떤 효능을 지닌 것이기에 성스럽다고까지 일컫는단 말인가?"

"신 또한 그 효능에 대해서는 자세히 아는 바가 없습니다.

다만 어느 의가의 고서에 기술된 내용을 본 적이 있는데, 약문 비전의 방법으로 오랜 세월 약기를 수련해 나가다가 천우신조의 깨달음에 이르러 얻게 되는 것이 바로 성약기라고 하였습니다. 그리고 성약기의 실체는 다만 마음으로 베풀고 거두는 한 가닥의 기이한 향(香)이라고 했는데, 그 한 가닥의 향이야말로 능히 천지만물과 상생상극의 조화를 이룰 수 있다고 했습니다."

소치는 문득 다시 저쪽에서 쌍맹과 함께 한참 분주히 움직이고 있는 소소 쪽을 바라보았다.

그러다 이내 안문을 향하며 소치는 빙그레 웃는 얼굴로 되었다.

"하면 그대가 말한 그녀의 놀라운 능력이라는 것은 바로 그 성약기를 이름인가?"

안문이 언뜻 신중한 기색이 되며 대답했다.

"성약기가 약문의 궁극지경이라 하는 만큼, 그것을 이룬 예는 고금을 통틀어서도 드물다고 해야만 할 것입니다. 더욱이 소소 소저의 연령으로 보아 그녀가 이미 성약기를 이루었다고 볼 수는 없을 것입니다."

"한데 그대같이 신중한 사람이 비록 추측일지라도 어찌 그녀가 놀라운 능력을 지니고 있다고 말하는 것인가?"

"실은 신이 지난밤 길을 걷는 중에 그녀와 잠시간의 대화를 가질 기회가 있었습니다."

"흠?"

"이런저런 얘기 중에 그녀는 자신이 약문에 입문한 처지로 수련 차 강호를 행도하는 중이라고 하였습니다."

"그런데?"

"그리고 이런저런 얘기를 나누던 중에 신은 우연히 그녀의 옷자락에 붙어 있는 한 마리의 기수(奇獸)를 보게 되었습니다."

"기수?"

"그렇습니다. 전신이 온통 투명할 정도의 백색인 그 기수가 그녀의 옷자락에 붙어 있는 형상이 너무도 교묘하여서 만약 신이 우연하게도 그 기수가 마침 눈을 뜨는 것을 보지 못했다면 신은 끝내 그것이 살아 있는 동물인지조차 알지 못했을 것입니다. 신이 신기하여 소소 소저에게 몇 가지를 물었는데, 그녀는 자세한 대답을 꺼리는 듯 다만 그 기수의 이름이 백아(白兒)라는 것과 편복의 일종이라는 것만 간단히 대답했습니다."

"편복? 박쥐라는 말인가?"

"예. 그런데 신이 문득 기억을 떠올려 보니 예전에 관심 깊게 보았던 서책 중에 고금의 기수에 대해 다룬 서책이 있었는데, 마침 그곳에 그처럼 기이한 편복에 대한 언급이 있었습니다."

"호오?"

"편복 중에서 어떤 종류의 기이한 독초를 지속적으로 먹은 편복은 그 색깔이 점차 희게 변하며, 아울러 지독한 독물이 된다고 합니다. 또한 그럼으로써 정해진 수명을 훨씬 초과하여 오래 살게 되는데, 그런 백편복이 다시 천지간의 영험한 기운을 흡수하여 수천 년의 세월을 묵게 된다면, 마침내는 만독지왕(萬毒之王)의 존재가 되면서 영성(靈性)마저 띠게 된다고 합니다."

"흠! 그녀가 가진 편복이 바로 그렇게 수천 년을 묵은 편복이란 말인가?"

"신은 그렇게 파악하고 있습니다. 비록 간단한 두어 마디에 불과했지만 그 백아는 분명히 소소 소저의 말을 알아듣고 있었기 때문입니다."

"흠!"

"그리고 그 이후에 신은 보다 주의 깊게 소소 소저를 살피게 되었는데, 문득 그녀에게서 이전까지는 조금도 느끼지 못하였던 한가닥의 기이하도록 맑은 향이 은은하게 풍긴다는 사실을 확인할 수 있었습니다. 바로 그 향으로써 소소 소저가 비록 아직까지 성약기에 이르지는 못하였어도 이미 어느 정도 성취의 과정을 이루어가고 있는 것으로 신은 추측을 하는 것입니다."

그때 소치가 가만히 안문을 바라보고 있다가 문득 빙그레 웃으며 물었다.

"그대는 그 향에 대해서 그녀에게 직접 물어보았는가?"

그러자 안문은 소치가 묻는 뜻을 익히 짐작한다는 듯 짐짓 당혹스러운 기색을 만들어내며 슬쩍 말꼬리를 흐렸다.

"그것까지는……."

소치가 다소간 노골적으로 짓궂은 표정을 지어 보이며 짐짓 소리를 낮춰서 다시금 슬쩍 물었다.

"그 향이란 것이 혹시 방년의 처자에게서 나는 방향(芳香)일 수도 있지 않은가?"

안문이 더욱 당혹스럽다는 기색이 되는 중에도 그 대답만큼은 조금의 머뭇거림이 없었다.

"그것이 단순히 방향이었다면 소소 소저는 결코 만독지왕인 백아를 몸에 붙이고 다닐 수 없을 것입니다."

그러자 소치가 슬며시 미간을 좁혔다.

그러나 그는 곧 표정을 바로 하며 말했다.

"흠! 어쨌든 흥미로운 이야기로군."

안문이 또한 표정을 바로 가다듬어 정색하며 말했다.

"신이 추측하고 또한 파악한 바가 정히 사실이라면, 그리고 소소 소저의 그 능력이 향후 대성의 경지에 달하게 된다면 그때는 심미지상을 떠나 다만 그 능력만으로도 그녀는 주군께 많은 도움이 될 수 있을 것입니다."

소치가 잠시 생각하다 문득 가볍게 고개를 끄덕이며 대답했다.

"그래? 그럴 수도 있겠군."

안문은 알았다.

소치의 그런 반응이 다만 시큰둥한 정도의 긍정에 불과하다는 것을.

또한 한편으로 그것은 향후 원하는 모든 것을 언제라도 가질 수 있는 절대자로서의 당연한 오만일 수도 있다는 것을.

모두가 차분하고도 넉넉하게 아침 요기를 마쳤다.

다만 쌍맹은 요리된 모든 것들을 국물 한 방울 남김없이 먹어치우고 나서도 여전히 허기에 찬 눈빛이었다.

햇빛을 피하고 그나마 편안히 누울 수 있는 평평한 자리를 마련하여 소치가 쉴 수 있도록 조치한 다음에 안문은 산책이라도 하듯이 천천히 계곡의 안쪽을 향해 걸었다.

동천(東天)으로는 이제 막 아침의 붉은 광구(光球)가 떠오르고 있었다.

계곡의 안쪽은 여전히 그늘 속에 잠겨 있었지만, 점차로 넓게 산등성이를 비추어가는 햇빛의 반사광만으로도 계곡 전체로 환한 밝음이 번져 가고 있었다.

안문이 계곡 안쪽의 산비탈을 조금 올라가서 아래쪽을 내려다보니 일행이 저마다 자리 잡은 형태가 한눈에 보였다.

지난밤의 여정으로 인한 고단함에 모두는 벌써 곤한 잠에 빠져든 것 같았다.

그리고 언뜻 보기에도 그들은 소소를 중심으로 모여 있었다.

소소를 중심으로 아예 삼각형의 진을 치듯이 자리 잡은 쌍맹과 당고가 그랬고, 당고의 곁으로 자리를 잡은 소산 또한 그랬다.

다만 예령과 소치가 그들과는 조금 떨어져 있었는데, 역시 전체적으로는 그 중심에 소소가 있는 형태에서 크게 벗어나지는 않는 모양새였다.

문득 안문의 안색에 한 자락의 엷은 그늘이 드리워졌다.

그것에는 어떤 안타까움 같은 것이 다분히 내포되어 있었다.

그는 다른 사람들이 미처 알아보지 못한 소소의 진면목을 알아본 뒤 내내 주의 깊게 살펴왔던 바, 기이하게도 그녀가 은연중에 소산에 대해 깊은 관심을 보이고 있는 기색을 발견할 수가 있었다.

소산에 대한 소소의 그런 관심은 단순히 그들 사이에 맺었다는 거래 관계 때문만으로 이해하기에는 아무래도 어려운 측면이 있었는데, 안문으로서도 아직까지는 그들 두 사람 사이에 어떤 사정이 있는지에 대해서는 짐작조차 할 수가 없었다.

다만 그는 소산과 소소 간의 그러한 묘한 기류 내지는 관계에 대해 어떤 모호한 종류의 안타까움과 함께, 나아가서는 소산에 대해 괜한 거부감 같은 것을 느끼게 되는 것이었다.

그러한 안타까움과 거부감이라는 것은 확실치 않은 무엇인가에 대해 이유를 모르게 저어하고 거리끼는 바가 생기는 그런 느낌이었다.

한편으로 그런 느낌은 안문을 조심스럽게 만드는 데가 있기도 했다.

그가 알고 있는 지식으로는 심미지상의 여인이야말로 인세(人世) 제일의 여인상이라고 할 수 있는데, 이제 그 심미지상을 가진 여인이 그의 주군에게 선택이 된다면 그로서는 대의적인 충성심의 만족과 함께 감축(感祝)하는 마음으로 되겠지만, 만약에 그렇지 않고 그녀가 다른 사내의 차지가 된다는 생각에서는 그 자신 또한 일말의 인간적인 욕망과 시기를 가지게 되지 않을까 하는 일종의 자경(自警)과 자성(自省) 같은 것이랄까?

눈길을 들어 산등성이 너머 저편의 허공 먼 곳을 잠시 보고 있던 안문이 문득 혼잣말로 중얼거렸다.

"노사(老師), 어제저녁 노사의 행동은 심히 가벼웠다고 말할 수밖에 없을 것입니다. 노사의 입장에서는 지금의 상황이 다만 가벼운 것에 불과할 수도 있겠으나, 그러나 주군의 안위는 아무리 경천할 신위를 지닌 노사이시라고 해도 감히 추호라도 가벼이 여길 수 없는 사안임을 언제라도 명심해 주셔야만 할 것입니다. 만약 다시 한 번 어제와 같은 일이 발생할 시에는 노사의 지난 삼 년 반의 노고에도 불구하고 소생은 노사께서 스스로의 신의와 명예를 저버렸다고 말할 수밖에 없을 것입니다."

그것은 단순한 혼잣말이 아니라 보이지 않는 누군가에 대해 말하는 것 같았고, 더욱이 정중한 어조였으나 실은 강한 질책의 의미를 담고 있는 것이었다.

그런데 안문의 말이 끝나는 순간 안문이 있는 주변 일대의 허공이 갑자기 '쩡!' 하고 얼어붙는 듯했다.

그리고 그 한정된 공간 안에서만 울리는 한마디 노갈(怒喝)

이 있었다.

"놈!"

순간 안문의 신형이 쓰러질 듯이 크게 휘청거렸다.

그러나 안문은 충격과 고통으로 얼굴을 찌푸렸을 뿐, 이내 차분하게 신형을 바로 세웠다.

지금 주변 어딘가에 존재하고 있을 보이지 않는 인물의 능력이라면 그가 마음만 먹었다면 방금의 일갈로 그의 내부를 산산조각으로 터뜨려 버리는 것쯤은 여반장으로 행할 인물이라는 사실을 너무도 잘 알고 있기 때문이었다.

그러나 또한 그가 감히 그렇게 하지 못할 수단이 안문에게 있기도 했다.

보이지 않는 인물의 노기 가득한 목소리가 다시금 안문 주변의 허공 속에서 울렸다.

"귀곡(鬼谷)의 어린 놈! 나중에 모든 부채와 은원이 다 종결되었을 때 필히 네놈부터 찢어 죽일 것임을 노부가 미리 말해 놓겠다! 아마도 네놈이 상상할 수 있는 그 이상의 고통스러운 죽음이 될 것이다!"

그러나 안문의 표정은 여전히 담담함을 잃지 않았다.

"저는 목숨을 조금이라도 중히 여기는 사람이 아니라 오로지 대업의 성취를 중히 여기는 사람입니다. 대업이 성사된 다음에는 그 즉시 죽어도 조금도 여한을 가지지 않을 것입니다. 그러니 노사께서는 반드시 그때에 가서 저를 죽이십시오."

"흐흐흐! 오냐! 건방진 어린 놈! 노부가 필히 명심하고 있으마! 그러나 네놈 또한 잊지 말아야 할 것이다! 이제 겨우 반년의 시간이 남았을 뿐이라는 사실을 말이다! 흐흐흐! 노부가 지금까지 호걸영웅인 양 행세하는 종자들을 숱하게 보아왔다만, 그런 종자들 중에서 막상 검이 심장을 파고드는 순간에 살려달라고 애원하지 않는 놈을 아직까지 보지 못하였다! 내 이번에 네놈에게서 그런 모습을 볼 수 있기를 고대하고 있으마!"

"휴우!"

안문이 먼 허공을 향한 채 가만히 긴 숨을 뱉어냈다.

마침 이름 모를 새 한 마리가 하나의 점으로 화해 까마득한 허공을 비행하고 있었다.

그리고 느낄 수 없었으나 안문은 보이지 않는 그 인물이 이미 자신의 주변에서 떠났다는 것을 알 수 있었다.

아마도 지금쯤 그는 소치의 주변 어딘가에 가 있으리라.

그랬다.

그는 소치의 비밀 호위였다.

그리고 모습을 보이지 않으면서도 모든 상황에 대해 아주 간단히 대응하는 그는 가히 무소불위라고 할 수 있을 정도의 절대적인 능력을 지닌 존재였다.

第十章
혈전(血戰)

지존 석산평전

일행은 당초 의도했던 대로 호북 쪽의 접경을 바라며 안강(安康)의 초입 부근에 당도했다.

그러나 그때부터 사단(事端)의 조짐들이 보이기 시작하였다.

그러한 조짐을 처음 경고한 것은 소치였다.

"내 호위의 말에 따르면 우리의 십 리 후방에 도검으로 무장한 일단의 무리가 출몰했다고 하네. 무리의 수는 대략 삼십 정도이고, 반 시진여 전부터 우리의 행적을 그대로 밟아오고 있는 것으로 보아 아마도 우리를 추격하고 있는 것 같네."

소치가 말하는 호위라 함은 일전에 소치를 쫓던 복면인들을 패도적인 일검으로 도살한 바 있던 바로 그 위맹한 모습의 백발노인을 말하는 것일 터이다.

예령의 안색이 대번에 어두워졌다.

그런 예령을 주의 깊게 살피던 소치가 슬쩍 눈길을 돌려 다른 사람들의 기색을 또한 일별하였다.

그러나 소산과 소소는 그저 무덤덤한 기색이었고, 쌍맹과 당고까지야 굳이 기색을 살필 필요도 없는 일이었다.

소치의 눈길이 다시 예령에게로 향했다.

그는 이미 안문에게서 일행 중 무공을 지닌 이가 예령 혼자라는 말을 들은 터였다.

그가 내심 가만히 탄식했다.

'허!'

소치가 예령을 향해 물었다.

"혹시 짐작 가는 거라도 있나?"

예령이 긴장한 빛을 굳이 감추지 않고서 대답했다.

"그들이 우리를 추격하고 있는 것이 분명하다면 필시 도막의 무리일 것입니다."

"도막?"

짧게 반문을 던진 데 이어 소치는 문득 곁의 안문을 향해 나직이 묻고 있었다.

"도막이 어떤 곳인가?"

안문이 지체없이 대답했다.

"일전에 말씀드린 적이 있는 강호 팔왕 중의 도왕이라는 자가 주인으로 있는 강호도상의 문파입니다. 단순히 그 세력의 강성함만을 가지고 평가한다면 당금 강호에서 능히 열 손가락 안에 든다고 할 수 있겠습니다."

"흠!"

짐짓 묘한 의미의 비음을 흘리고 난 소치가 다시 예령을 향하며 넌지시 물었다.

"그들과 무슨 원한이라도……?"

그런데 그렇게 묻는 소치에게서는 지금 어떤 조급함이나 위기감의 기색은 조금도 보이지 않았다.

마치 무장한 수십여의 무리에게 추격을 당하는 지금의 상황이 자신과는 전혀 무관하게 다만 예령 등의 일 만이기라도 하다는 듯이, 와중에도 다만 자신의 지엽적인 궁금증만을 풀겠다는 듯한 자못 태평하기까지 한 기색인 것이다.

소치의 그런 여유가 어디에서 오는지에 대해 예령으로서는 조금도 알 수 없는 일이었다.

그러나 묘하게도 소치의 그런 느긋함은 또한 그녀의 긴장을 한결 누그러지게 만드는 데가 있었다.

소치의 그 엉뚱한 느긋함에 대해 화가 나거나 불쾌해지기보다는 자신도 모르게 오히려 의지를 하는 마음으로 되는 것이었다.

비록 여러 가지 사정의 얽힘으로 인해 어쩔 수 없이 일행의 안전을 책임지는 입장에 처해 있기는 하지만, 사실 예령은 스스로에 대해 어떤 무리를 이끌 재목은 아니라고 인정하고 있는 바였다.

그녀가 지향하는 검도의 길이 본래 숙명적으로 혼자만의 길을 가야 하는 것이라고 생각하기에 지금 스스로의 필요와 또 우여곡절 끝에 일행과 여정을 함께하고 있는 중에도 바라건대 다만 일행 중의 한 사람으로의 역할이 주어지기를 원할 뿐이었다.

그런 중에 비록 우연히 만나서 이제 겨우 하룻밤을 함께 보낸 사이에 불과하지만, 은연중에 묵직한 무게감을 발하고 있는 소치의 존재는 예령을 포함해 일행 모두에게 모르는 사이에 어떤 신뢰감을 주고 있었던 것이다.

사실 그런 중에는, 그 지닌바 무위를 다 짐작하기 어려울 정도의 초절정고수인 소치의 호위라는 그 백발 노고수의 존재가 알게 모르게 감안이 되었음은 물론이었다.

"피의 빚이 있죠. 서로가 서로에게."

조금은 늦게 뱉어진 예령의 대답에 소치는 짧은 침음성을 흘렸다.

"으음!"

그러나 그는 굳이 자세한 것을 캐묻지는 않았다.

그 피의 빚이 예령과 도막 사이의 것인지, 혹은 그녀를 포함한 일행 전체와 도막 사이의 것인지에 대해서.

"혈채(血債)라면 다른 방도를 생각할 여지가 없겠군."

선뜻 그렇게 단정하고 난 다음 소치는 문득 지금까지와는 확연히 차이가 날 정도로 목소리에 무게를 실었다.

"자! 모두들 걸음을 서두르도록 하지! 적은 우리의 몇 배가 넘어! 그렇다면 일단은 유리한 지형을 확보하는 게 급선무야! 여기처럼 탁 트인 지대는 우리에게 절대적으로 불리하다고!"

이 순간 소치는 마치 전장에서 병력을 지휘하는 지휘관이라도 된 듯했다.

그때 예령의 시선은 반사적이다시피 소산에게로 향했다.

어쨌거나 일행이 움직일 방향을 정할 권한은 어디까지나 소산에게 있었다.

그리고 다음 순간, 예령의 눈빛에는 작은 안도의 기색이 담겼다.

마침 그때 그녀를 보고 있던 소산의 눈빛에서는 어떤 거부나 반발의 기색이 조금도 보이지 않았기 때문이다.

다만 소치가 아닌 그녀와만 맞추고 있는 소산의 눈길에서 예령은 그가 소치의 말을 따르고자 하는 것이 아니라 그녀의 뜻을 존중하겠다는 의지를 읽을 수 있었다.

예령은 성큼 보폭을 넓혀 일행의 선두로 나섰다.

그리고 말없이 걸음의 속도를 내기 시작했고, 그 뒤를 일행이 바삐 따랐다.

소치는 일행의 맨 뒤로 처졌다.

안문이 그의 곁으로 바짝 붙어서며 나지막이 말을 꺼냈다.

"위험합니다, 주군."

"어허!"

소치는 대뜸 낮은 호통부터 뱉었다.

그 질책이 바로 '주군' 이라는 호칭에 대한 것임을 알고서 안문이 얼른 호칭을 고치며 다시 말했다.

"대인, 원래 강호인들의 싸움에는 법도가 없습니다. 무슨 일이 일어날지 예측하기 힘들고, 또한 방비하기도 힘이 듭니다. 차라리 제가 그들에 대해 따로 조치를 취하도록 하겠습니다."

소치가 가볍게 고개를 흔들며 짧게 말했다.

"그대로 두라."

그런데 그 짧은 한마디에 아직도 할 말을 잔뜩 가진 듯이 보이는 안문이었지만, 그는 곧바로 입을 닫아버렸다.

문득 소치의 얼굴에 감히 범접하기 어려운 한가닥의 선명한 위엄이 서리고 있었기 때문이다.

그러나 그 한가닥 소치의 위엄은 아주 잠깐이었고, 그는 금방 빙그레 웃는 얼굴로 되었다.

"사실 이런 상황이야말로 우리가 의도하고 있었던 것과 통하지 않나?"

안문이 조심스럽게 반문했다.

"예?"

소치는 안문의 그 같은 반문을 그가 자신의 의중을 곧바로 알아채지 못한 것으로 간주한 듯했다.

그리고 그 점이 사뭇 유쾌하다는 듯이 작게 소리 내어 웃으며 말을 이었다.

"하하하! 싸움만큼 사람들의 관심을 끄는 일이 또 있겠나? 그리고 기왕이면 극적일수록 그만큼 세상 사람들의 관심을 더 크게 끌게 되지 않겠나?"

순간 안문의 두 눈에 엷은 이채가 서렸다.

그것을 보고 소치는 빙그레 미소를 띠며 다시 말을 보탰다.

"그런 점에서 이 싸움은 여러 가지로 제격이라고 할 것이야. 적은 수십 명인데 우리는 고작해야 열이 안 돼. 게다가 상대가 진정 도막이라면 제법 강호에서 유명한 집단이라고 하지 않았는가? 그리고 우리에게는 그 도막과 풀어야 할 원한이 있는 여인이 있지. 후후! 세상의 이목을 한 몸에 받을 만큼 재색을 겸비한 절세미인이 말이야. 어떤가? 이 아니 극적인가?"

안문이 조심스럽게 말을 받으려 했다.

"대인께서 염두에 두시는 바는 알겠으나, 그러나……."

가볍게 손을 들어 안문의 말을 중도에 끊으며 소치가 다시 자신의 말을 이었다.

"모름지기 큰 이득은 위험을 감수할 때 나오는 법이 아니겠나? 나는 나의 작은 안전을 도모하기보다는 오히려 가장 위험한 싸움의 가운데에 있기를 바라네. 싸움이 치열하면 치열할수록 얻게 되는 바도 그만큼 많을 테니까 말일세."

그리고는 휘적휘적 걸음을 재촉해 앞쪽으로 가버리는 소치의 뒷등을 바라보며 잠시 생각을 정리하고 있던 안문은, 이윽고 깊은 침음성을 흘리고 말았다.

"으음!"

그는 지금 다소간의 답답함을 느끼고 있었다.

그러나 그가 지금 느끼고 있는 답답함은 소치의 생각과 의

도에 대한 것은 아니었다.

기실 소치의 그러한 생각이야말로 근본적으로는 그와 소치가 험난한 강호행을 택한 이유였으며, 또한 바로 안문 자신의 머리에서 나온 것이기도 했다.

다만 안문이 지금 명쾌한 마음으로 되지 못하는 것은 오히려 소치가 아닌 다른 일행 때문이었고, 구체적으로는 그 중에서도 소산이라는 존재 때문이었다.

매사에 대해 명석한 분석이 있고 난 다음에야 행동에 임하는 치밀하고도 신중한 성격이라고 자평(自評)하는 안문이었다.

그런데 그는 지금 일행이 되어 있는 인물들을 평가하기에 충분한 시간이 지났음에도 불구하고, 소산에 대해서는 아직까지 만족할 만큼의 인물평을 내리지 못하고 있는 것이었다.

그러고 보면 그로서도 우연히 조우하여 일행이 된 그들 각자는 참으로 특이하다고 하지 않을 수 없었다.

평상시 다른 사람에게 관심을 보이는 것 자체를 스스로의 위엄을 깎는 것이라고까지 생각할 만큼 까다로운 그의 주군이, 예외적이라고 할 수밖에 없을 정도로 특별한 관심을 보인 예령에 대해서는 그가 더 이상 말할 입장이 아니라고 할 것이다.

그리고 그가 한눈에 심미지상임을 간파한 소소에 대해서도 그 특이함을 다시 논할 필요는 없는 일이었다.

그러나 당고와 맹씨 형제, 그리고 소산에 대해서는 따로 평가를 할 만한 중요도까지는 없는 인물들로 그는 처음에 생각했었다.

다만 그들에게서 굳이 특이함을 찾는다면, 그들이 각각 상당히 비정상적인 면모들을 가지고 있다는 정도였다.

비정상적인 면모!

지금에 와서 안문으로 하여금 그들에 대해 모호함을 가지게 되는 이유는 바로 그것 때문이었다.

당고와 쌍맹, 그리고 소산은 분명히 정상적인 잣대로 평가할 사람들은 아니었고, 그런 의미 중에는 그들이 다른 사람들과의 관계를 형성하는 데 있어 상당히 결함적 요소를 지니고 있다는 의미도 당연히 포함이 되어야만 했다.

그런데 그들은 어떤 한 사람을 중심으로 아주 특별하면서도 기묘한 관계를 형성하고 있는 것이었다.

그들 사뭇 정상적이지 못한 인물들의 관계의 중심에 있는 사람이 바로 소소라고 처음에 안문은 생각했었다.

그것은 내내 그녀의 주변에서 떨어지지 않으려 하는 당고와 쌍맹의 거동을 보는 것만으로도 충분히 타당하였다.

그러나 이제 와서 안문이 다시 보건대, 진정으로 그들의 중심에 있는 사람은 소소가 아니라 바로 소산이었다.

단적으로 소소가 중심으로 하고 있는 인물이 바로 소산이라는 사실만으로도 그것은 틀림이 없었다.

물론 직접적인 근거를 대는 것은 안문의 치밀함으로도 아직까지는 가능하지 않은 일이었다.

다만 다분히 직감적인 판단이라고 할 수밖에 없지만, 어쨌든 그는 이제 그러한 사실에 대해 점점 더 확신을 가져가고 있는 중이었다.

확신은 하되, 그러나 안문은 여전히 이해를 하지 못하고 있었다.

그가 보기에 소산은 아무래도 그들의 중심에 설 이유가 조금도 없었기 때문이다.

소산에게는 위엄도, 달변도, 심계도, 혹은 친화력도 그의 주변에 사람들을 모을 만한 그 어떤 필요조건도 없었다.

소산이 잠깐 소치와의 그 엉뚱한 거래를 맺는 과정에서 단호한 일면을 보이기는 했지만, 안문이 보기에 그것마저도 다분히 의례적인 언행일 뿐이었다.

소산이 스스로를 상인이며 상가의 후예라 하였으니, 분명 어릴 때부터 숱한 거래의 형태를 보아왔을 테고, 소치와의 거래를 논하는 과정에서도 그러한 경험들 중에 있는 어떤 거래의 형태를 모방한 것일 터이다.

소치는 벌써 저만큼 앞서서 예령의 뒤를 바짝 따라붙고 있는 중이었다.

안문은 걸음을 재촉했다.

그가 있어야 할 곳은 언제나 주군의 옆 자리였다. 주군으로부터 버림을 받기 전까지는.

그리고 그가 꿈꾸는 바가 이루어지기 전까지는, 그래서 그와 주군이 꿈꾸는 바가 서로 달라지기 전까지는 그가 버림받는 일은 결코 없을 것이다.

동시에 안문은 그의 모호함과 답답함에 대해 임시의 결론을 내렸다. 그러지 않는다면 그는 앞으로도 내내 머리 한 구석에다 약간의 찜찜함을 지니고 다녀야만 할 테니까.

'그들이 이루는 연결 고리의 중심은 소산일지라도 그 정점(頂點)은 바로 예 소저이다. 소산은 자신의 호불호(好不好)에 관계없이 예 소저의 의사를 거부하거나 반박하는 경우가 없다. 곧 예 소저의 마음이 그를 움직일 수 있는 것이다. 하면 만약의 어떤 경우가 있어 그를 통제하고 조종해야 할 필요성이 생겼을 때, 비록 그의 사고가 지나치게 주관적이라 일반적인 통제 수단, 즉 위엄이나 연륜, 혹은 강제력으로는 그것이 어려울지라도 다만 예 소저를 통하면 될 터이다.'

길을 버리고 곧바로 가파른 산비탈을 타고 오르면서 예령은 후방 쪽의 동향을 예의 주시하고 있었다.

갑작스러운 그들의 동향이 곧 도주 내지는 방비를 위한 거동이라는 것을 적들이라고 눈치 채지 못할 리는 없을 터였다.

만약 적들이 일행과의 거리를 좁혀 공세를 취해온다면 소산이나 소소 등의 느린 걸음으로는 금방 따라잡힐 수밖에 없는 노릇이었다.

그러기 전에 소치가 말한 대로 그나마 의지할 수 있는 지형을 찾는 것이 지금으로서는 최선이었다.

산중턱에 못 미쳐 산의 허리를 돌아서자 산세가 급하게 변하였다.

갑자기 탁 트인 공터가 나오는 듯하더니 그 앞을 거대한 암벽이 가로막고 서 있었다.

그런데 암벽의 가운데로는 마치 거대한 하늘의 도끼로 찍어 절개해 놓은 듯이 좁은 골짜기 하나가 형성되어 있는 것이었다.

그 암중협로(岩中狹路)를 이루고 있는 골짜기의 폭은 서너 사람이 어깨를 잇대고 나란히 걸을 정도의 폭은 되었으되, 마차 한 대가 지나가기에는 좁아 보였다.

그러니 그야말로 천험(天險)의 관문인 듯하였다.

'적의 일부가 산등성이를 우회하여 앞뒤로 협공을 가한다면 꼼짝없이 갇히는 신세가 되고 말 것이나, 지금으로서는 이곳에서 적을 맞이하는 것이 최선의 선택이라고 할 것이다.'

예령이 주변의 지형을 일별하며 내심 그렇게 마음을 정했는데, 힐끗 옆을 돌아보니 마침 소치가 자신의 생각도 같다는 듯 입가에 엷은 미소를 띠고서 그녀를 보고 있었다.

예령의 눈빛으로 잠깐의 이채가 스쳤다.

그녀가 지금 비장한 심정이 되어 있음은 물론이고, 소소와 소산의 표정에서도 다분한 긴장의 기색을 볼 수 있었으며, 안문 역시도 무거운 얼굴이었다.

그런데 생각이 정상적인(?) 사람들 중에서는 소치 홀로 여전히 느긋한 기색이었다.

아니, 어찌 보자니 소치는 지금 일행이 직면해 있는 긴박한 상황에 대해 다분히 흥미로워하고 있는 것으로까지 보였다.

그러나 소치의 그런 동감 못할 느긋함이 예령에게는 오히려 약간의 든든함이 되는 묘한 측면이 있기도 했다.

"왔군!"

예령의 몇 걸음 뒤쪽에서 마치 일깨워 주듯이 나직하게 뱉는 안문의 목소리가 들렸다.

그때 일행은 좁은 골짜기의 안쪽으로 들어가서 골짜기의 바깥쪽에서는 보이지 않았고, 예령 홀로 골짜기의 입구를 막아서는 형세를 취하고 있는 중이었다.

일단의 무리가 앞쪽의 산허리를 돌아 속속 모습을 드러내고 있었다.

하나같이 흑의 무복에 허리에는 청색의 띠를 둘렀고, 그것에 걸린 환도(環刀)의 도수(刀首)에는 둥근 철환(鐵環)들이 매달려 있었다.

그것만으로도 예령은 그들이 누구인지를 단번에 알아볼 수 있었다.

'도영대(刀英隊)!'

그들은 바로 도막이 심혈을 기울여 키워냈으며, 또한 강호에 자랑하는 도영대였다.

일류급의 도객 백 명으로 이루어진 도영대는, 웬만한 규모의 강호 문파라면 그들만으로도 능히 격파가 가능할 정도로 가공할 전력을 지닌 정예 전투 조직이었다.

그런데 지금 이곳에 도영대의 삼 할에 해당하는 삼십여 명이 모습을 드러내고 있는 것이었다.

예령의 눈빛으로 일시지간 막막함이 떠올랐다.

아무리 용서할 수 없는 원수지간이지만, 기껏 그녀와 일행 정도를 상대하기 위해서 도막이 이렇게까지 대대적인 전력을 동원할 것이라고는 예령으로서도 미처 예상하지 못했던 일이다.

일순간의 막막함은 예령으로 하여금 무의식적으로 뒤쪽의 소치를 돌아보게 만들었다.

그러나 곧바로 그녀의 얼굴에는 짧은 실망의 빛이 스쳤다.

하필이면 그때 소치는 그녀의 시선을 슬쩍 외면하고 있었던 것이다.

그런 소치의 모습에서 예령은 이곳으로 오기까지 그에게서 느꼈던 단호하고도 당당하였던 인상 대신, 그가 이제 막상 적을 대면하고 나서는 완연히 겁을 먹은 게 아닌가 하는 생각을 하게 되었던 것이다.

그러나 거의 동시에 예령의 얼굴은 단호한 의지로 가득 찼다.

그 잠깐의 순간에 얼마간이라도 소치에게 의지해 보려고 했던 스스로의 나약함을 던져 버린 것이리라.

그러나 예령은 알지 못했다. 방금 그녀가 돌아보기 직전에 소치의 얼굴에 잠깐의 갈등이 머물렀다는 것을.

포진(布陣)한 도영대의 뒤쪽에 있다가 천천히 앞으로 걸어 나오는 세 사람이 있었다.

백의와 회의의 장삼을 걸친 복장만으로도 도영대 소속은 아닌 그들 두 중년인과 한 사람의 노인이야말로 바로 도막의 소막주 모중과 청천지부장 방숙, 그리고 약당주 현당이었다.

다시 반걸음을 앞으로 나서면서 모중은 침중하게 굳은 안색으로 예령을 향해 물었다.

"너는 검가의 제자이냐?"

예령이 표정없이 대답했다.

"그렇소."

무미건조하나 선명한 적개심이 담긴 대답이었으나, 모중은 크게 개의치 않는다는 기색으로 다시 물었다.

"너는 혹시 예활의 여식이냐?"

그러자 예령은 돌연 안색을 차갑게 굳히며 모중을 노려보다가는 고저없이 평탄한 어조로 대답했다.

"그렇소."

좀 전의 대답과 똑같은 대답이었다.

그러나 이번의 대답에는 무미건조하면서도 표현하기 어려울 만큼의 지독한 차가움이 묻어 있어서, 그녀가 지닌 오래 묵은 원한이 그대로 배어나는 듯했다.

모중의 얼굴이 더욱 무겁게 굳어졌다.

"나는 모중이라는 사람이다. 일전 대파산에서 네 손에 죽임을 당한 아이의 아비 되는 사람이기도 하다."

그 말에 대해 예령이 잠시간 묵묵히 모중을 응시하고 있다가 불쑥 한마디를 뱉었다.

"그래서?"

일순 모중의 얼굴로 극렬한 분노가 치달렸다.

"이… 네 감히……?"

그러나 그는 지그시 이를 악물었다가 이어 무거운 기색으로 말을 뱉었다.

"본래는 너를 잡는 즉시로 참하려고 했었다. 그러나 나는 이제 생각을 바꿨다. 너는 나와 함께 본 막으로 가야겠다."

예령이 차갑게 물었다.

"내가 왜 그래야 하는가?"

그러자 모중의 얼굴로 다시금 확하고 분노의 기색이 번졌으나, 그는 그 분노를 폭발시키는 대신에 오히려 담담한 어조로 대답했다.

"네게 얼마간이나마 소명할 기회를 주기 위함이다."

"소명? 내가 무엇에 대해 소명을 해야 한다는 건가?"

"네 손에 희생된 도막의 제자들과… 내 아들, 그들의 죽음에 대한 소명이다."

그때 예령의 얼굴에 문득 한가닥의 차가운 웃음기가 스쳤다.

그러나 그 웃음기는 금세 오랫동안 억눌러 왔던 분노가 이윽고 폭발하는 듯한 길고도 날카로운 웃음소리로 터져 나왔다.

"호호호호!"

이어 예령은 부르짖듯이 외쳤다.

"내 아버님의 죽음에 대해 당신은 이십 년 동안이나 소명을 하지 않았다! 그런데 왜, 왜 내가 당신 아들의 죽음에 대해 소명을 해야 한단 말인가?"

그에 대해 모중 또한 고함으로 맞받았다.

"그때의 일과 이 일은 엄연히 다르다! 그때 네 아비와 나는 정당한 승부를 벌였을 뿐이다!"

순간 예령은 거짓말처럼 냉정을 되찾고 있었다.

그녀가 차분한 어조로 말했다.

"그렇다면 나 또한 하등 다를 것이 없다. 당신과 내 아버님이 그랬듯이, 나 또한 당신의 아들과 정당한 승부를 벌였을 뿐이고, 그 결과에서 내가 이겼을 뿐이니까."

갑작스러운 그녀의 변화에 모중이 일시 당혹스러운 기색으로 되는 사이 예령이 다시 말을 이었다.

"그때의 당신과 마찬가지로 나 또한 정당한 승부를 가졌을 뿐이니 나는 적어도 앞으로 이십 년 동안은 당신에게 소명할 필요가 없지 않겠나?"

그녀의 차분하고도 분명한 말에 대해 모중은 당혹과 분노가 교차하는 중에 당장에 대응할 말을 내놓지 못하였다.

그때 모중의 뒤에서 방숙이 불쑥 앞으로 나서며 날카롭게 호통을 쳤다.

"닥쳐라!"

이어 방숙은 예령을 향해 손가락질하며 신랄한 어조로 꾸짖었다.

"너는 나를 알아보겠느냐? 나는 바로 그때 그 자리에 있었던 사람인데, 너는 감히 내 앞에서도 여전히 혓바닥을 함부로 놀리겠느냐? 그때 너는 얄팍한 잔재주를 부려 일시지간 이득을 차지할 수 있었을지 몰라도 그 진정한 실력에 있어서는 결코 모룡 소공자를 능가하지 못했다! 다만 네게는 숨겨진 방수(幇手)가 있었던 것이다! 네게 조금의 양심이라도 있다면 너는 결코 그때의 그 독인이 너와 무관하다고 억지를 부리지는 못할 것이다!"

그때 예령의 표정에 아주 잠깐 멈칫하는 기색이 스쳤다.

그것을 본 방숙이 더욱 신랄하게 몰아붙였다.

"이래도 너는 감히 정당한 승부였다고 그 뻔뻔한 혓바닥을 여전히 놀릴 수 있겠느냐?"

그러나 예령은 곧 차갑게 얼굴을 굳히며 단호한 어조로 말을 받았다.

"그때 나는 분명히 본 검가의 검법으로 모룡을 제압했으며, 독인의 갑작스러운 출현은 그 이후였으니 그것을 두고 상황을 호도하려는 당신의 말이야말로 얄팍한 궤변일 뿐이다."

그리고 예령은 방숙이 뭐라고 반박하기 전에 재빨리 손가락으로 모중을 지목하며 말을 덧붙였다.

"강호의 원한은 결국 맺은 당사자들끼리 풀어야 하는 법. 당신과 선친이 그랬듯이, 그리고 나와 당신의 아들이 그랬듯이 이제 당신과 나 두 사람이 또한 정당한 대결로써 그간의 모든 원한을 풀면 될 일이 아닌가?"

그때 일시 말할 기회를 빼겼던 방숙이 그제야 호통을 치며 끼어들었다.

"닥쳐라, 요망한 계집! 이분은 장차 도막의 지존이 되실 분인데 어찌 한낱 검가 따위의 어린 계집과 손속을 나눈다는 말이냐? 더욱이 너는 본 막에 대죄를 지은 죄인의 처지인데 어찌 뻔뻔하게 정당한 대결 따위를 운운할 수 있다는 말이냐? 내 나중에 윗전에 죄를 청하는 일이 있을지라도 우선 네년의 요망하기 짝이 없는 혓바닥부터 뽑아놓고 말리라!"

이어 방숙은 누가 말릴 틈도 없이 대뜸 허리의 삼환도를 뽑아 들었다.

차라랑!

도수(刀首)에 매달린 세 개의 철환이 서로 부딪치며 맑은 소리를 냈다.

발도의 기세를 살려 방숙이 그대로 예령을 향해 짓쳐 나올 때, 저쪽 골짜기 안쪽으로부터 누군가 한 사람이 크게 외치며 달려나왔다.

"멈춰라!"

그 외침은 자못 근엄하였으며, 또한 그 달리는 모양에서도 전력을 다한 맹렬함이 있었지만, 그러나 한눈에 보기에도 경신의 재주가 없이 그저 힘껏 달리기만 하는 몸짓에 불과하였다.

그리고 기껏 그런 정도로는 지금 방숙과 예령의 격돌에 그 어떤 영향도 주지 못할 것이었기에 아주 잠깐 그쪽으로 향하였던 사람들의 관심은 이내 방숙과 예령의 격돌로 되돌아왔다.

핏!

그것은 아주 희미한 소리였다.

그리고 그 소리는 어느새 예령의 손에 잡혀 있는 홍청백의 삼색검수를 휘날리며 늘씬한 검신을 자랑하는 한 자루 검이 일으킨 것이었다.

거의 동시에 방숙의 허리가 격렬하게 뒤틀리면서 마치 팽이처럼 그 자리에서 빙그르르 한 바퀴를 돌았다.

그리고는 연결 동작으로 튕기듯이 한 옆으로 빠져나가는 것이었다.

그런 방숙의 움직임은 얼마나 급박하고도 격렬한 것이었는지, 그 순간의 그는 허리를 중심으로 하체와 상체가 완전히 따로 놀아서 그 각각이 마치 다른 사람의 것이라도 되는 듯 보였다.

어쨌거나 비록 다급하게 피해 나가는 동작이었으나, 방숙이 보여준 그 일련의 회피 동작은 과연 도막에서도 중진 고수의 소리를 듣기에 충분할 만큼의 놀라운 데가 있었다.

그러나 더욱 놀라운 것은, 그처럼 격렬하고도 민첩하기 이를 데 없는 회피 동작에도 불구하고 예령으로부터 근 이 장여를 벗어나서야 신형을 세우고 있는 방숙의 목에 기다란 혈흔 하나가 선명하게 생겨 있다는 것이었다.

그리고 지면을 향해 칼끝을 늘어뜨리고 서 있는 방숙의 표정에서는 미처 다 추스르지 못한 경악이 여전히 남아 있어서,

그가 방금 전에 얼마나 혼비백산하였는지를 여실히 말해주고 있었다.

그때 예령의 얼굴에는 묘한 표정이 서려 있었다.

안타까움 같기도 하고 뭔가 뜻대로 되지 않았다는 불만이 서린 것 같기도 한 그런 표정이었다.

예령의 그 일초 쾌검에 대해 놀란 것은 지켜보던 모두에게도 마찬가지여서, 가장 가까이에서 그것을 지켜보았던 모중과 현당을 위시하여 도영대의 그 누구도 일시 아무런 반응을 내놓지 못하고 있었다.

골짜기에서 맹렬히 달려나왔던 사람은 모두의 놀람이 어느 정도 진정될 즈음에야 예령의 곁에 당도하였다.

대뜸 예령의 앞을 가로막고서 우뚝 허리를 세우고 서는 그는 바로 소산이었다.

예령의 표정으로 일시 당황의 기색이 스쳤으나, 그녀의 표정은 곧 원래대로의 차갑고도 차분한 것으로 돌아갔다.

어떤 상황이던 간에 지금 적에게 낭패한 기색을 보여서 이로울 것은 조금도 없었다.

그때 방숙은 새롭게 하나의 놀라움을 목도하고 있었다.

예령의 일초 쾌검으로 인한 충격에서 미처 벗어나지 못하여 여전히 멍한 의식 중에서도 그는 대번에 소산을 알아보았다.

그때 대파산 속에서 예령이 도모하려던 이대도강(李代桃畺)의 노림수를 눈치 채고서 그가 그녀와 모룡 간의 대결에 막 개입하려 했을 때, 어디선가 갑자기 나타나 무모하기 짝이 없는 육탄의 돌격을 감행했다가 그의 강력한 일장을 맞고는 뒤로 튕겨 나가 숲 속으로 처박혀 버렸던 바로 그자였던 것이다.

만약 그때 소산의 개입이 아니었다면 방숙은 분명 모룡의 위급을 구할 수 있었을 것이다.

또한 그랬다면 비록 그 뒤에 난데없는 독인의 출현이 있긴 했지만 최소한 모룡이 그처럼 허망하게 죽음을 당하는 일까지는 벌어지지 않았을 것이다.

방숙이 놀라지 않을 수 없는 것은 바로 소산이 멀쩡한 모습으로 그의 눈앞에 나타났기 때문인데, 그때 그는 적어도 구성(九成) 이상의 내력을 실어 일장을 날렸고, 무방비로 그 일장을 가슴에 맞은 상대는 필시 즉사하고 말았을 것이라고 확신했던 것이다.

그러나 방숙은 그가 정작으로 놀라야만 할 또 다른 하나의 사실에 대해서 또한 그가 지금 두 눈으로 그것을 목도하고 있으면서도 미처 인지하지를 못하고 있었다.

지금 골짜기 앞에 소산의 뒤를 쫓아 나온 듯이 몇 걸음을 걸어나와서는 우두커니 이쪽을 바라보고 있는 한 여인을 두고 하는 말이다.

바로 당고였다.

그녀가 바로 그때의 그 가공스러웠던 독인이었다는 사실을 방숙으로서는 감히 짐작조차 하지 못하였다.

기이하게 번들거리는 검은색의 나신에다 두 눈에는 이글거리는 짙은 녹광, 그리고 몸을 둘러싼 검은 기류에 닿는 것은 무엇이든 녹여 버리며 순식간에 목불인견의 참상을 만들었던 독인이 아니었던가.

그 가공할 독공과 잔인한 손속의 독인과 지금 요염절륜한 미태에도 불구하고 동시에 절대의 백치미를 상반되게 발산하고 있는 묘령의 여인이 동일한 여인이라는 사실을 그가 어떻게 상상이나 할 수 있겠는가.

잠시간의 놀람을 추스르고, 또 조금의 변화가 생긴 주변의 상황을 일별한 다음 모중이 예령을 향해 물었다.

"내가 잘못 보지 않았다면 방금의 그 초식은 검본이십사세 중의 검초는 아닌 것 같은데?"

그에 대해 예령이 문득 날카롭게 웃으며 질책하듯이 답했다.

"호호호! 지난 이십 년의 세월 동안 도막이 제법 번창한다는 평을 듣더니 이윽고는 교만한 지경에 이르렀구나!"

"으음!"

모중의 얼굴이 노화로 붉게 달아오를 때 예령이 여전히 꾸짖듯이 말을 덧붙였다.

"그렇지 않은가? 나는 지난 이십 년 동안 검본이십사세를 연마하였어도 여전히 그 넓이와 깊이가 다한 데를 알지 못하는데, 당신은 다만 보고 들은 바가 있을 뿐 일초반식(一招半式)도 연마해 보지 못한 처지에 마치 모든 것을 다 아는 듯이 말을 하고 있지 않은가?"

모중이 억지로 노화를 추스르는 듯 무거운 목소리로 말했다.

"얼굴과 달리 네 입은 표독스럽기 짝이 없어서 말로써는 대하기가 어렵구나."

이어 그는 천천히 뒤로 한 걸음을 물러섰다.

그것이 신호인 듯 그의 뒤쪽에 포진해 있던 도영대원들이 양옆으로 간격을 벌리며 서서히 거리를 좁혀오기 시작했다.

예령보다 먼저 움직인 것은 소산이었다.

그는 등 뒤의 봇짐을 벗어 예의 그 엉성하기 짝이 없는 목검을 꺼내 들었다.

그리고는 돌아보지도 않은 채 봇짐을 등 뒤로 휙 던져 버리더니 선뜻 앞으로 나아가며 목검을 가슴 높이로 끌어올려서는 수평으로 곧게 뻗는 자세를 취했다.

바로 검본이십사세 중의 제일세인 본검세(本劍勢)의 독특한 자세였다.

물론 예령은 알고 있었다.

지금 소산이 그 기수자세(起手姿勢) 외에는 바로 그 다음의 연결 동작조차 제대로 취하지 못할 것임을.

그러나 어쨌거나 서서히 접근해 오고 있는 삼십여 도영대를 그 혼자서 다 감당해 낼 듯이 오연히 버티고 선 소산의 기세에서는 추호의 두려움도 찾아볼 수 없었다.

언뜻 보기에 예령은 지금 소산의 기세에 의지해 그의 등 뒤에 숨어 있는 듯했다.

그러나 그녀의 두 눈은 암암리에 모중을 노리고 있었다.

물론 그녀에게 모중을 능가할 자신이 있는 것은 결코 아니었다.

그가 누구인가?

도왕의 손자로 이미 도왕의 대를 능히 이을 만하다는 평가를 받고 있는 강자가 아니던가?

그녀가 취해볼 수 있는 방법은 역시 한 가지밖에 없었다.

바로 뇌전결의 일초였다.

비록 뇌전결의 일초가 여전히 그녀의 의지대로 펼치고 거둘 수 있는 단계는 아니었지만, 그런 정도로도 방금 전에 능히 방숙 정도의 고수를 혼비백산토록 만드는 위력을 보였으니 역시 그녀가 의지할 것은 그것밖에 없었다.

기회는 단 일 검뿐이었다.

그리고 도영대가 도진을 완전히 펼치기 전에 승부수를 띄워야만 했다.

도영대가 이루는 진형(陣形)이 양 끝을 둥글게 말아서 본격적으로 포위망을 이루어갈 때, 모중은 진 바깥으로 빠지기 위해 천천히 뒷걸음으로 물러서고 있었다.

그런데 바로 그 순간이었다.

우뚝 버티고 선 소산의 등 뒤에서 한줄기 신형이 번개처럼 쏘아져 나왔다.

바로 예령이었다.

그러자 모중은 크게 당황하지 않고 예리한 눈길로 그녀의 눈과 또한 검을 주시하였다.

검은 아직 뽑히지 않고 검집째 그녀의 왼손에 들려 있었다.

만약 좀 전 방숙의 낭패를 목도하지 않았더라면 모중은 벌써 어떤 대응을 취하였을 것이다.

그러나 그녀의 쾌검이 얼마나 위험스러운지를 이미 알고 있는 이상에는 함부로 움직일 수가 없었다.

극쾌(極快)는 무변(無變)이다.

검이 지극히 빠르다는 것은 한번 펼쳐진 이상 시전자조차도 그 검로를 다시 바꿀 수 없다는 의미이다.

그러나 극쾌는 또한 만변(萬變)이다.

막상 펼쳐지기 전까지는 시전자조차도 미리 그 검로를 정해 놓지 않기 때문이다.

모중의 삼 보 앞으로 근접할 때까지 그녀의 검은 여전히 뽑히지 않고 있었다.

마지막 순간까지 기다릴 것인가?

차라리 선공으로 치고 나갈 것인가?

그도 아니면 일단 피하고 나서 다시 틈을 볼 것인가?

결국 모중은 슬쩍 옆으로 미끄러져 나감으로써 미완의 예기를 피하는 쪽으로 가닥을 잡았다.

그런데 그의 몸이 막 왼발을 축으로 반 바퀴를 빙그르르 회전하며 옆으로 물러나는 바로 그 순간이었다.

핏!

미미한 바람 소리와 함께 무언가 예리한 기운 하나가 번개처럼 공간을 꿰뚫고 쏘아오는 것이었다.

그런데 그 찰나의 순간에도 모중은 믿기가 어려웠다.

지금 그의 물러섬은 상대의 자세와 검을 잡은 손의 위치 등을 철저히 계산한 것이었으므로 상대의 검이, 더욱이 그런 격렬한 빠르기의 쾌검은 도저히 미칠 수 없는 사각(死角)이었던 것이다.

그러나 상대의 검은 이미 펼쳐진 뒤였고, 지금 모중은 상대의 검을 보기는커녕 느끼지도 못하고 있었다.

다만 그런 중에도 오감을 초월한 그의 본능은 그에게 절체절명의 위험을 경고하고 있었다.

한순간 모중의 몸이 팽이처럼 급속히 회전하였다.

그 회전이 얼마나 급박하고도 빨랐는지 '팩!' 하는 소리와 함께 바닥에서 돌연히 자욱한 흙먼지가 일어날 정도였다.

'역시 안 되는가?'

검극을 아래로 늘어뜨린 채 예령은 일시 허탈한 심정을 가누지 못했다.

뇌전결은 엄청난 위력을 지녔음에 분명하였다.

물론 다만 뇌전결의 일 초만으로 도왕의 진전을 고스란히 이은 모중과 능히 호각지세를 이룰 것이라고까지 기대를 했던 것은 아니지만, 그렇더라도 뇌전결 원래의 흐름이 제대로만 이어졌다면 모중이 결코 방금처럼 멀쩡히 피해내지는 못했을 것이다.

자신의 자질이 미치지 못함에 대해 예령이 잠시간 안타깝고도 허탈한 심정에 젖어 있는 사이, 도영대는 이미 예령과 소산에 대해 포위의 진형을 완성하고 난 뒤였다.

그때쯤에 골짜기 안쪽에 있던 일행은 바깥으로 나서고 있었다.

예령과 소산이 이미 적의 포위 속에 갇혔고, 당고마저 골짜기를 빠져나가 있는 상황에서 먼저 소소가 당고의 곁으로 가기 위해 골짜기를 나섰다.

쌍맹이 소소를 뒤따랐음은 지극히 당연한 일이었고, 그런 다음에는 안문과 소치가 아무리 방관자의 입장을 취하고자 한다 해도 그들 둘만이 계속 골짜기 안에 죽치고 있기는 사내들의 체면상으로도 어려운 일이었다.

소소는 당고의 곁에 바짝 붙어 서서 가만히 그녀의 소맷자락을 붙잡고 있었다.

그리고 그녀들을 가운데 두고서 그 좌우로는 맹룡과 맹호 형제가 버티고 서 있었다.

그런데 나무 몽둥이를 어깨에 걸친 채 앞쪽의 상황을 뚫어져라 주시하고 있는 그들 쌍맹은 지금 얼굴 가득히 완연한 홍분의 기색을 비치고 있는 중이었다.

도영대의 원진이 회전하고 있었다.

그 회전은 그다지 급해 보이지 않았지만, 막상 그 안에서는 지금 단속적(斷續的)으로 격렬한 소음이 터져 나오고 있었다.

챙!

채앵!

챙!

진 내에서는 한창 싸움이 진행 중이었다.

그러나 그 싸움은 소산 혼자만의 싸움이라고 해야만 했다.

도영대의 포위는 아직까지는 다만 두 사람을 가두어두는 데 중점을 두고 있는 것 같았고, 그런 중에 예령 역시도 섣불리 힘을 빼기보다는 우선은 적의 진형을 파악하려는 중이었다.

그런 중에 소산은 벌써부터 흥분을 억제하지 못하고서 좌충우돌로 목검을 휘두르고 있었다.

그러나 애초에 예령이 짐작하였듯이 그의 목검은 처음부터 그 격식을 잃어버리고 스스로 혼란지경에 빠져서, 다만 마구 휘두르는 몽둥이질에 불과했다.

다만 한 가지, 그럼에도 소산의 목검에 대해 도영대의 도수들이 감히 가벼이 여기지는 못하고 있는 양상이 뚜렷하였는데, 그것은 소산의 목검에 뜻밖의 강력한 힘이 실려 있기 때문이었다.

차차차창!

돌연 일련의 격렬한 금속성이 잇따라 터져 나오면서 진형의 한쪽 축이 크게 출렁였다.

예령이었다.

한번 검세를 펼치기 시작하여 앞으로 나아가고, 뒤로 물러서고, 회전하고, 때로는 도약하며 연속적으로 검을 펼치는 그녀의 모습은 살기충천한 생사결의 장에서도 마치 선계의 선자가 하강하여 하늘거리며 춤을 추는 듯하였다.

물 흐르듯이 치고, 베고, 찌르며 돌아가는 그녀의 검세는 금세 수십, 수백 가닥의 현란한 검 그림자를 만들어내고 있었다.

강검세(降劍勢)!

공검세(空劍勢)!

망검세(網劍勢)!

분검세(粉劍勢)!

영검세(影劍勢)!

황검세(荒劍勢)……!

바로 검본이십사세였다.

예령의 검은 철저히 소산을 중심으로 하여 그 주변에서만 펼쳐졌다.

소산을 보호하기 위함이었다.

그러나 얼마 지나지 않아 사뭇 묘한 현상이 벌어지고 있었다.

소산의 움직임이 달라지고 있었던 것이다.

다시 말할 것도 없이, 처음에 소산의 목검은 다만 마구 휘두르는 몽둥이질에 불과하였었다.

그런데 예령이 검본이십사세의 검세들을 잇따라 풀어내자 어느 순간부터 그의 목검 또한 예령의 그것과 비슷한 검로를 구현해 내고 있었던 것이다.

물론 소산의 그것을 두고 검본이십사세라고 할 것은 결코 아니었다.

소산의 목검은 다만 흉내를 내고 있을 뿐이었다. 그것도 전체가 아닌 일부만을.

그런데도 묘하다고 하는 것은, 소산의 그 엉성하고도 어설픈 흉내가 기이하게도 예령의 완벽한 검본이십사세의 검세와 점차로 어떤 형태의 조화를 이루어가고 있기 때문이었다.

그런 종류의 조화는 참으로 묘한 데가 있어서, 당장에 어떤 적절한 묘사를 하기 어렵지만 분명한 것은 예령이 도영대의 진형과 부딪치는 순간에 어쩔 수 없이 생기고 마는 찰나적인 빈틈을 나름대로 메우기도 하고 또 때로는 그녀가 공세를 취하는 중에 애써 만들어놓고도 여력이 딸려 후속의 압박을 가하지 못하는 진세의 빈틈을 소산이 대신 흔들어 놓기도 하는 것이었다.

예령으로서는 어떻게 그런 일이 가능한지 알 수 없었거니와, 도검이 난무하며 순간순간 생사의 순간이 엇갈리는 지금에 그 같은 이치를 따져 볼 여유가 그녀에게 있을 리 또한 만무했다.

채챙!

채채챙!

검과 도의 얽힘은 점점 더 격렬한 양상으로 치닫고 있었다.

예령과 소산이 만들어내는 검세가 막강해지자 그에 반응하여 도영대의 진형 또한 크게 그 세를 일으켰기 때문이다.

"큭!"

그 짧은 단음의 비명은 지금 목을 감싸 안고서 믿을 수 없다는 듯 두 눈을 부릅뜬 채 막 뒤로 넘어가고 있는 한 도수의 입에서 뱉어진 것이었다.

그런데 막 검을 거두고 있는 예령의 두 눈에도 쉽게 믿기지 않는다는 빛이 남아 있기는 마찬가지였다.

뇌전결이었다.

방금 전까지 그녀는 점차로 그 위력을 가중시켜 가는 도진의 위세에 억눌려 이윽고는 제대로 검초를 구사해 내지도 못하는 형세에 처해가고 있는 중이었다.

그러던 어느 순간 돌연 그녀의 검에서 뇌전결의 일초 검식이 펼쳐졌던 것이다.

그 일초 검식이 찰나적인 그녀의 의지로 펼쳐졌는지, 아니면 다만 궁지에 몰린 중에 무의식적으로 펼쳐졌는지는 모호하였다.

그러나 분명한 것은 그 일초의 뇌전결이 완전한 초식으로 펼쳐졌다는 점이다.

그녀로서는 이제 두 번째로 펼쳐 보는 완전한 뇌전결이었으나, 그 두 번이 다 완전한 그녀의 의지하에서 펼쳐지지는 않은 셈이었다.

다만 이번의 뇌전결이 첫 번째의 그것과 다른 것은 발검세(拔劍勢)로부터 이어지는 하나의 독립적인 초식이 아니라, 검본이십사세를 펼치는 도중의 어느 순간에 마치 그것의 연결식이라도 되는 듯이 자연스럽게 융화되어 펼쳐졌다는 점이다.

그 점에 대해 예령은 여전히 사방의 칼 숲에 갇혀 있는 중에도 극한의 희열을 느낄 정도로 흥분되는 심정을 금할 수가 없었다.

지금의 뇌전결이야말로 그녀가 완성이라고 생각했던 바로 그런 경지의 뇌전결이었던 것이다.

그러나 그녀의 그런 희열과 흥분은 촌각촌음(寸刻寸陰)도 더 이어질 수가 없었다.

파팟!

파파팟!

대여섯 자루의 도가 일시에 예령을 핍박해 오고 있었다.

그로 인해 그녀의 주변 공간은 순간적으로 번뜩이는 도광으로 가득 찼다.

살기충천(殺氣衝天)!

방금 전 하나의 죽음은 도수들에게 두려움이 되기보다는 오히려 불같은 증오와 악착같은 투지가 된 모양이었다.

차차차창!

사방의 공간을 빽빽이 메우며 찌르고 베어오는 도세의 막강함을 예령의 낭창거리는 검이 일으키는 섬세한 변화로 막기에는 역부족이었다.

그때 도진의 회전은 한결 빨라지고 있었다.

그리고 그 회전은 진중한 무거움을 만들어내고 있었고, 그 속에서 예령의 검이 가지는 쾌와 변은 처음부터 속박을 당할 수밖에 없었다.

쾌와 다변이 본래 자유로움으로부터 나오는 것인데, 지금 도진의 중압감은 예령의 자유로움을 원천적으로 봉쇄하고 있었다.

그에 반해 적의 공격은 완연히 집단의 격식을 갖추고 있었다.

진세의 무거움으로 자유로움을 핍박한 상태에서 서너 자루의 칼이 동시에, 그리고 여러 개의 조(組)가 교대하면서 반복적으로 도세를 일으키며 부딪쳐 들어오는 형세였다.

적들은 그야말로 힘의 승부를 강요하고 있는 것이었고, 검로를 제한당하고 있는 예령으로서는 역시 힘으로 맞받아칠 수밖에는 달리 수가 없는 형세이기도 했다.

만약 그녀가 일시적으로 회피하기라도 한다면 그 힘의 격돌은 고스란히 소산이 감당해야만 할 것이다.

캉!

예령이 좌우를 베어오는 도를 흘리느라 태산압정의 기세로 머리 위를 내려쳐 오는 도에 대해서는 정면으로 막아낼 수밖에 없었다.

순간 손목과 어깨를 통해 전신으로 번지는 묵직한 충격에 그녀는 자신의 의지와는 상관없이 나직한 신음을 뱉고 말았다.

"으음!"

그러나 그 순간 반사적이다시피 그녀의 검이 번뜩하고 빛을 발했는데, 그것은 이미 허공 중의 한 점을 꿰뚫고 돌아오는 순간의 번뜩임이었다.

핏!

뒤늦게 그녀의 검이 일으킨 파공성이 흐릿하게 울리고 있었다.

극쾌!

그야말로 자취도 남기지 않는 쾌의 극, 바로 무상검결 제일초 뇌전결의 진수였다.

"큭!"

그제야 막 물러서고 있던 한 조의 도수 중 하나가 목을 움켜잡으며 고꾸라지고 있었다.

그로 인해 진세의 한 축이 크게 주춤거렸다.

그러나 예령에게는 그 빈틈을 재차 파고들 만한 여력까지는 없었다.

휘청!

순간적으로 풀려 버린 하체의 균형을 추스르는 것이 그녀에게는 보다 급했다.

하지만 그런 중에도 예령의 입가로는 엷게 득의의 빛이 감돌고 있었다.

이번의 뇌전결에 보다 선명하게 그녀의 의지를 실었다는 사실이 촉망 중에도 그녀에게 뿌듯한 희열을 느끼게 만들고 있는 것이었다.

위이이잉!

잠깐의 주춤거림을 정렬한 진세가 더욱 강력한 중압감을 뿜어내며 회전하고 있었다.

그리고 예령의 작고 도톰한 입술이 하얗게 핏기를 없애며 악물렸다.

타탕!

타타타탕!

돌연 터져 나온 그 소리는 묵직한 금속성이었다.

또한 그 소리는 예령의 낭창거리는 협봉검으로는 결코 만들어낼 수 없는 중음(重音)이었다.

소산이었다.

그가 예령의 옆을 돌아 앞으로 나서며 마침 짓쳐들어오는 일단의 도세에 정면으로 맞부딪쳐 간 것이었다.

한마디로 무모한 부딪침이었다.

그러나 그 결과는 전혀 의외였다.

대여섯 자루의 도가 함께 뭉쳐 사방의 공간을 휘몰아쳐 오는 강력한 도세에 대해 소산은 그 엉성하기 짝이 없는 한 자루 목검을 들어 정면으로 부딪쳐 갔는데, 이후 일련의 격렬한 격돌 뒤에, 비록 힘에 부치는 기색이 뚜렷하긴 했지만 그래도 소산은 제 두 발을 지면에 박은 채 우뚝 버티고 서 있는 것이었다.

그것은 믿을 수 없다는 정도가 아니라 차라리 어처구니없다고 해야만 할 일이었다.

그 일단의 도세를 이루었던 각각의 도에는 상당한 내공이 주입되어 있었음은 불문가지의 사실이다.

하면 그 도세에는 또한 대여섯 명의 내공력을 합친 위력이 담겼다고 할 수 있을 것인데, 도세가 가진 엄밀함과 날카로움은 차치(且置)하고 거기에 실린 힘만으로 쳐도 그것을 소산이 어떻게 능히 받아낼 수 있었을 것인가.

그러나 그런 의문을 떠올릴 여유가 지금 예령에게 있을 리 없었다.

마치 썰물 뒤의 밀물처럼 다시 일단의 도세가 소산을 향해 부딪쳐 들어오고 있었다.

소산이 다분히 힘겹게, 그러나 추호의 주저함도 없이 다시 목검을 들어 마치 도끼질을 하듯이 도세의 한가운데를 후려 패 갔다.

카캉!

카카캉!

한 자루 목검과 대여섯 자루 도의 부딪침 소리가 한층 더 격렬한 된소리로 터져 나왔다.

다음 순간 격돌의 여파를 견디지 못한 소산의 허리가 휘청하니 뒤로 넘어갔다.

그때,

턱!

어깨로 가볍게 소산의 등을 받치며 이어 그의 몸을 휘감듯이 하며 예령이 순간적으로 앞으로 돌아 나왔다.

그러나 그녀는 어느 순간에 다시 소산의 등 뒤로 되돌아가고 있었다.

그러나 예령의 그 번개 같은 일련의 움직임은 조금의 시차를 두고 하나의 비명을 만들어냈다.

"크윽!"

방금 전 격돌의 순간에서 드러난 소산의 틈새를 보고 도를 찔러 들던 도수 하나가 목을 움켜잡고 바닥으로 무너져 내리고 있었다.

역시 뇌전결이었다.

카캉!

카카캉!

핏!

"큭!"

다시 한 번의 격렬한 격돌의 금속성과 비명이 마치 단조로운 반복이나 되는 것처럼 터져 나왔다.

소산과 예령은 지금 최적의 이인검진(二人劍陣)을 이루고 있는 듯했다.

소산이 뜻밖의 놀라운 저력을 발휘하며 선단(先端)에서 적의 강력한 공세를 저지하는 방패의 역할을 하고, 다시 예령의 뇌전결은 그 격돌이 낳은 찰나의 빈틈을 결코 놓치지 않고 적의 숨통을 꿰뚫어 버렸다.

비록 거대한 도진 속에서 매 순간의 위태로움을 맞고는 있지만, 만약 두 사람의 그 같은 조합이 계속 이루어질 수만 있다면 어떤 반전의 기회를 맞는 것도 아주 불가능하지는 않을 듯도 했다.

그러나 예외는 결국 예외일 수밖에 없는 모양이었다.

경인(驚人)할 용력으로 세 차례나 적의 공세를 정면으로 받아낸 소산의 형상은 지금 그야말로 처참한 지경으로 변해 있었다.

버티고 서 있는 게 참으로 용하다고 해야 할 정도로 그는 이미 전신에 크고 작은 숱한 상처를 입고 있었고, 그로 인해 그의 백의는 온통 붉은색으로 물들어 있었다.

사실상 애초부터 그의 목검은 다만 상대의 공세에 대해 맞부딪치려는 의지만 있었을 뿐, 자신을 방어하려는 의지는 조금도 없었던 것이다.

아니, 그에게 스스로를 방어하고자 하는 의지가 있었다고 하더라도 실상 그에게 그럴 만한 재간이 있을 리 없었다.

그러나 피투성이가 된 중에도 소산은 조금도 물러설 뜻이 없어 보였다.

그는 지금 온몸으로 예령을 지키려 하고 있었다.

그러나 비록 그가 지금까지는 그나마 치명상을 피해 아직까지 두 발로 버티고 서 있다고는 해도 그러한 요행이 계속될 것으로는 결코 보이지 않았다.

더욱이 그의 요행이 한동안 더 계속될 수 있다 하더라도 역시 그는 얼마 더 버티지 못할 것 같았다.

그의 출혈은 이미 지나치게 과다하다고 할 수 있어서, 이대로 둔다고 하더라도 얼마 지나지 않아 그는 저절로 무너질 것이 분명해 보였기 때문이다.

그러나 소산 자신도, 또한 어쩔 수 없이 그를 방패로 세우고 있는 예령도 마치 이미 정해진 파국을 향해 달려가듯이 그저 사력을 다해 적의 공세를 맞을 수밖에 없는 처지였다.

"아아!"

소소는 연신 비명 같은 경호성과 안타까움의 탄식을 내뱉고 있었다.

그러던 중 그녀가 잡고 있던 당고의 소맷자락이 움찔움찔 당겨졌다.

그에 반사적으로 당고를 바라본 소소가 놀라며 나직하게 외쳤다.

"언니!"

그때 당고의 눈빛은 이미 푸르스름한 녹광으로 물들어가고 있는 중이었다.

낚아채듯이 당고의 소매를 당기며 소소가 재차 외쳤다.

"언니, 안 돼요!"

당고는 폭발 직전의 모습이었다.

소소는 자신의 내부에서 급격히 반응을 시작하는 약기의 움직임만으로도 당고의 그 폭발이 독인으로의 폭주라는 것을 짐작할 수 있었다.

동시에 그녀는 당고의 폭주를 그대로 놓아둘 수 없다는 각오를 떠올렸다.

정제되지 못한 막대한 독기의 폭주가 몇 차례 반복된다면 당고는 마침내 독기에 의해 완전히 지배당하는 희대의 독인이 될 것이며, 그렇게 된다면 그 누구도 그녀의 주변으로 근접하지 못하는, 말 그대로의 괴물이 되고 말 것임을 알기 때문이었다.

그러한 일은 소소 그녀가 바라는 바가 아니었으며, 더욱이 당고가 그렇게 되지 않도록 하는 것이야말로 소산이 소소 그녀에게 진정으로 기대하는 바일 것이기 때문이다.

"호위들은 가까이에 있는가?"

소치가 안문에게 묻고 있었다.

"예!"

안문은 짧게 대답한 후 소치의 다음 말을 기다렸다. 소치의 다음 말이 호위들을 투입하여 위급에 처한 두 사람을 구하라는 명령일 것이라고 짐작하면서.

두 마디 괴성이 터져 나온 것은 바로 그때였다.

"으아아아!"

"우아아아!"

쌍맹이었다.

쌍맹은 맹렬한 기세로 앞을 향해 질주해 나가고 있었다.

그것은 바로 곁에 있던 소소마저도 미처 말릴 겨를이 없을 정도로 너무도 갑작스럽게 벌어진 일이었다.

부웅!

부우웅!

비록 나무로 만들어졌지만 그래도 그 투박함으로 인해 제법 육중해 보이는 몽둥이를 마치 짚으로 만든 것인 양 마구 휘두르면서 쌍맹은 거침없이 도영대의 도진을 향해 돌진했다.

그들의 몽둥이질에 어떤 격식이라고 할 것은 조금도 없었지만, 그 맹렬한 기세는 가히 일진광풍이라고 할 만큼 상상 이상의 위용을 담고 있었다.

지금까지 며칠간을 쌍맹과 함께 지내왔던 소소마저도 쌍맹의 그 볼품없는 나무 몽둥이가 그토록 놀라운 위용을 보일 때가 있으리라고는 전혀 상상하지 못한 일이었다.

도진의 외벽을 형성하고 있던 도수들은 쌍맹의 기세에 맞부딪치기보다는 차라리 길을 내어주는 쪽을 택했다.

그럼으로써 쌍맹은 도진을 뚫고 그대로 안으로 진입하였다.

사실은 진 바깥에서 안으로 들어간 것이니 뚫은 것이 아니라 스스로 갇힘을 당했다고 할 수도 있을 것이다.

쌍맹의 가세로 진 내 싸움의 양상이 대번에 변화를 보이고 있었다.

쌍맹의 맹렬함이 다만 기세일 뿐인 것은 아니었다.

그들은 뜻밖의 전투력을 가지고 있었다.

텅!

터엉!

쌍맹의 투박한 나무 몽둥이는 도수들의 내력이 주입된 도를 능히 막아내고 있었다.

아니, 막아내는 것으로 그치지 않고 거칠고도 강력한 힘으로 아예 튕겨내 버림으로써 도수들을 대경하도록 만들 정도였다.

그것은 가히 천생신력이라고 해야 할 놀라운 괴력들이었다.

겉보기의 우둔함과는 달리 쌍맹은 결코 느리지 않았다.

그들의 몸은 마치 하나의 탱탱한 고무공 같아서, 좁은 공간 내에서 이리저리 예측불허로 튀는 몸짓들은 가히 탄력의 덩어리라고 할 만하였다.

또한 어눌한 듯하면서도 난무하는 칼날 사이를 용하게도 비집고 다니며 몽둥이질을 해대는 그들의 몸짓은, 그들이 천부적으로 반사신경을 타고났음을 유감없이 보여주고 있었다.

무엇보다도 한번 불붙으면 앞뒤 가리지 않고 끝장을 볼 때까지 마구 몰아붙여 버리는 그 맹렬하고도 저돌적인 투쟁심은, 지닌바 실제의 능력과는 별개로 상대를 지레 질리게 만드는 데가 있었다.

붕!

부웅!

텅!

터엉!

싸움에 개입한 이래 쌍맹의 폭풍 같은 몽둥이질은 촌각도 멈추지 않고 있었다.

그 맹렬한 투지도 투지려니와, 도무지 지칠 줄 모르는 그 체력 또한 실로 놀랍다 하지 않을 수 없었다.

그러나 쌍맹이 보여주는 그런 놀라움도 막상 그 곁에서 피투성이의 모습으로 분전(奮戰)에 또 분전을 펼치고 있는 소산에 비하면 오히려 덜하다고 해야만 했다.

줄곧 치열하기 이를 데 없는 싸움을 계속해 왔으며, 게다가 이미 지나치다 할 만큼의 출혈을 하고 있는 상태에서도 지금 여전히 자신의 주위로 마치 하나의 그물망을 치듯 끊임없이 목검을 휘두르고 있는 소산의 투지와 체력은 차라리 도무지 이해할 수 없는 하나의 불가사의라고 해야 했다.

그러나 지금 그들이 한층 강화된 도진의 압박에서도 능히 버티고 있는 원동력은, 그들 각자의 용맹보다는 오히려 그들 세 사람이 은연중에 이루어가고 있는 하나의 묘한 조합의 덕분이었다.

그것 또한 도진 속에 형성된 또 하나의 소진(小陣)이었다.

예령을 중심에다 두고 소산과 쌍맹이 각자 외곽의 한 축씩을 감당하는 삼각진인데, 비록 엉성하긴 하였지만 그래도 그 소진의 형태는 제법 안정감이 있어서 빠르게 회전하며 파상적으로 격렬한 공세를 가해오고 있는 도진에 대해서 꿋꿋하게 버티어내고 있는 것이었다.

그들은 마치 서로 마음으로 뜻이 통하는 듯했다.

신기한 것은 사전에 조율을 하거나 손발을 맞춰본 것도 아닌데, 더욱이 말을 주고받기는커녕 눈빛을 마주칠 틈조차 없는 그 급박한 상황에서 소산과 쌍맹이 어떻게 마치 한 몸이나 된 것처럼 그런 유기적인 조합을 맞추어내고 있는지 하는 점이었다.

비록 겉으로 드러나지는 않고 있으나, 지금 쌍맹과 소산이 이루고 있는 삼인일조의 그 즉석 조합은 사실 전적으로 소산의 주도하에 이루어지고 있었다.

바로 소산 특유의 조화력이었다.

쌍맹의 움직임은 마치 두 개의 고무공이 튀는 것처럼 이리저리 불규칙하게 튀고 있어서 도무지 예측이 불가한 것이었지만, 소산은 자연스럽게 자신의 진퇴를 쌍맹의 그 불규칙성에 맞추어가고 있었다.

아울러 쌍맹의 넘치는 힘을 밀고 당기고, 때로는 모으고 흩트리는 등의 조율을 통해 효율의 극대화를 이루어갔다.

그럼으로써 비록 거칠고 맹렬하기는 하되 그 각각은 다분히 맹목적인 휘두름에 불과하던 소산의 한 자루 목검과 쌍맹의 두 자루 나무 몽둥이는 어느 순간부터 서로 절묘하게 맞물려 상생의 조화를 이뤄내며 마침내는 누구도 기대하지 못했던 놀라운 위력을 발휘해 내고 있었다.

예령은 많이 지쳐 있었다.

더욱이 강력한 내력의 발출이 동반되어야 하는 뇌전결의 거듭된 시전으로 인해 그녀는 이제 스스로의 몸을 지탱해 버티는 자체만으로도 힘겨워하고 있었다.

여전히 맹렬한 투지로 싸움에 임하고 있긴 하였지만, 소산과 쌍맹의 사정도 위태로워 보이기는 마찬가지였다.

소산은 이제 마치 핏물 속에 전신을 푹 적셨다가 막 빠져나온 사람처럼 완전한 혈인이 되어 있었다.

쌍맹 또한 전신 여기저기에 입은 크고 작은 상처로 인해 어느새 완연한 피투성이로 화해 있었다.

그런 중에도 예령을 가운데다 둔 삼각의 틀을 고수하기 위해 사력을 다해 목검과 나무 몽둥이를 휘둘러 대고 있는 그들 세 사람의 모습은 가히 지옥의 악귀나찰을 연상케 했다.

물론 예령은 자신이 그들의 보호를 받기보다는 오히려 그들을 보호해야 한다는 심정이었으나, 이미 극도로 지쳐 버린 터라 그것은 다만 처절한 마음일 뿐이었다.

소소는 이제 비명마저 지르지 못하고 그저 하얗게 질려 있었다.

그런 중에도 소소는 당고의 소매를 놓지 않고 있었는데, 그때 누군가 당고를 보았다면 그녀의 눈빛이 짙은 녹광으로 물들었다가 다시 원래대로 돌아가기를 반복하고 있는 괴이한 광경을 볼 수 있었을 것이다.

아울러 좀 더 주의를 기울인다면, 소소와 당고의 주변으로 지금 한가닥의 기이한 향기가 진하게 풍겨나고 있음을 또한 알 수 있을 것이다.

"아무래도 무리입니다. 이제 얼마나 더 버티느냐 하는 문제만 남은 것 같습니다. 이대로 계속 두시겠습니까?"

소치를 향한 안문의 그 말은 그들의 조금 앞에 서 있는 소소가 듣기를 바라지 않는다는 듯이 아주 나직하였다.

그에 대해 소치는 사뭇 느긋한 표정으로 말을 받았다.

"흠! 그녀의 검술은 참으로 놀라운 데가 있지 아니한가?"

소치가 말하는 그녀는 당연히 예령일 것이다.

소치의 관심이 대부분 그녀에게 집중되어 있다는 것을 안문은 알고 있었다.

소치가 슬쩍 말을 덧붙였다.

"그리고 저들의 투지 또한 참으로 놀라워."

그리고는 다시 담담한 시선을 전방의 격전장으로 돌려놓고 있는 소치의 모습에서 안문은 언뜻 한가닥의 냉혹함을 보는 기분이 되었다.

바로 그때 소치의 옆얼굴이 움찔하는 것을 보고 안문은 급히 격전장으로 시선을 돌렸다.

마침 도진의 강력한 공격을 받은 소산과 쌍맹의 삼각진이 크게 흔들렸는데, 뒤이어 예령의 늘씬한 신형이 크게 휘청하는 모습이 보였다.

그리고 이어 그녀의 왼쪽 옆구리에서 선연한 붉은색의 선혈이 점점이 뿌려졌고, 그것은 그녀의 무복을 금세 검붉게 물들이고 있었다.

"싸움을 멈추게 하라!"

소치의 나직하나 위엄에 가득 찬 명령이 있었다.

그리고 그에 대해 즉시로 뒤쪽의 계곡 안에서 몇 마디 우렁찬 복명 소리가 호응했다.

"존명!"

동시에 세 줄기의 신형이 빛살처럼 쭉 허공을 가로지르며 곧장 격전장을 향해 쏘아가는 것이었다.

차차차창!

"으악!"

"크아악!"

격렬한 금속성, 그리고 몇 마디의 처절한 비명이 동시이다시피 터져 나오며 도진의 한 축이 그대로 무너져 버렸다.

그토록 강력해 보였던 도진이 단 세 명에 의해 한순간에 어이없이 깨져 버린 것이다.

장대한 체구에 전광처럼 번뜩이는 눈빛을 지닌 백발의 노인, 그는 바로 소치의 호위인 그 노인이었다.

그리고 나머지 두 사람은 중년의 무인인데, 수염 없이 매끈한 얼굴이 특징적으로, 한눈에 보기에도 차고 냉혹한 인상들이었다.

노인과 두 중년인은 지체없이 소산과 예령, 그리고 쌍맹을 모두 아우르는 넓은 품자(品字) 형태로 벌려 서며 진의 가운데를 장악해 버렸다.

"크으아악!"

그 한마디 처절의 극을 달리는 긴 비명 소리는 사람들이 미처 이전의 당황과 놀람을 다 추스르기도 전에 터져 나왔다.

더욱이 그 비명에 담겨 있는 극도의 공포와 고통은 그야말로 인간이 겪을 수 있는 극한의 것이라는 생각이 절로 들게 하는 것이어서, 사람들로 하여금 자신들도 모르는 사이에 온몸에 소름이 돋게 하는 데가 있었다.

반사적으로 눈을 돌린 사람들의 시선에 마침 하나의 참혹하기 이를 데 없는 광경이 막 진행되고 있었다.

방숙이었다.

그는 소치와 소소 등에게서 조금 떨어진 곳에 홀로 우두커니 서 있었다.

그런데 그의 삼환도가 금방이라도 내려칠 듯이 머리 위로 치켜들려 있는 것으로 보아 아마도 그는 소치를 노리고 그의 뒤쪽으로 접근하는 중이었던 모양이다.

하지만 어찌 된 영문인지 소치 등은 그를 무시하고 지금 앞쪽으로 천천히 걸어가고 있는 중이었고, 방숙 홀로 그런 자세로 서서 그처럼 처절한 비명을 토해냈던 것이다.

방숙의 잔뜩 일그러진 얼굴에는 극도의 공포와 고통이 마치 각인이라도 된 듯이 선명하게 새겨져 있어서, 방금의 그 처절을 극한 비명 소리가 바로 그에게서 나온 것임을 여실히 증명하고 있었다.

바로 그때였다.

쩌어억!

방숙의 몸에서는 마치 그런 소리가 나는 듯하였다.

그리고 그것이 비록 실제의 소리는 아니었지만, 방숙의 몸에서는 지금 막 그런 소리에 걸맞는 형상이 전개되고 있었다.

먼저 그의 머리가 반으로 갈라지며, 이어서 목과 가슴이, 그리고 이윽고는 배와 사타구니까지 그의 전신이 세로로 정확히 양분되고 있었다.

그 광경은 그 진전 과정을 자세히 볼 수 있을 만큼 천천히 진행되었고, 또한 너무도 끔찍하여서 마치 실제의 일이 아닌 어떤 환상 속의 공포인 것만 같았다.

그러나 다음 순간,

촤아아악!

마치 억지로 참기라도 했다는 듯 한순간에 폭발하듯이 분출

되는 시뻘건 핏줄기는 그 믿기지 않는 광경이 엄연한 현실임을 확연히 입증해 주고 있었다.

"방 형!"

모중의 그 한마디 절규와 같은 고함 소리는 숨 막힐 듯 얼어붙어 있던 일대의 공포를 화들짝 깨웠다.

이어 모중은 한달음에 방숙에게로 달려갈 듯 걸음을 내디뎠다.

그러나 그는 다만 한 걸음을 힘겹게 걸었을 뿐, 감히 그 이상은 앞으로 나아가지 못했다.

한순간 한 무더기 무형의 예기[絶對銳氣]가 그의 앞을 벽처럼 가로막았기 때문이다.

그것은 모중의 능력으로는 감히 넘볼 엄두조차 내볼 수 없는 불가항력의 철벽과도 같은 절대지력(絶對之力)이었다.

그러나 모중은 그 절대지력이 과연 누구로부터 기인한 것인지조차 짐작할 수가 없었다.

다만 그는 탄식할 수밖에 없었다.

'아아! 이런 능력이라면 암중의 존재는 조부님의 무위를 오히려 능가할지도 모르는 가히 절대 능력의 소유자이리라!'

모중이 전신을 딱딱하게 굳힌 채 얼어붙은 듯 멈춰 서 있자, 그의 옆으로 약당 당주 현동이 급히 달려와 섰고, 이어서 그 뒤로 다시 도영대가 신속히 늘어서며 새로이 반월형의 진을 형성했다.

그것은 최악의 순간에는 자신들의 목숨을 바쳐서라도 모중을 보호하겠다는 그들의 비장한 의지의 표출이었다.

"모두 멈춰라!"

그 한소리 나직한 호통은 그다지 우렁차지도 않았고, 그렇다고 내력이 실려 있는 것도 아니었다.

그러나 그 호통에는 그 어떤 심후한 내력이 담긴 호통보다도 더욱 지극한 위엄이 서려 있었다.

그리하여 위엄에 가득 찬 그 한소리 나직한 호통은 이윽고 모든 사람들로 하여금 정말로 팽팽한 긴장으로 우뚝 멈춰 서게 만들고야 말았다.

그때 예령은 자신에게로 향해 있는 한가닥의 눈길을 느꼈다.

중후하면서도 온화함이 서린 특별한 눈길이었으므로, 굳이 시선을 마주쳐 확인해 보지 않아도 그녀는 그 눈길의 주인이 누구인지 알 수 있었다.

바로 소치였다.

그가 그녀를 향해 가만히 고개를 끄덕이고 있었다. 온화하게 미소 띤 얼굴로.

예령 또한 가볍게 고개를 숙여 보였다. 자신과 소산 등의 위기를 구해준 데 대한 감사를 표하기 위해.

"오라버니!"

전신의 긴장이 한순간에 풀린 탓인지 순간 휘청거리는 소산을 마침 가까이 다가서던 소소가 얼른 어깨로 받치며 부축하였다.

그때 소산의 다리는 완전히 풀려 있어서, 때마침 소소의 부축이 없었다면 그대로 바닥에 주저앉고 말았을 것이다.

소소가 눈짓으로 쌍맹을 불렀다.

그러자 쌍맹이 자신들 역시도 전신 곳곳의 상처에서 흘러내리는 피로 철갑을 한 채로 한달음에 다가와 소산의 양쪽에서 그를 부축하였다.

"나는 도막의 모중이오. 귀하들은 누구요?"

모중의 그 말은 소치를 향해 하는 것이었으나, 또한 암중의 절대 능력의 존재에게 하는 말이기도 했다.

그러나 누구도 당장에는 그의 말에 대답하지 않았다.

다만 모중은 오연하고도 느긋한 눈빛으로 그를 바라보고 있는 기이한 위엄을 가진 중년문사가 바로 지금의 이 모든 상황을 실질적으로 주도하고 있다는 것을 다시금 확신할 수 있었다.

"지금 나와 저기 검가의 여식 간에는 불공대천의 원한이 있소. 당사자들 간의 은원에는 제삼자가 개입하지 않는 것이 강호의 불문율임을 모르시오?"

모중의 그 말에 있고 나서야 소치는 사뭇 무덤덤한 투로 말을 꺼냈다.

"그것이 강호의 불문율이라고 해서 내가 따라야 할 이유는 없을 것이다. 다만 그대들이 내가 가는 길을 방해만 하지 않는다면 나 또한 굳이 상관할 까닭은 없다. 하니 그대들은 이제 그만 그대들 본래의 길로 가는 것이 좋겠다."

비록 어투는 무덤덤하였으나 소치의 말은 실로 오만무도하기 이를 데 없는 것이었다.

모중은 일시 격분하지 않을 수 없었다.

그러나 그는 팔왕 중의 일인인 도왕의 후예로 일찍부터 장차 도막을 이어받을 후계자의 수업을 쌓아온 인물이었다.

격분이 생겨나는 것은 어쩔 수 없을 때가 있다고 하더라도, 막상 그 격분을 밖으로 터뜨려 내는 데는 분별을 따져야 한다는 이치를 모르지 않는 것이다.

비록 오만무도하다고 하더라도 지금 그의 앞에 서 있는 중년문사의 위엄은 가히 무상(無上)의 것이라고 할 만하였다.

또한 그것은 격분이나 나아가 무공 따위로 꺾어볼 종류의 것이 아님을 그는 직감적으로 판단하고 있었다.

더욱이 그것이 다만 중년문사가 타고난 본연의 위엄일 뿐만 아니라, 암중 어딘가에 존재하고 있는 절대 능력의 존재가 그의 편에 서 있는 것이 분명한 만큼 중년문사는 지금 실질적으로도 이 상황의 절대적 주도권을 잡고 있는 것이었다.

'이 일은 도저히 내가 감당할 수 있는 일이 아니다.'

모중은 그렇게 내심의 결정을 내릴 수밖에 없었다.

도영대는 무겁게 가라앉은 침통함과 의분(義憤) 속에서도 차분하게 십여 구에 달하는 동료들의 시신을 수습하였다.

모중은 도영대를 먼저 물러나게 한 다음, 현동과 함께 천천히 그 뒤를 따랐다.

그때 예령이 모중의 등 뒤를 향해 결연히 외쳤다.

"오늘은 본 낭자의 힘이 모자랐음을 인정한다! 그러나 다음에 다시 만났을 때는 당신 또한 제 발로 돌아가지는 못할 것이다!"

모중의 걸음이 잠시 멈추었다.

그러나 그는 돌아보지 않았고, 다시금 묵묵한 걸음을 옮겨갔다.

"정리하게."

소치가 나지막하게 말했다.

그리고 말끝에 그의 눈길은 막 저쪽 산모퉁이 너머를 돌아 사라지고 있는 모중의 등 뒤에 닿아 있었다.

그것만으로도 안문은 소치의 그 앞뒤 없는 명령이 의미하는 바를 충분히 깨달을 수 있었다.

"하오나 주군……."

안문이 무언가 말을 꺼내려 했으나, 힐끗 돌아보는 소치의 눈빛에 언뜻 말끝을 흐리며 이내 고개를 조아리고 말았다.

"존명!"

* * *

소치의 호위인 백발노인과 차가운 인상의 두 중년무인은 온다 간다 말도 없이 사라졌다.

그러나 아무도 그들의 오고감에 대해 안문이나 소치에게 묻지 않았다.

하긴 지금 모두에게는 그럴 여가가 없기도 하였다.

가장 바쁜 것은 소소였다.

그녀가 가장 먼저 치료하려고 한 것은 소산이었는데, 다친 정도로 보아도 그의 상처가 가장 심하였다.

그러나 그녀가 막 소산의 곁에 앉아 약통들을 풀어놓으려 하자, 소산은 예령의 상처부터 치료하라고 했다.

예령이 당황해하며 고사했으나, 소산의 그런 종류의 고집에 관한 한은 예령을 포함하여 그 누구도 꺾을 수 없는 것이었다.

잠시간 서로 먼저 치료받을 것을 권하는 그들 두 남녀를 지켜보면서 소소의 표정으로 일시 한가닥의 엷은 안타까움 같은 기색이 스쳤다.

그러나 그녀는 곧 약통들을 챙겨 예령에게로 다가갔다.

그러는 동안 쌍맹은 마치 심통이 나기라도 했다는 듯이 근처의 가파른 산비탈을 타고서 어디론가 가버리고 말았다.

예령의 상처를 돌보고 나서 다시 소산에게로 와 그의 상처를 살피던 소소는 놀라지 않을 수 없었다.

좀 전까지도 스멀거리며 배어나던 상처 부위의 출혈은 이미 멈추어 있었다.

소산의 상처가 특별히 중상이라고 할 곳은 없었으나, 그래도 전신에 걸쳐 워낙 상처 부위가 많았고, 또한 칼날에 베인 상처들이라 저절로 지혈이 되기는 어려운 상태였다.

그런데 마치 누군가 꼼꼼하게 그 많은 상처들에 대해 일일이 주변 혈맥을 봉하기라도 한 듯이 피가 멎어 있는 것이었다.

더욱 놀라운 것은 상처들이 이미 아무는 기미를 보이고 있다는 점이었다.

'경이로운 자가치유능력(自家治癒能力)이다!'

그러나 소소는 더 이상의 내색은 하지 않았다.

다만 이제는 굳어버린 핏자국들을 닦아내고, 이미 아물어서 아마도 큰 소용이야 없겠지만 그래도 그 상처 부위마다 일일이 약을 발랐다.

소산은 지그시 두 눈을 감은 채 소소의 손길을 받아들이고 있었는데, 가끔씩 꿈틀거리는 그의 눈썹이 간지러움 때문인지 혹은 상처를 건드리는 고통 때문인지는 알 수 없는 노릇이었다.

다만 그들 두 남녀의 곁에 바짝 붙어서 있는 당고의 표정은 그때 사뭇 굳은 듯이 보였다.

당고가 평소 늘 무표정이었기에 지금 다소 무겁게까지 보이는 그녀의 굳은 표정은 마치 그녀가 소산의 치료에 관해 상당히 신경이 쓰여 하는 것처럼 보이기도 했다.

물론 당고가 그런 정도의 미세한 감정 표현을 하는 것은 전혀 가능하지 않은 일이겠지만 말이다.

잠시 한가로운 틈을 타 안문은 조심스럽게 말을 꺼냈다.

"강호야인(江湖野人)들의 은원에 너무 깊숙이 개입하는 것은 추후에 의외의 문제를 야기시킬 수도 있습니다."

그에 대해 소치는 가만히 웃기만 했다.

그리고 그 웃음으로 안문은 자신이 간언(諫言)하려던 것을 깨끗이 단념할 수밖에 없었다.

'다만 작은 일일 뿐이다. 그리고 보다 큰 흐름으로 보았을 때, 오히려 의외의 긍정적인 흐름을 만들어낼 수도 있는 일이다.'

그때 소치가 여전히 빙그레 웃는 얼굴로 느긋하게 입을 열고 있었다.

"그녀는 황후가 되기보다는 검후가 되기를 바란다고 했네."

소치가 잠시 말을 멈추었지만 안문은 굳이 말을 받지 않았는데, 소치는 이내 나직이 웃으며 말을 이었다.

"하하하! 나는 그 말을 그냥 흘려들었네. 강호의 여인이면 으레 한 번쯤 해볼 수 있는 말쯤으로 여겼던 게지. 그러나 이젠 알겠네. 그녀는 과연 그런 말을 할 자격이 있었네. 하하하! 물론 강호에는 기인이사가 바닷가의 모래알처럼 많다고 했으니 그녀보다 능력이 뛰어난 여중기인(女中奇人)이 없다고는 할 수 없을 터이지만, 그러나 그녀가 가진 정도의 검예(劍藝)며 자질과 재능이면, 그리고 내가 만들고자 한다면 그녀는 능히 진정한 검후가 될 수 있을 것이야."

다시 말을 끊고 스스로 음미하듯이 잠시간의 침묵을 소화한 다음 소치는 소리 내어 웃으며 독백처럼 물었다.

"하하하! 어떤가? 이제 강호에 혜성처럼 한 사람의 검후가 탄생한다면, 그리고 그녀와 더불어 전혀 새로운 영웅호걸들이 등장한다면 과연 천하가 주목하고 경동하지 않겠는가?"

산비탈로 사라졌던 쌍맹이 다시 돌아온 것은 소소가 소산의 치료를 막 끝냈을 즈음이었다.

그런데 옷 밖으로 드러난 쌍맹의 팔뚝이며 목에는 무언가 허연 것이 덕지덕지 말라붙어 있었다.

소소가 다가가서 살펴보니 그것은 황토였는데, 쌍맹은 자신들의 상처 부위에 두텁게 황토를 발라놓았던 것이다.

여기저기 쌍맹의 상처 부위를 살펴보다가 소소는 문득 소산 쪽을 돌아보며 묘한 표정을 지었다.

그리고 다시 그녀 특유의 맑고도 환한 웃음을 떠올리며 고개를 끄덕였다.

그러나 그녀는 쌍맹을 위해서는 따로 치료를 해줄 생각이 없는지 주섬주섬 약통들을 챙겨서는 봇짐 속으로 집어넣었다.

사실 그때 쌍맹의 얼굴과 바깥으로 드러난 팔뚝 등에서는 아주 은은한 구릿빛 광채가 마치 윤기처럼 자르르 흐르고 있었는데, 그런 모습에서 쌍맹은 일장의 악전고투를 겪기 이전보다도 한결 더 활기가 도는 듯했다.

『지존석산평전』 2권 끝